dtv

Avi Avraham ist soeben zum Oberinspektor und Leiter des Ermittlungsdezernats von Cholon-Ayalon befördert worden, da wird er nachts an einen Tatort gerufen: Eine Witwe wurde in ihrem Haus brutal ermordet. Avraham kennt sie: Lea Jäger war vor ein paar Jahren vergewaltigt worden – doch der Täter von damals sitzt im Gefängnis. Sein Verdacht fällt auf einen Mann in Polizeiuniform. Trotz heftiger Widerstände in den eigenen Reihen sucht Avraham weitere Frauen, die nach einer Vergewaltigung erneut von einem Polizeibeamten vernommen wurden. Dabei stößt er auf eine junge Bankangestellte, die einige Jahre zuvor von einem Unbekannten brutal misshandelt wurde. Als er sie und ihren Mann aufs Revier bittet, kommt es zur Tragödie …
»Große Krimikunst aus Israel, so intensiv wie die besten Mankell-Romane.« *Günther Grosser in der ›Berliner Zeitung‹*

Dror Mishani, geboren 1975 in Cholon bei Tel Aviv, wurde mit seinen mit vielen Preisen ausgezeichneten Kriminalromanen rund um den eigenwilligen Inspektor Avi Avraham international bekannt. Er lebt mit seiner Familie in Tel Aviv und arbeitet neben dem Schreiben als Literaturdozent, spezialisiert auf die Geschichte der Kriminalliteratur.

Dror Mishani

Die schwere Hand

Avi Avraham ermittelt

Roman

Aus dem Hebräischen von
Markus Lemke

dtv

Von Dror Mishani
sind bei dtv außerdem erschienen:
Vermisst (21596)
Die Möglichkeit eines Verbrechens (21717)

MIX
Papier aus verantwortungsvollen Quellen
FSC® C019821

Ungekürzte Ausgabe 2020
dtv Verlagsgesellschaft mbH & Co. KG, München
Lizenzausgabe mit Genehmigung des Paul Zsolnay Verlags

Titel der israelischen Originalausgabe:
›Ha isch she raza lada'at‹ (Achuzat Bayit, Tel Aviv 2015)

Umschlaggestaltung: Wildes Blut, Atelier für Gestaltung,
Stephanie Weischer
unter Verwendung eines Fotos von Paul Knight/Trevillion Images
Satz: Satz für Satz, Wangen im Allgäu
nach einer Vorlage von Eva Kaltenbrunner-Dorfinger, Wien
Druck und Bindung: Druckerei C.H.Beck, Nördlingen
Gedruckt auf säurefreiem, chlorfrei gebleichtem Papier
Printed in Germany · ISBN 978-3-423-21821-4

Dem Gedenken an meinen
Vater Mordechai Mishani gewidmet
(10. 4. 1945 bis 9. 4. 2013)

Auf halbem Weg des Menschenlebens fand
Ich mich in einen finstern Wald verschlagen,
Weil ich vom rechten Weg mich abgewandt.
Wie schwer ists doch, von diesem Wald zu sagen,
Wie wild, rauh, dicht er war, voll Angst und Not;
Schon der Gedank' erneuert noch mein Zagen.
Nur wenig bitterer ist selbst der Tod;
Doch um vom Heil, das ich drin fand, zu künden,
Sag ich, was sonst sich dort den Blicken bot.

Dante Alighieri, Die Hölle
(in der Übersetzung von Carl Streckfuß)

PROLOG

Anfang Dezember landete eine Boeing 737 auf dem Flughafen Ben Gurion, unter den Passagieren eine junge Frau mit Kurzhaarschnitt und großen, braunen Augen. Oberinspektor Avraham Avraham beobachtete sie von seinem Versteck hinter einer der dicken Betonsäulen, als sie die Milchglastüren passierte und die Ankunftshalle betrat, einen Gepäckwagen mit drei Koffern vor sich herschiebend. Bis zuletzt hatte er nicht geglaubt, dass sie kommen würde, und war sich sicher gewesen, allein nach Hause zurückzukehren. Er betrachtete sie noch einen Augenblick lang aus der Entfernung, ehe er aus seinem Versteck trat und seine Augen den ihren begegneten, die in der Menge der Abholenden nach ihm suchten.

Sie hatten keine großen Pläne für die Zukunft, wollten nur einige Monate zusammenleben. Einander neu entdecken und erst danach darüber nachdenken, was weiter sein würde. Und tatsächlich entdeckten sie einander, langsam und behutsam, mit den verstohlenen Blicken von Menschen, die es gewohnt sind, aufmerksam zu beobachten. Er entdeckte, dass Marianka morgens gerne duschte – und das ausgiebig. Wenn sie herauskam, hinterließ sie auf dem Boden im Badezimmer einen kleinen See, führten nasse Spuren ins Schlafzimmer. Und sie fand heraus, dass Avraham sich nach dem Abendessen unbemerkt in die Küche stahl, um allein für sich hinter geschlossener Tür noch weiterzuessen. Die Koffer versuchte Avraham, nachdem sie deren Inhalt über die Wohnung verteilt hatten, auf dem Kleiderschrank im Schlafzimmer zu verstauen, aber da dort nicht genug Platz war, blieb einer der Koffer den ganzen Winter über neben ihrem Bett stehen.

Marianka wollte sein neues Büro sehen, und früh an einem Freitagmorgen, als noch keiner auf dem Revier war, nahm er sie mit dorthin. Im Unterschied zu seinem Kämmerchen im ersten Stock war das Büro des Leiters der Ermittlungsabteilung großzügig geschnitten und bot vom dritten Stock aus den Blick auf die Fichman-Straße, auf der Wohntürme aus altem Sand wuchsen. Er konnte durch das Fenster die grauen Morgen oder die kühlen Abende mitverfolgen, die die Stadt, in der er geboren war, bedeckten. Und zum ersten Mal überhaupt hätte er sich in seinem Büro auch eine Zigarette anzünden können, aber ausgerechnet da hatte er das Rauchen gerade aufgegeben.

Der Winter war launisch, und als Avraham feststellte, dass das Wetter Einfluss auf Mariankas Stimmung hatte, begann er, jeden Morgen die Wettervorhersage bang zu studieren. Wenn die Temperaturen zurückgingen und es regnete, war sie glücklich. Wenn der Himmel klar und die Luft lau, schon fast angenehm warm war, erzählte sie ihm vom Schnee in Brüssel und vermochte nicht, die Sehnsucht auf ihrem Gesicht und in ihrer Stimme zu verbergen. Das war das Einzige, was seine Freude trübte. Stundenlang stand er in seinem Büro am Fenster und wartete für sie auf den Regen.

Als es Ende Februar in den Nachrichten hieß, ein letzter Wintersturm nahe, beschlossen sie, einen Tag freizunehmen und die Kaltfront gemeinsam zu begrüßen. Was sie tatsächlich auch taten, doch nur wenige Stunden nach Beginn des stürmischen Wetters ereignete sich der Mord, der ihre Pläne zunichtemachte.

TEIL I

DAS OPFER

1

Sie hatte die Pistole in jener Nacht gesehen, als sie aufs Dach gegangen war, um Coby zu überreden, ins Bett zu kommen.

Es war ein Uhr in der Früh, und die Pistole lag auf dem Tisch in der kleinen Kammer auf dem Dach, aber sie maß dem keine Bedeutung bei, weil sie zu verletzt und zu erschöpft war und vor so vielen anderen Dingen Angst hatte. Außerdem war die Pistole ja nichts Beängstigendes, sondern vermittelte im Gegenteil ein Gefühl von Sicherheit. Und erst ein paar Tage danach erinnerte sie sich an jene Nacht und verstand. Alles hätte anders ausgehen können, hätte sie Coby in jenen Stunden aufmerksamer wahrgenommen.

Am Morgen, als sie noch zusammen im Bett lagen, hätte keiner ahnen können, dass ihr letzter gemeinsamer Hochzeitstag so enden würde. Daniela und Noy waren vor ihnen aufgewacht, hatten auf dem Fußboden im Schlafzimmer elf Ballons verteilt und hüpften auf dem Bett herum. Als die zwei sich anziehen gingen und nur sie beide im Bett zurückblieben, rutschte sie an ihn heran und berührte ihn von hinten, flüsterte ihm »Herzlichen Glückwunsch« ins Ohr und war überrascht, als sie spürte, dass seine Schultern und sein Rücken sich unter der Berührung ihrer Hände regten. Sein Hals war warm vom Schlaf, und seine Wangen waren unrasiert. Durch das Fenster waren die ersten Regengüsse des Sturmtiefs zu hören und in der Wohnung alle Lampen angeschaltet, weil der Himmel dunkel verhangen war. In der Küche erwartete sie ein festliches Frühstück, das die Mädchen vorbereitet hatten: Orangensaft, von ihnen selbst gepresst, und Croissants, die sie am Vorabend im Geschäft an der Ecke gekauft und aufgewärmt hatten. Wasser durften sie allein noch nicht zum Kochen bringen, weshalb Mali den Kaffee machte.

Sie sah, dass Coby angespannt war, und verlor in Gegenwart der Mädchen, die am Tisch saßen, kein Wort über das Bewerbungsgespräch. Stattdessen bot sie an, ihm die dunkle Hose und das weiße Hemd zu bügeln, aber Coby sagte, er würde das selber machen, ehe er aufbräche. Sie redete nicht weiter darüber, auch nicht, als sie wieder allein im Schlafzimmer waren, damit die Enttäuschung nicht zu groß wäre, wenn er den Job nicht bekäme, aber als sie sich voneinander verabschiedeten, küsste sie ihn auf die Lippen und flüsterte ihm sogar ins Ohr: »Viel Erfolg heute.«

Sie fuhr Daniela zum Kindergarten und Noy zur Schule und hatte bis um elf Kundentermine.

Zumeist erschienen nur die Ehemänner, und selbst wenn ihre Frauen mitkamen, brachten die so gut wie kein Wort heraus, weshalb sie besonders darauf achtete, wie sie es immer versucht hatte, sich auch an diese zu wenden, ihnen die Unterschiede zwischen den verschiedenen Hypothekenarten und die jeweiligen Tilgungsformen zu erklären. Einer der Männer, dessen Frau die Haare über ihrem schönen, stillen Gesicht unter einem Kopftuch verbarg, starrte sie an. Er war bärtig, und sein Jackett, das er nicht ablegte, roch nach Mottenkugeln und altem, stockigem Tuch. Seine Frau schaukelte den blauen Kinderwagen vor und zurück, damit der Säugling darin nicht aufwachte. Als er dann doch zu weinen begann, öffnete sie zwei Knöpfe ihres Kleides und stillte ihn ohne Scham vor ihnen beiden.

Da sie zwischen elf und zwölf keine weiteren Termine hatte, bat sie den Filialleiter um Erlaubnis und verließ die Bank, um Coby ein Geschenk zu kaufen, obwohl sie vereinbart hatten, sich dieses Jahr nichts zu schenken. Sie überlegte, zu Fuß bis zur Sokolov zu gehen, fuhr wegen des stürmischen Wetters dann aber doch mit dem Auto zum Einkaufszentrum. Die Straßen waren überflutet und die Ampeln außer Betrieb. Und vielleicht wegen des Regens beschloss sie, ihm anstelle des einen, den er verloren hatte, einen Schirm zu kaufen und keinen Boxsack oder ein Businesshemd für die Vorstellungsgespräche. Bei »Zara« waren alle Schirme zu teuer, aber in einer Boutique »Für den Herrn« im dritten Stock sah sie einen schwarzen Stockschirm mit elegantem Griff aus Holzimitat. Die junge Verkäuferin, deren lange Fingernägel glitzernd schwarz lackiert waren, war einverstanden, mit dem Preis sogar noch ein bisschen runterzugehen.

Hatte sie die Verkäuferin zu lange angestarrt, als diese den Regenschirm in silbernes Geschenkpapier verpackte? Sie war so jung. Vielleicht sogar noch Schülerin. Als Mali den Laden betrat, las sie in einem Buch, das sie dann aufgeklappt und mit dem Rücken nach oben auf den Tresen legte. Ihre schwarzen Haare waren kurz geschnitten, ihre Lippen mit einem tiefdunkelvioletten Lippenstift angemalt, und in der Nasenscheidewand trug sie einen Ring. Als sie registrierte, dass Mali sie anschaute, fragte sie: »Ist was?« Und Mali sagte: »Nein, Entschuldigung. Haben Sie auch das Preisschild entfernt?«

Cobys Bewerbungsgespräch sollte um zwei beginnen, genau als sie ihren letzten Termin hinter sich gebracht hatte, und sie sah ihn vor dem Personalmenschen sitzen, bemüht, seine Aufregung zu verbergen. Wie immer wusste er bestimmt nicht, was er mit seinen Händen anfangen sollte.

Spreizte sie auf seinen Knien und legte sie dann auf den Tisch, neben den Lebenslauf, danach erneut auf die Knie, um unter der Tischplatte die ständige Bewegung der Finger zu verstecken. Sie rief ihn vor dem Bewerbungsgespräch nicht an und auch nicht, als sie unterwegs war, um die Mädchen abzuholen. Sein Wagen stand nicht auf dem Parkplatz, weshalb sie sich sicher war, dass er noch nicht zurück sei, aber im Fahrstuhl, der sie in den siebten Stock beförderte, roch sie sein Aftershave. Und die Wohnungstür war nicht abgeschlossen, wie sie es hätte sein müssen. Als sie im Schlafzimmer war, hörte sie das Wasser rauschen. Harry lag auf dem Fußboden in einer Pfütze aus Urin und hob seinen Schädel nicht zu ihr. Und Cobys Handtäschchen, das er immer zu den Bewerbungsgesprächen mitnahm, lag achtlos hingeworfen neben ihm. Das war kein gutes Zeichen.

Es war drei Uhr, und sie war sich sicher gewesen, Coby würde nicht zu Hause sein.

Noy schaltete im Wohnzimmer den Fernseher an, und Mali machte den Mädchen Mittagessen. Als die Nudeln weich wurden, rauschte im Badezimmer das Wasser immer noch. Sie klopfte an die Tür und fragte Coby, ob er mit ihnen essen wolle, und er verneinte aus der Badewanne. Sie fingen ohne ihn an, weil die Mädchen Hunger hatten, und während des Essens hörten sie Coby aus dem Bad kommen und die Tür zum Schlafzimmer schließen. Daniela und Noy sagten kein Wort, aber Mali stand auf und ging hinüber. »Ist alles in Ordnung?«, fragte sie und war sich sicher, er sei wach, obwohl er mit geschlossenen Augen auf dem Bett lag.

Sie kannte seine Stimmungsumschwünge und hatte sich seit dem Morgen darauf eingestellt, dass es auch heute geschehen würde, und sei es unbewusst. War er bei dem Bewerbungsgespräch gefragt worden, warum er zuletzt so viele

Arbeitsplätze gewechselt hatte, und hatte sich, anstatt die Wahrheit zu sagen, um eine Antwort gedrückt? Sie hatte ihn gedrängt zu sagen, es sei ihre Schuld, und wusste, das würde er nicht tun.

Coby öffnete die Augen nicht, obwohl sie ein, zwei Minuten lang dort stand. Über dem Bett hing noch das große Foto von ihrer zweiten Schwangerschaft, mit Daniela, wie eine bittere Reminiszenz oder wie ein Denkmal für sie beide. Sie fragte: »Bist du dir sicher, dass du nicht erzählen willst, wie es war?«

Am Nachmittag prasselten Hagelschauer gegen die Fenster, und danach herrschte Stille in der Wohnung.

Mali machte, während Daniela fernsah, mit Noy Mathematik-Hausaufgaben. Und Coby kam um fünf mit der Tasche für die Boxstunden aus dem Schlafzimmer, sagte, er fahre zum Training, und fragte, wo die Schlüssel seien. Sie erkundigte sich, was mit seinem Wagen los sei, und ob er gestern kein Training gehabt habe, bekam aber keine Antwort. Auch als sie ihn daran erinnerte, dass sie am Abend ausgehen wollten, sagte Coby kein Wort, und als sie fragte: »Wozu hast du vor dem Training geduscht?«, sah er sie an, als hätte sie etwas Schreckliches gesagt.

Den ganzen Nachmittag über bis zum Abend war sie angespannt und kontrollierte mindestens zweimal, ob sie die Tür hinter ihm abgeschlossen hatte; spähte durch die Sonnenblenden im Wohnzimmer nach draußen, um zu sehen, ob Coby schon zurück war. Als sie den eingepackten Regenschirm auf ihr Bett legte, damit er ihn dort erwartete, sah sie sich abermals auf dem großen Foto und wusste noch immer nicht, ob sie ihm am Abend von der Schwangerschaft erzählen würde, wie sie es geplant hatte. Sie hatte gezögert, ehe sie damals eingewilligt hatte, sich fotografieren zu lassen, aber Coby hatte sie gedrängt, hatte gesagt, wenn sie sich nicht fotografieren ließen, würde sie es hinterher bereuen, weil es doch ihre letzte Schwangerschaft sein sollte. Und mit den Jahren hatte sie gelernt, die riesige Schwarzweißaufnahme nicht mehr zu hassen, die ihren dunklen, langen Körper zur Schau stellte und den kugelrund vorstehenden Bauch, den Coby so gern streichelte, auch in der Öffentlichkeit, und den sie während der Schwangerschaft zuweilen auch berührt hatte, wenn sie allein gewesen war. Die Idee, Gäste würden sie so sehen, hatte ihr nicht behagt, vielleicht hatte sie sich vor allem vor ihrem Vater geschämt, Coby jedoch hatte ausgerechnet das gefallen. Auf dem Bild war sie von der Seite zu sehen, ihr Körper ein wenig gegen ihn geneigt, der hinter ihr stand, weshalb der Größenunterschied zwischen ihnen nicht zu erkennen war. Beide waren sie nackt. Seine Hände verbargen und offenbarten gleichzeitig ihre Brüste. Nach Eilat hatte sie das Bild abnehmen wollen, aber Coby hatte gebeten, gerade darum sollten sie es hängen lassen, und mitunter gab es Augenblicke, da dachte sie, er habe recht gehabt, weil das Foto ihr manchmal sie selbst zurückbrachte.

Der Regen setzte gegen Abend wieder ein. Sein Prasseln gegen die Fenster und auf das Dach steigerte die Unruhe noch. Nur die Mädchen waren ruhig, als merkten sie, dass sie ihre Hilfe brauchte. Die meiste Zeit beschäftigten sie sich selbst im Wohnzimmer und in ihrem Zimmer, ohne nach ihr zu rufen. Erst um halb sieben meinte Daniela, sie sei hungrig, und Noy fiel ein, dass Mali ihr versprochen hatte, sie würden Kostüme für Purim anprobieren. Sie holte die Verkleidungskiste aus dem Schrank im Schlafzimmer, und Noy zog das Prinzessinnenkleid an, das sie ihr vor zwei Jahren gekauft hatten, aber es war zu klein geworden. Und Daniela weigerte sich, es anzuprobieren, und sagte, dieses Jahr werde sie sich nicht verkleiden. Mali bestand darauf, dass sie es trotzdem versuchte, weil das Kleid ein Vermögen gekostet hatte, und sie hoffte, in diesem Jahr nur ein Kostüm und nicht zwei kaufen zu müssen. Doch als sie es vor dem Spiegel vor Danielas kleinen Körper hielt, begegnete sie darin sich selbst und wandte sofort die Augen ab.

Es gab eigentlich keinen Grund, dass all das jetzt wieder hochkam, außer, vielleicht, die Schwangerschaft und die Angst vor Cobys Stimmung.

Sein Boxtraining dauerte immer zwischen einer und anderthalb Stunden, weshalb sie dachte, er würde zum Abendessen wieder da sein, und ihn um Viertel nach sieben anrief, damit er unterwegs noch Pitabrote und Eier besorgte, aber sein Mobiltelefon war abgeschaltet. Sie versuchte es noch ein paarmal, und am Ende aßen sie ohne ihn. Um halb neun waren die Mädchen im Bett. Als die Tochter der Nachbarn zum Babysitten heraufkam, sagte Mali ihr, sie würden doch nicht ausgehen, weil sie leichtes Fieber bekommen habe. Danach rief sie ihn erneut an, und diesmal war das Gerät nicht abgeschaltet, aber Coby ging nicht ran. Als sie aufs Dach stieg, um zu sehen, ob man noch Wäsche aufhängen konnte, standen schwere Regenwolken am Himmel, und Windstöße ließen die Solarwarmwassertanks wackeln, sodass sie beschloss, erst einmal nichts aufzuhängen, und stattdessen mit ihrer Schwester Gila und mit Aviva telefonierte. Und als sie gefragt wurde, ob sie nicht ausgehen wollten, um zu feiern, erklärte sie, sie hätten keinen Babysitter für die Mädchen gefunden.

Coby war erst gegen elf zu Hause, ohne Erklärung und ohne sich zu entschuldigen.

An ihrem zehnten Hochzeitstag, ein Jahr zuvor, war alles anders gewesen.

Sie hatten, zum ersten Mal überhaupt seit Eilat, die Mädchen bei ihren Eltern gelassen und waren für zwei Nächte in ein B&B auf die Golanhöhen gefahren. Coby hatte gerade begonnen, für eine Firma zu arbeiten, die Baustellen entlang der Grünen Linie sicherte, und war bester Stimmung. Eigentlich hatten sie vorgehabt zu wandern, wie sie es gemacht hatten, bevor die Mädchen geboren wurden, einen ganzen Tag einem der Bachläufe zu folgen und einen weiteren Tag im Chule-Naturschutzgebiet zu verbringen, aber das Wetter war miserabel, und sie verließen das Zimmer so gut wie nicht. Schauten Filme auf DVD und schliefen zum ersten Mal seit etlichen Wochen miteinander. Redeten stundenlang vor dem Kamin. Am Abend saßen sie in Decken eingehüllt auf der Veranda, und Coby sprach von der Reise auf die Farm seines Vaters im Sommer und vom Kauf einer Wohnung, jetzt, da sie wieder zwei Gehälter hätten. Als sie die Mädchen anriefen, um ihnen gute Nacht zu sagen, hatte sie gemeint, sie seien dabei, wieder ein normales Paar zu werden.

All das war im letzten Winter gewesen, und seither hatte sich das Leben erneut zum Schlechten gewandelt.

Im Sommer war Coby entlassen worden, weil sein Vorgesetzter bei der Sicherheitsfirma, der zehn Jahre jünger war als er, ihn schikaniert hatte. Er war sich sicher gewesen, einen anderen Job zu finden, aber nach ein paar Wochen erfolgloser Suche hatte sie gespürt, wie er resignierte, mit niemandem mehr sprach, sie, die Mädchen und seine Freunde mied und kaum noch ausging. Immer schweigsamer wurde. Anfing, zum Boxtraining zu gehen, zwei-, manchmal dreimal die Woche, und mit verquollenem Gesicht und Blutergüssen an Bauch und Beinen nach Hause kam, um gleich unter die

Dusche zu verschwinden und dann schlafen zu gehen. Auch das Notsignal, das sie an ihm kannte, seit sie sich begegnet waren, trat wieder auf: Wenn er meinte, niemand beachte ihn, überdehnte er den Hals nach hinten und holte in heftigen Zügen Luft, als sei er dabei zu ersticken.

Mali dachte, er würde, als er in jener Nacht vom Training zurück war, ohne ein Wort zu sagen ins Bett kommen – aber er überraschte sie. Er schaltete den Fernseher an und setzte sich im Wohnzimmer aufs Sofa. Sie sagte: »Wir hätten eigentlich heute Abend ausgehen sollen, oder?« Im Fernsehen lief ein Reality-Programm von der Art, die Coby verabscheute, aber er bestand darauf, die Sendung nicht abzuschalten.

»Coby, bist du okay? Du redest nicht mit mir, seit du von dem Bewerbungsgespräch zurück bist.«

Er starrte weiter auf den Bildschirm, sagte aber: »Tut mir leid, Mali. Ich kann jetzt nicht reden.«

»Du kannst mir nicht erzählen, wie es war?«

Er wollte nicht. Sagte nur: »Aus dem Job wird nichts.« Und als sie ihn fragte: »Woher weißt du das? Haben sie es dir gleich gesagt?«, nickte er.

Und sie wusste nicht einmal, wo das Gespräch stattgefunden hatte und bei welcher Firma. Nach den Kündigungen hatte er beschlossen, sich nicht mehr auf Jobs in der Sicherheitsbranche zu bewerben, und sie hatte ihn bestärkt, aber in den letzten Wochen hatte er komplett aufgehört zu suchen, weshalb sie sich freute, als er ihr erzählte, er habe ein Vorstellungsgespräch, und nicht einmal fragte, wo. Und vielleicht schaute sie ihn in jener Nacht tatsächlich nicht genug an, denn hätte sie ihn aufmerksam betrachtet, hätte sie auf seinem Gesicht nicht nur die Resignation gesehen.

Harry lag zu seinen Füßen, nach Urin und Verwesung stinkend.

»Ich hab ihn nicht abgebraust, weil ich Angst hatte, er würde sich auf dem Dach verkühlen«, sagte sie, und Coby fuhr fort, auf den Bildschirm zu starren.

»Wann bringst du ihn weg? Man kann ihn nicht weiter so leiden lassen.«

»Vielleicht morgen.«

»Die Mädchen können ihn nicht mehr sehen. Sie nähern sich ihm nicht mehr. Als wäre er schon tot.«

Hätte es einen anderen Weg geben, ihn zu erreichen, den sie nicht fand? Sie hätte ihm von der Schwangerschaft erzählen können, wie sie es vorgehabt hatte, aber sie wollte darüber nicht sprechen.

»Ich hab heute mit Aviva gesprochen. Sie sagt, es kann sein, dass ihr Bruder etwas für dich hat. Erinnerst du dich an Ami? Er hat angefangen, E-Bikes zu importieren.«

Coby sagte: »Ich suche keinen Job mehr«, und sie verstummte.

Im Fernsehen begann wenig später die Nachtausgabe des Nachrichtenmagazins, und an die erinnerte sie sich hinterher genau.

Häuser und Straßen im ganzen Land standen unter Wasser, besonders in Haifa und Umgebung, und es hatte auch Stromausfälle und Überschwemmungen gegeben. Coby stand vom Sofa auf und ließ sich auf dem Lederschemel dicht vor der Mattscheibe nieder, als störte ihn ihre Gegenwart neben ihm, und auch sie stand auf und ging, gekränkt. Als sie ins Wohnzimmer zurückkam, sah er sich eine andere Nachrichtensendung an, im Ersten. Auf dem Bildschirm waren zwei Mitglieder einer Rettungswagenbesatzung zu sehen, die eine Trage schoben, auf der eine mit einem Tuch abgedeckte Leiche lag.

Coby sog Luft ein, als fiele ihm das Atmen schwer, weil er nicht bemerkte, dass sie sich ihm von hinten näherte. Der abgedeckte Leichnam wurde in den Krankenwagen verfrachtet, neben dem zwei in Regenmäntel gehüllte Polizisten standen. Mali meinte, die Umgebung zu erkennen.

»War das hier?«, fragte sie und fügte, als er nichts erwiderte, hinzu: »War das in Cholon?« Er sagte: »Ja, auf der anderen Seite.«

»Und haben sie gesagt, wer das ist?«

Der Bericht war schon fast zu Ende, und sie hatte nicht mitbekommen, ob der Mörder gefasst war, verstand aber, dass unter dem Laken eine Frau lag.

»Kannst du das ausmachen? Das macht mir Angst, und ich möchte, dass wir reden«, sagte sie leise und berührte seine Schulter. Sie gab nicht nach in jener Nacht, weil sie in solchen Momenten nicht aufstecken durfte. Sie kam mit dem Regenschirm, der verpackt in dem silbernen Geschenkpapier noch immer auf ihrem Bett gelegen hatte, aus dem Schlafzimmer zurück und sagte: »Hast du nicht gesehen, was ich dir gekauft habe?«

Aber der Regenschirm machte ihm keine Freude. Im Gegenteil. Als er das Geschenkpapier aufgerissen hatte, stierte er ihn verstört an, und erst viele Tage danach verstand sie, dass es einen Grund dafür gab.

»Für den, den du verloren hast. Er war nicht so teuer, wie er aussieht.«

Coby legte den Regenschirm auf den Fußboden, ohne ihr zu danken, und ausgerechnet das war es, was ihr den Rest gab. »Willst du unbedingt, dass wir so unseren Hochzeitstag feiern?«, fragte sie, und als er aufstand, schrie sie ihn fast an: »Coby, hörst du mich? Hörst du, dass ich mit dir rede? Hier ist Mali, aus deiner Klasse. Der Krieg hat begonnen.« Er drehte sich zu ihr um, seine Augen flackerten, und spätestens da hätte sie begreifen müssen, dass etwas passiert war.

Beide waren sie ungefähr fünfzehn. Und das Jahr war 1991. Im Januar, mehr als zehn Jahre, bevor sie heiraten würden.

Es war ihr erstes Gespräch oder zumindest das erste, an das sie sich erinnerten, und manchmal, vor allem, wenn sie Streit hatten, verwendete sie es, um ihn aus seinem Schweigen zu locken. Ihr Vater hatte sie nachts um zwei geweckt und ihr gesagt, Bush sei dabei, Bagdad zu bombardieren, worauf sie sich schnell angezogen, ihn angerufen und gesagt hatte: »Coby? Guten Morgen, hier ist Mali aus deiner Klasse. Der Krieg hat begonnen.« Und er hatte mit verschlafener Stimme und dem fremden Akzent, den er damals noch hatte, geantwortet: »Mitten im Schlaf?«

In den letzten Jahren hatte sie immer wieder versucht, sich ihn und sich selbst in jenem Alter vorzustellen, was ihr, ohne sich die alten Bilder anzusehen, nicht gelungen war. Coby war damals hagerer und sein Körper weich gewesen, der eines Jungen. Sein Rücken und seine Brust, die sie stundenlang streicheln konnte, waren hell und glatt. Sie wusste in jener Nacht nichts über ihn, außer dass er allein und ohne seine Eltern aus einer Stadt namens Perth gekommen war und in Cholon bei Verwandten seiner Mutter wohnte. Er spielte ausgezeichnet Basketball und war vom Englischunterricht freigestellt, weil er viel besser Englisch sprach als die Lehrerin und sie zum Gelächter der Schüler korrigierte, bis sie ihn bat, nicht mehr zum Unterricht zu erscheinen. Es gab Gerüchte, seine Mutter hätte sich in Australien das Leben genommen, und später fand sie heraus, dass nichts von dem zutraf. Die meisten Jungen in ihrem Alter fürchteten sich vor dem Schlacks, der mit seinen blauen Augen, den Jeans und Nike-Turnschuhen, die damals noch keiner hatte, aus Perth gekommen war, und erfanden Geschichten über ihn. Am ersten Tag in der Klasse, als er sich vorstellte, sagte er, er sei nach Israel gekommen, um sich zum Dienst in der Spezialeinheit des Generalstabs zu melden.

Ihr Kennenlernen kam vollkommen zufällig zustande. Eine Kapriole des Schicksals oder des Glücks, genau wie alles, was danach geschah. Mali hätte niemals gedacht, er könnte sich für sie interessieren, weil niemand sich für sie interessierte. Sie war zu dünn und zu lang und fiel weder im Unterricht noch auf Partys auf. Sie war zwar Schulmeisterin im Kurz- und Langstreckenlauf, aber das war nichts, was ihr die Aufmerksamkeit der Jungs eingetragen hätte. Doch ihr Familienname lautete Ben-Asher, und Bengtson war der nächste Name auf der Telefonliste der Klasse, weshalb sie ihn, gesetzt den Fall, ein Krieg brach aus, anrufen sollte. Und drei Stunden nach jenem Telefonat, morgens um halb sechs, waren ihr Vater und sie in dem alten Subaru-Pick-up da, um ihn ins Wolfson-Hospital nach Tel Aviv mitzunehmen. Er wartete vor dem Haus auf sie, einen Discman in der Hand und die Ohren unter silbernen Kopfhörern verborgen. Mali schämte sich für den Wagen, dessen Polsterung den Geruch von Abwasserrohren verströmte, und vielleicht ihr Vater auch, der kaum Englisch sprach und dennoch versuchte, sich unterwegs mit ihnen zu unterhalten. »Was macht ihr dort?«, fragte er, und als sie ihm erklärten, sie würden die Opfer der chemischen Raketen, die Saddam Hussein auf den Ballungsraum Tel Aviv niedergehen lassen würde, aus dicken Schläuchen mit Wasser abspülen, bat ihr Vater Coby, er solle auf sie achtgeben.

Das war ihre erste Begegnung, und wer hätte damals ahnen können, dass sie Jahre später nebeneinander unter dem Traubaldachin stehen würden? Eine Woche danach war Coby zu ihnen nach Hause gekommen, und sie hatte vor Aufregung und Verlegenheit keinen klaren Gedanken fassen können. Ihr Vater war verspätet aus der Synagoge zurückgekommen, und während sie auf ihn warteten, versuchte auch ihre Mutter, in holprigem Englisch mit Coby zu reden. Gila nahm damals bereits vor dem gemeinsamen Sabbatessen Reißaus, was eine Erlösung war, denn Mali hatte keinen Zweifel, wären sie sich begegnet, hätte Coby sich in ihre Zwillingsschwester verliebt, die bereits ein Jahr zuvor von zu Hause ausgezogen war und längst ihr eigenes Geld mit Kellnern verdiente. Später, als sie endlich allein in ihrem Zimmer waren, ertönte Raketenalarm, und sie mussten alle in den mit Folien hermetisch abgeklebten Schutzraum, der das kleine Schlafzimmer ihrer Eltern war, wo sie sich zu Tode schämte, weil die Unterhosen ihres Vaters achtlos auf den Boden geworfen herumlagen.

Auch das erste Mal, dass sie miteinander schliefen, war an einem Sabbat, einige Monate später.

Ihre Eltern waren mit ihrem kleinen Bruder zu Verwandten nach Tiberias gefahren, und sie lud Coby ein, bei ihr zu schlafen, obwohl ihr Vater das nicht erlaubt hatte, weil sie so sehr wollte, dass sie es endlich taten, und es keinen anderen Ort gab. Gila war im Nebenraum, und Mali gab keinen Laut von sich, weil sie wusste, ihre Zwillingsschwester lauschte durch die Wand. Und tatsächlich erwartete sie Mali, als diese aus dem Zimmer kam, um sich die Beine abzuduschen, noch immer ganz benommen von dem, was geschehen war.

Sie wartete noch eine Weile im Schlafzimmer auf Coby, aber er kam nicht. Dennoch gelang es ihr, für einen Moment den Schlacks mit den Kopfhörern zu sehen, der im Dunkeln auf der Straße auf sie und ihren Vater gewartet hatte, die Hände in den Taschen vergraben. Und vielleicht unternahm sie deshalb um ein Uhr nachts einen letzten Versuch. Sie stieg aufs Dach und fand ihn dort auf dem weißen Plastikstuhl sitzend, bei empfindlicher Kälte und absoluter Dunkelheit, reglos.

Was durchaus eine Gelegenheit gewesen wäre, ihm von der Schwangerschaft zu erzählen, aber sie ließ es. Etwas Erloschenes und Wildes in seinem Blick und auch dieses Sitzen in der Finsternis machten ihr Angst. Sie streichelte seinen Kopf und seine Brust durch das Poloshirt, das er trug. Flüsterte: »Coby, lass mich nicht allein. Bitte.« Und gab ihm auch alle Signale, dass, wenn er ins Bett käme, sie miteinander schlafen würden. An seinem Hals war eine tiefe Schramme, aber er kam immer mit Blessuren vom Boxtraining.

Spürte sie vielleicht trotz allem etwas?

Als sie durch den Abstellraum auf dem Dach kam, sah sie die Pistole und erinnerte sich, dass die am Nachmittag noch nicht dort gelegen hatte. Und als sie versuchte einzuschlafen und die Hand auf ihren Bauch legte, tauchte in ihr plötzlich das Gesicht des jungen Mädchens auf, das ihr im Einkaufszentrum den Regenschirm verkauft hatte, nur um sogleich von der abgedeckten Leiche abgelöst zu werden, die sie im Fernsehen gesehen hatte, als die auf einer Trage in den Rettungswagen geschoben wurde. Verstört riss sie die Augen auf. Das nächste Bild war das, das sie mit aller Macht zu vergessen suchte: Die schwere Hand kam aus der Finsternis auf sie zu und drückte ihr die Kehle zu.

2

Er erkannte die Leiche sofort, verlor im ersten Moment aber kein Wort darüber, weil Personen in der Wohnung waren, die von dieser Tatsache nichts wissen mussten, und auch wegen der Stille.

Zwei Mann einer Rettungswagenbesatzung standen in der Küche und warteten auf Anweisungen, und ein Streifenbeamter stand am Eingang zur Wohnung. Und jeder, der umherging oder sprach, tat dies wie auf Zehenspitzen und flüsternd, als wollte er die Frau nicht wecken, die auf dem Teppich im Wohnzimmer lag. Einer der Rettungssanitäter deutete auf sie, als Avraham eintrat, aber da hatte er sie bereits bemerkt. Näherte sich ihr vorsichtig, bückte sich. Sie lag auf dem Rücken, die Knie angewinkelt, und nur ihr rechtes Auge war geöffnet. Auf dem Teppich unter ihr lugten farbenfrohe Vögelchen hervor.

Und vielleicht auch wegen des Schocks, den er beim Anblick der Leiche empfand, sagte er in den ersten Minuten niemandem, dass er wusste, wer sie war. Seit er zum Leiter des Ermittlungsdezernats im Ayalon-Distrikt ernannt worden war, hatte er gewusst, sein erster Mordfall würde irgendwann kommen, und ausgerechnet als es dann so weit war, war er sich nicht sicher, bereit dafür zu sein.

Am Vorabend hatte es in den Nachrichten geheißen, der Sturm werde in den Morgenstunden einsetzen, und als er aufwachte, waren schwere Regengüsse am Fenster zu hören. Er rief auf dem Revier an und teilte Lital Levi, der für die Ermittlungen zuständigen Disponentin, mit, er werde einen Tag freinehmen. Er hätte an dem Tag ohnehin nur im Hauptquartier der Polizeikräfte in Jerusalem an einer Fortbildungsmaßnahme zu Internetkriminalität teilnehmen sollen. Dann machte er schwarzen Kaffee für sie beide und brachte ihn ans Bett. Den ganzen Morgen über blieben sie unter der Decke und sahen sich auf dem Laptop vier Folgen der Serie »Die Brücke« an.

Avrahams Augen fielen immer wieder zu.

Sein Vater kam ins Zimmer, legte ihm die Hand auf die Stirn und bestimmte, er könne im Bett bleiben und müsse nicht zur Schule. Als die Wohnungstür hinter seinen Eltern ins Schloss fiel, breitete sich eine wohlige Wärme in seinem Körper aus, weil er begriff, er war ganz allein zu Hause. Sie würden nicht vor dem Abend zurück sein, und er hätte Zeit, in der Wohnung herumzulaufen, als wäre es allein seine. Und sich ein gigantisches Frühstück zu machen. Marianka stieß ihn sanft an, sobald sie an seinen Atemzügen hörte, dass er schlief, und jedes Mal, wenn er die Augen aufschlug, hatten die Ermittler eine weitere Leiche entdeckt. Er fragte: »Was? Hatten sie schon wieder einen Mord?«

Er hatte keine Chance, vor der eigenbrötlerischen schwedischen Kommissarin Saga Norén herauszufinden, wer der Mörder war, was ihn aber nicht weiter störte.

Mittags nahmen sie den Wagen und fuhren nach Tel Aviv.

Avraham hüllte sich in seinen unförmigen blauen Stepp-parka, den er das letzte Mal beim Betriebsausflug des Distrikts zum Berg Hermon im Winter 2007 getragen hatte, und Marianka trug den Wollmantel, den sie aus Brüssel mitgebracht hatte. Sie stellten den Wagen auf einem fast leeren Parkplatz am Strand ab und nutzten eine Regenpause, um auf einer nassen Bank mit Blick aufs Meer zu sitzen, das sich vor ihnen tosend an den Felsen brach. Außer einem arabischen Paar mit Baby war niemand auf der Strandpromenade unterwegs. Und Avrahams Telefon klingelte nicht.

Die meisten Polizisten im Distrikt waren bestimmt damit beschäftigt, Straßen, die wegen des Regens blockiert waren, freizubekommen oder überschwemmte Häuser räumen zu lassen oder sich um Verkehrsunfälle zu kümmern. Genau das hatte er während seiner ersten Jahre bei der Polizei an solchen Tagen auch gemacht. Jetzt aber war er Leiter des Ermittlungsdezernats, dank der Aufklärung eines brutalen Überfalls, der sich nicht weit von der Stelle, wo sie jetzt auf der Strandpromenade saßen, ereignet hatte, und dank zweier Kinder, die er vor dem Tod bewahrt hatte, und es war kaum anzunehmen, dass man ihn bitten würde, bei strömendem Regen an einer Kreuzung zu stehen und anstelle der ausgefallenen Ampel den Verkehr zu regeln. Als der Regen wieder einsetzte, stellten sie sich am Dolphinarium unter und aßen danach Reis und Bohnensuppe in einem Restaurant auf dem Markt. Und Marianka redete nicht sehnsüchtig von den Wintern in Koper oder in Brüssel.

Als sein Telefon kurz nach halb fünf zum ersten Mal klingelte, ging er nicht ran, und erst beim dritten Mal fiel ihm ein, es könnte vielleicht dringend sein. Da er nicht erwartet hatte, dass es das sein würde, was er zu hören bekam, erinnerte er sich hinterher nicht mehr, mit welchen Worten genau Lital Levi ihm mitteilte, was geschehen war. Hatte sie gesagt, es sei Mord? Oder nur, dass die Leiche einer Frau in ihrer Wohnung gefunden worden sei? Einen Namen auf jeden Fall erwähnte sie nicht am Telefon, denn hätte sie den Namen genannt, hätte sich Avraham sofort an die Frau erinnert und wäre nicht wie vor den Kopf gestoßen gewesen, als er ihr Gesicht am Tatort entdeckte. »Wer ist dort?«, fragte er, und Lital Levi sagte: »Niemand. Nur die Kollegen von der Streife, die den Tatort gesichert haben. Die Spurensicherung ist unterwegs, aber die Situation auf den Straßen ist chaotisch, und die werden einige Zeit brauchen. Könnten Sie trotz allem kommen?«

»Ich brauche eine halbe Stunde. Und wenn Maalul oder Schärfstein aus Jerusalem zurück sind, schicken Sie auch einen von den beiden hin.«

Erst als er das Telefonat beendet hatte, fiel ihm ein, dass sie ihm gar keine Adresse genannt hatte. Diesmal rief er sie an, aber die Leitung war besetzt.

Marianka schlug vor, sie sollten gleich zum Tatort fahren, sie würde von dort mit dem Taxi weiterfahren, aber er bestand darauf, sie nach Hause zu bringen. Zügig und schweigend fuhren sie nach Cholon, und als sie das Stadtzentrum erreicht hatten, wirkte alles zugleich real und surreal auf ihn, wie immer bei einem Sturm. Äste waren auf Fußwege gestürzt, und auf den Straßen hatten sich Seenlandschaften gebildet, in denen die Lichter des frühen Abends vexierten, als hätte sich Cholon in Amsterdam oder Venedig verwandelt, und mit einem Mal fiel Avraham ein, dass der erste Roman, den er über Inspektor Jules Maigret gelesen hatte, von Anfang bis Ende während eines Sturms spielte, und dass die Kleidung des massigen Inspektors das ganze Buch über triefnass gewesen war. War es ein Mordfall gewesen? Und wie ermittelte man überhaupt beim Tod eines Menschen? Er erinnerte sich nicht, wie der Fall ausgegangen war, wusste aber noch, dass er das Buch mit neunzehn gelesen hatte, an einem Sabbat, als er während des Ermittlerlehrgangs in der Armee am Standort geblieben war. In der Sokolov-Straße gingen die Leute gegen den Wind ankämpfend nach vorne gebeugt, und Avraham steuerte einen Wagen, dessen Windschutzscheibe beschlagen war, als durchquerten sie eine Nebelwolke, und für einen Moment war ihm, als läge er noch immer im Bett und sähe sich selbst in einer Fernsehserie. Ein Oberinspektor auf dem Weg zu seinem ersten Mordfall. Was ihn da schon störte, war, dass die Leiche in einer der friedlicheren Gegenden von Cholon gefunden worden war. Einbrüche und Autodiebstähle mochte es dort geben, aber so gut wie keine Gewaltverbrechen. Und am schlimmsten war, dass Lital Levi niemanden erwähnt hatte, der auf frischer Tat gefasst worden war, oder einen Verdächtigen, der das Weite gesucht hatte.

Vor der Krausestraße 38 standen zwei leere Streifenwagen

und ein Rettungswagen, und auf dem Gehweg drängten sich hinter den Absperrbändern Schaulustige. In dem Haus an der Straßenecke wurde renoviert, und auch vor dem angrenzenden Gebäude stand ein Bauschuttcontainer. Avraham blieb einen Moment vor der Eingangstür stehen, wartete, dass man ihm öffnete, und drückte dann einfach die Klinke. Er hatte Zeit, sich auf das vorzubereiten, was er dort sehen würde, denn die Wohnung lag im obersten Stockwerk, und im Haus gab es keinen Fahrstuhl.

Die Frau, die auf dem Teppich lag, hieß Lea Jäger.

Ihr rechtes Auge, das weit aufgerissene, war grün und ausdruckslos.

Avraham suchte in den Taschen des Steppparkas nach seinem Notizblock, weil er erste Kommentare zu dem, was er sah, hätte aufschreiben sollen, aber der Block war nicht da. Stattdessen fand er eine Quittung über zwei Kaffee und ein Vollkornsandwich, die er 2007 am Imbiss auf dem Hermon erstanden hatte. Was aber nicht weiter wichtig war, da er, auch ohne sich etwas aufzuschreiben, alles im Kopf behalten würde. Und da er der einzige Ermittler am Tatort war, konnte es durchaus sein, dass er die ersten Ermittlungsschritte nicht alle in der richtigen Reihenfolge durchführte, aber er ließ nichts aus. Er bat alle, bis auf den Rettungssanitäter, der ihren Tod festgestellt hatte, und einen der Streifenbeamten, die Wohnung zu verlassen. Straßensperren in der näheren Umgebung zu errichten, ergab in dieser Phase keinen Sinn mehr, da seit dem Mord schon einige Zeit vergangen war, und auch, weil es niemanden zu suchen gab. Avraham zog seinen Parka aus und legte ihn zusammengefaltet neben der Tür ab. Seine Schuhe steckten in Plastiküberziehern und an den Händen trug er dünne Latexhandschuhe. Niemand durfte sich dem Wohnzimmer nähern, bis die Techniker von der Spurensicherung da waren, und bis dahin sah er alles. Sah die Druckmale der Finger an ihrem Hals, die geröteten oberen Ränder der Ohren und die geschwollene Zunge, die ihr aus dem Mund hing. Sie lag auf dem Teppich, zwischen blauen und roten Vögeln, deren Namen er nicht kannte und die zum Teil den Schnabel aufgesperrt hatten, als versuchten sie, Hilfe herbeizurufen. Seine Augen flohen von der Leiche und wurden von einer halbvollen Kaffeetasse und einem Tablett mit Schokoladenwaffelröllchen auf dem Tisch in der Küche angezogen. Und dann von den Autoschlüsseln, die in einer Schale auf der Anrichte lagen. Der Fernseher lief ohne Ton. Und es bestand kein Zweifel, das Wohnzimmer war der Tatort: Ein Bild, auf dem zwei Frauen inmitten eines gelben Feldes saßen, war von der Wand gefallen, offenbar während des Kampfs mit dem Mörder, und daneben, auf dem Teppich, war eine Stehlampe zu Bruch gegangen. Der Streifenbeamte, der in der Wohnung geblieben war, ein Polizist, dessen Gesicht Avraham wiedererkannte, dessen Namen er aber nicht parat hatte, meinte: »Ein Glück, dass es nicht zu einem Brand gekommen ist.« Worauf Avraham einfiel, dass er ihn gar nicht gefragt hatte, wer genau Lea Jäger gefunden hatte. Und erst da erfuhr er, dass sich ihre Tochter im Schlafzimmer aufhielt.

»Sie ist hier? Allein?«

»Nein, nicht allein. Eine Kollegin ist bei ihr und jemand vom Roten Davidstern.«

Früher wäre Avraham in solchen Situationen auf die Straße gegangen und hätte eine Zigarette geraucht, um nachzudenken, Zeit zu gewinnen und vielleicht auch Ilana Liss anzurufen, aber er hatte zu Beginn des Winters aufgehört zu rauchen, weil Marianka ihn gedrängt hatte und sein vierzigster Geburtstag vor der Tür stand. Nur ab und zu versuchte er, sich die Pfeife anzustecken, die sie ihm in Brüssel gekauft hatte, aber die Pfeife lag in seinem Büro. Und Ilana Liss anzurufen war nicht möglich. Also kehrte er zurück in die Küche, fand dort ein Blatt Papier und einen Stift und notierte sich trotz allem ein paar Angaben, die der Rettungssanitäter gemacht hatte, zum Tathergang, der ihm klar war, weil er es selbst gesehen hatte: Lea Jäger sei *durch Erwürgen zu Tode gekommen, nach einem Kampf.*

Ihre Körpertemperatur belegte, dass sie vor etwa zwei oder drei Stunden noch am Leben gewesen war.

Ihre Hände waren geschlossen, und er hoffte, wenn sie sie in der Pathologie öffneten, würde sich zwischen ihren Fingern mehr finden als nur Verletzungen, die ihre Fingernägel in den Handinnenflächen hinterlassen hatten, als sich ihre Hände verkrampften, oder Hautpartikel, die sie beim Versuch, sich aus den Händen, die sie erwürgten, zu befreien, vom eigenen Hals gekratzt hatte. Das war seine große Hoffnung in diesen Stunden. Landete man so nicht immer beim Mörder? Durch eine systematische Entschlüsselung der am Tatort hinterlassenen Spuren, genau wie bei einem Einbruch oder einem Überfall mit Körperverletzung? Doch obgleich er diese Gedanken für sich formulierte, dachte er da schon, dass etwas mit dem Tatort nicht stimmte. Vielleicht war er *zu sauber? Als hätte jemand nach dem Mord aufgeräumt? Oder davor?* Die Frage, die ihn auf dem Weg zum Tatort im Wagen begleitet hatte, ließ ihm keine Ruhe, aber *diese Frage* schrieb er nicht auf: Weißt du überhaupt, wie du ihren Tod ermitteln sollst?

Um sechs rief er Maalul an, um zu klären, wann er denn da wäre, und als Maalul sagte, der Bus stecke vor Modi'in wegen eines Unfalls zweier Lastwagen auf der Schnellstraße 443 fest, blieb ihm keine andere Wahl, als ins Schlafzimmer zu gehen und selbst die Erstbefragung der Tochter durchzuführen. Sie saß auf dem Bett. Er trug einen Stuhl ins Zimmer und nahm vor ihr Platz, sehr dicht vor ihr, weil der Raum so klein war. Die Freiwillige vom Roten Davidstern wurde gebeten, das Zimmer zu verlassen, aber die Streifenbeamtin, die sie Orit nannte, blieb und hielt während des ganzen Gesprächs ihre Hand.

Avraham schickte ein »Mein aufrichtiges Beileid« vorweg, stellte sich dann vor und fragte: »Können Sie mir erzählen, wie das passiert ist.« Und bedauerte sofort die unbeholfene Formulierung, obschon sie verstand, was er meinte.

»Sie sollte die Kleine aus dem Kindergarten abholen«, sagte sie. »Heute ist ihr fester Tag, weil ich für nachmittags keine Betreuung habe.«

»Wann hat sie sie abgeholt?«

»Der Kindergarten macht um halb vier zu. Aber sie hat sie nicht abgeholt. Sie ist nicht gekommen.«

Orit Jägers Augen waren grün, wie die Augen ihrer Mutter. Am nächsten Tag sollte er erfahren, dass sie dreiunddreißig Jahre alt war, geschieden und Mutter einer Tochter, aber während der Befragung dachte er, sie sei älter, Anfang vierzig mindestens. »Wie haben Sie erfahren, dass sie nicht gekommen ist?«, fragte er, und sie sagte: »Sie haben angerufen, dass die Kleine noch da ist. Daraufhin habe ich sie auf dem Handy und zu Hause angerufen, doch sie ist nicht rangegangen. Ich dachte, sie steckt irgendwo im Regen fest.«

»Und wann haben Sie zuvor mit ihr gesprochen?«

»So gegen eins.«

»Und sie hat nicht gesagt, sie werde nicht kommen? Wissen Sie, ob sie während des Telefonats hier in der Wohnung war?«

Sie nickte. Bekräftigte dann: »Ich glaube, ja.«

»War jemand bei ihr, als Sie mit ihr telefoniert haben?«

»Wer soll denn bei ihr gewesen sein?«

»Ich weiß nicht.«

»Es war niemand da.«

»Und klang sie für Sie normal? Wie sonst auch?«

»Ja. Hätte ich angenommen, etwas ist nicht in Ordnung, wäre ich …«

Sie stockte, und Avraham machte nicht gleich weiter, sondern ließ ein paar Sekunden verstreichen, ehe er mit seiner Befragung fortfuhr, damit sie nicht in Tränen ausbrach.

»Und wann genau sind Sie hergekommen, um zu überprüfen, was los ist?«

»Ich musste ja zurück zur Arbeit und wollte sie nach dem Kindergarten hierlassen. Von drinnen haben wir den Fernseher gehört.«

»Arbeiten Sie hier in der Nähe?«

»In einer Boutique in der Sokolov.«

»Und wo ist der Kindergarten?«

»In der Weizman.«

Er erklärte ihr, er stelle diese Fragen, weil er versuche zu verstehen, wann genau die Leiche gefunden worden sei.

»Ich war um Viertel nach vier hier. Und habe gleich die Polizei angerufen.«

»Und erinnern Sie sich, ob die Tür geschlossen war oder offen stand?«

»Die war geschlossen. Aber ich habe mit dem Schlüssel aufgeschlossen.«

Sie brach in Tränen aus, weil sie offenbar in ihrer Vorstellung den Moment sah, in dem die Tür aufgeschwungen war. Und daher wartete er diesmal nicht ab, sondern fragte umgehend: »Orit, als Sie die Tür geöffnet haben, haben Sie darauf geachtet, ob sie abgeschlossen war?« Sie zögerte, meinte dann: »Ich erinnere mich an gar nichts. Ich glaube, ich habe den Schlüssel umgedreht.«

»Und Sie sind sich sicher, dass in der Wohnung niemand außer Ihrer Mutter war?«

Sie krümmte sich zu der Polizistin, die neben ihr saß, und beantwortete seine Frage nicht. Er hätte die Befragung später fortsetzen sollen, auf dem Revier, beherrschte sich aber nicht und fragte: »Wo ist die Kleine jetzt?« Und ausgerechnet da antwortete sie ihm. »Sie hat alles gesehen. Hat gesagt: ›Warum liegt Oma auf dem Boden?‹, hat aber alles verstanden. Ich habe sie zurückgeschoben und die Tür zugemacht, aber sie hat es gesehen.«

Es war zehn nach sieben, und unten, vor dem Hauseingang, warteten bereits zwei Fernsehteams. Noch immer war Avraham der einzige Ermittler am Tatort. Alle Räume bis auf das Wohnzimmer waren ordentlich aufgeräumt, und nirgends waren Spuren eines Einbruchs oder einer Durchsuchung zu sehen. Dennoch fragte er, ob es in der Wohnung einen Tresor gebe oder ob Lea Jäger größere Geldbeträge dort aufbewahrt habe, und ihre Tochter sagte, davon sei ihr nichts bekannt. Er hatte ihr noch nicht gesagt, dass er wusste, was ihrer Mutter vor zwei oder drei Jahren widerfahren war, aber weshalb erwähnte sie dies im gesamten Verlauf ihres Gesprächs nicht ein einziges Mal? Lediglich die Handtasche war nirgendwo zu finden: weder im Schlafzimmer noch in der Küche oder im Wohnzimmer. Und wie Avraham vermutet hatte, fehlten auch die Wohnungsschlüssel, denn diese steckten weder im Schloss der Eingangstür, noch lagen sie in der Schale im Wohnzimmer, neben den Autoschlüsseln. Während der Unterredung im Schlafzimmer hatte er sich bereits auf seinem Zettel notiert: *Hat hinter sich die Tür abgeschlossen?* Er dehnte die Befragung aus, stellte ihr Fragen, die er teilweise schon zuvor gefragt hatte, nur weil er sie nicht allein lassen wollte. Und obgleich er nicht wusste, was genau, hatte er da schon das Gefühl, außer der Handtasche und den Schlüsseln sei noch etwas aus der Wohnung mitgenommen worden. Plötzlich erinnerte er sich, dass Lea Jäger auch einen Sohn gehabt hatte, worauf er sie fragte: »Sie sind nicht die einzige Tochter, richtig?« Sie nickte und fragte: »Haben Sie meinen Bruder schon benachrichtigt?«

Die Aussagen der Nachbarn konnte er erst einholen, als Maalul endlich eingetroffen war, in durchnässter Uniform, als wäre er zu Fuß von Jerusalem nach Cholon gegangen. Die meisten Bewohner waren keine große Hilfe, da sie um die Mittagszeit nicht zu Hause gewesen waren und vor allem wissen wollten, ob es überhaupt möglich sei, im Gebäude zu bleiben. In einer der Wohnungen traf er auf ein junges Elternpaar, das dabei war, Strampler und Windeln in einer großen Tasche zu verstauen, da die Frau darauf bestand, dass sie bei ihrer Mutter übernachteten. Ihre Zwillinge waren tagsüber mit der Tagesmutter in der Wohnung gewesen. Sie gaben ihm deren Telefonnummer. Im Grunde genommen hatte nur ein Nachbar wertvolle Informationen für ihn. Er wohnte im zweiten Stock, in der Wohnung unter der von Lea Jäger, und berichtete, dass er ungefähr um zwei von oben Lärm gehört habe. »Etwas ist umgestürzt«, sagte er, »oder wurde durch die Gegend geschleift.« Es habe auch Schreie gegeben, aber er sei sich nicht sicher gewesen, wer geschrien habe, da sein Gehör nicht mehr das beste sei. Das Ganze habe zwei, drei Minuten gedauert, da war sich der Nachbar sicher.

»Was hat gedauert?«, fragte Avraham, und der Nachbar sagte: »Der Lärm. Wie bei einer Schlägerei. Oder einem Kampf.«

Lea Jäger war eine ruhige Nachbarin und hielt zumeist Mittagsruhe, wie er auch. Er hatte die Tür geöffnet und war die Treppe ein halbes Stockwerk hochgestiegen, doch dann sei wieder Stille eingekehrt, und er habe entschieden, nicht an ihre Tür zu klopfen. Da seine Mittagsruhe gestört war, sei er aber nicht wieder ins Bett gegangen, und ein paar Minuten später habe er Schritte gehört und durch den Türspion einen Polizisten die Treppe herunterkommen gesehen. Er nahm an, jemand habe wegen des Lärms die Polizei gerufen. Und dass der Polizist die Angelegenheit überprüft hatte. Und deshalb habe er selbst auch nicht bei der Polizei angerufen.

Während er dabei war, die Aussage des Nachbarn aufzunehmen, kam ein Anruf von Benny Saban, dem Distriktkommandanten, und Avraham bat den alten Mann um Entschuldigung und verließ die Wohnung, um draußen mit seinem Vorgesetzten zu sprechen. Auch Saban hatte an der Fortbildung im Hauptquartier der Polizeikräfte in Jerusalem teilgenommen und hätte auf dem Rückweg eigentlich am Tatort vorbeischauen sollen, aber seine Frau hatte für den Abend Theaterkarten besorgt, und wegen der Staus war er gezwungen, direkt nach Hause zu fahren. Er fragte Avraham: »Also, was ist da los?« Und Avraham erwiderte: »Im Augenblick noch gar nichts.«

»Aber wonach sieht es für dich aus? Gewalt unter Ehepartnern? Einbruch?«

Es war ganz offenbar kein Fall von Gewalt in der Familie, da Lea Jäger Witwe war und, nach Aussage ihrer Tochter, keinen Kontakt zu anderen Männern hatte. Und bestand wirklich Aussicht, dass es sich um einen schiefgelaufenen Einbruchsversuch handelte, am helllichten Tag, da aus der Wohnung nur eine Handtasche und ein Schlüsselbund entwendet worden waren und in den übrigen Räumen mustergültige Ordnung herrschte?

»Kurz gesagt, Avi, muss der Distrikt eingeschaltet werden, oder bleibt die Ermittlung bei uns?«

Es war das erste Mal, dass er es jemandem erzählte. Er war verpflichtet, Saban umgehend davon in Kenntnis zu setzen, was auch ein Grund war, den Fall hier im Bezirk zu behalten und nicht die Zentrale Ermittlungseinheit in Tel Aviv die Sache übernehmen zu lassen. »Der Fall bleibt bei uns, denn sie ist ein Vergewaltigungsopfer von uns«, beschied er, und Benny Saban verstand nicht oder hatte nicht richtig gehört.

»Was hast du gesagt?«

»Die Frau, die hier ermordet wurde. Sie heißt Lea Jäger. Und ist in der Vergangenheit schon einmal überfallen worden. Wir haben den Fall bearbeitet.«

Für einen Moment herrschte Stille.

»Sagtest du, sie ist vergewaltigt worden, Avi?«

»Ja.«

»Und wir haben den Vergewaltiger noch nicht gefasst?«

Der Vergewaltiger war noch am selben Tag, an dem Jäger Anzeige erstattet hatte, verhaftet und längst vor Gericht gestellt und verurteilt worden.

»Und jetzt war es wieder Vergewaltigung? Wer hat ihr das diesmal angetan? Hast du überprüft, ob ihr Vergewaltiger noch sitzt oder schon wieder draußen ist?«

Dachte Saban wirklich, der Fall sei schon gelöst?

»Ich weiß es nicht, Saban«, gestand Avraham. »Aber den Spuren am Tatort zufolge glaube ich nicht, dass sie diesmal sexuell angegriffen wurde. Wir haben sie vollständig bekleidet gefunden. Aber lass uns die Obduktion abwarten, und dann werden wir sehen.«

Bevor er auflegte, berichtete Avraham Saban noch, dass ein Polizeibeamter allem Anschein nach kurz nach dem Mord im Gebäude gewesen sei, und als Saban fragte, ob er trotz allem am Tatort erscheinen solle, erwiderte Avraham, sie kämen schon klar. Danach kehrte er sofort in die Wohnung des Nachbarn zurück. Auf seinem Zettel, der sich mit kurzen Sätzen in seiner runden, kindlichen Handschrift zu füllen begonnen hatte, stand: *Aharon Faranji, Nachbar aus der Wohnung darunter: hat ungefähr um zwei Lärm gehört, ein Sturz oder verschobene Möbel, Geräusche von einem Kampf*. Und ein langer, blauer Strich verband diesen letzten Satz mit dem Wort *Kampf*, das ganz oben auf der Seite stand, bei dem, was er aus dem Munde des Rettungssanitäters notiert hatte. Unter den letzten Satz schrieb er: *Polizist am Tatort einige Minuten nach dem Mord?*

»Erklären Sie mir bitte diesen Punkt noch einmal«, sagte er. »Einige Minuten, nachdem Sie den Lärm gehört hatten, haben Sie, obwohl Sie nicht bei der Polizei angerufen hatten, einen Polizisten im Treppenhaus gesehen?«

»Wie ich Ihnen gesagt habe. Vielleicht zehn oder fünfzehn Minuten danach. Er ist die Treppe heruntergekommen.«

»Wissen Sie, ob jemand telefoniert und die Polizei gerufen hat?«

Bei den Zeugenbefragungen, die Avraham bereits durchgeführt hatte, hatte keiner der Nachbarn zu Protokoll gegeben, er habe außergewöhnlichen Lärm gehört oder die Polizei angerufen.

»Zumindest war ich mir sicher. Dass jemand wegen des Geschreis die Polizei gerufen hatte, meine ich. Und dass der Polizist das überprüft und gesehen hat, bei ihr ist alles in Ordnung. Deswegen habe ich nicht bei Ihnen angerufen.«

»Der Mann, der die Treppe herunterkam, trug Uniform, da sind Sie sich sicher?«

»Ja.«

»Und Sie sagen, Sie haben ihn nicht raufgehen gesehen? Nur herunterkommen?«

»Ja. Aber ich habe vorher nicht durch den Spion geschaut.«

»Und das war niemand, der im Haus wohnt? Auch da sind Sie sich sicher? Niemand, den Sie kennen?«

»Hier wohnt kein Polizist. Ich bin seit fünfundvierzig Jahren in diesem Haus.«

»Und vor oder nach ihm? Sind da Leute die Treppe heruntergekommen?«

Das konnte der Nachbar nicht sagen, weil er ja nicht die ganze Zeit über durch den Türspion geschaut hatte. Und er gestand auch, danach ein bisschen eingenickt und erst aufgewacht zu sein, als er die Tochter von Lea Jäger schreien hörte. Aber er habe den Polizisten durchs Fenster beobachtet, als dieser das Gebäude verließ, und gesehen, dass er nicht in einen Streifenwagen gestiegen war.

In der Küche, in der sie saßen, roch es nach gekochtem Huhn, und auf dem Esstisch lag ein Stapel alter Ausgaben der *Maariv*. Faranji bot ihm Tee an, und Avraham lehnte dankend ab, aber mit einem Mal spürte er großen Durst und bat um ein Glas kaltes Wasser. Die letzte Zeile, die er auf seinem Zettel notierte, ehe er aufbrach, lautete: *Polizeibeamter, der im Gebäude war, war zu Fuß unterwegs, nicht mit Streifenwagen. Klären: kam vielleicht aus der anderen Wohnung im dritten Stock?*

Wie immer ließ ihn Maaluls Anwesenheit Erleichterung empfinden. Er war zum Tatort zurückgekehrt und eröffnete Maalul, Saban habe angerufen und werde am heutigen Abend nicht mehr erscheinen, worauf ihn Maalul mit seinen tiefliegenden Augen, die Avraham an die Augen seines Vaters erinnerten, anschaute und lächelte. Avraham vertraute dem erfahrenen Ermittler blind, weshalb Eliyahu auch der Erste gewesen war, um dessen Freistellung vom Jugenddezernat und Versetzung zur Sonderermittlungseinheit er gebeten hatte, als er zum Leiter der Ermittlungsabteilung ernannt worden war. Maalul wollte wissen, ob die Zeugenaussagen der Nachbarn etwas Neues ergeben hätten, und Avraham sagte: »Kann sein, dass wir den Zeitpunkt des Mordes wissen. Der Nachbar aus der Wohnung darunter sagt, er habe so gegen zwei Kampfgeräusche gehört. Und möglich auch, dass es einen früheren Anruf bei der Zentrale gegeben hat. Vor dem der Tochter. Ein paar Minuten nach dem Krach hat er einen Polizisten auf der Treppe gesehen.«

Ohne es auszusprechen, dachten beide in jenem Moment an dieselbe Katastrophe: War auf Ersuchen der Zentrale ein Streifenbeamter zu dem Haus geschickt worden, hatte höflich bei Lea Jäger an die Tür geklopft und war, als keine Antwort kam, einfach wieder gegangen? Wenn es so war, hätte Lea Jäger zwei Stunden eher gefunden werden und vielleicht sogar noch am Leben sein können. Und natürlich gab es noch eine weitere Möglichkeit, aber an die wollten sie zu dem Zeitpunkt noch nicht einmal denken. »Dieser Kollege muss jetzt gefunden werden«, sagte Maalul. »Ich werde mit der Zentrale und dem Revier abklären, wer das war, in Ordnung? Und du kannst gehen, Avi. Du bist doch seit vier Uhr allein hier, oder?«

Verriet etwas in seinen Augen, was er empfand? Er schob die Hand in die Hosentasche, aber da war keine Zigarettenpackung. Und als Maalul ihn fragte: »War die Leiche hier, als du kamst?«, nickte er nur, sah plötzlich wieder den aufgerissenen Mund und das grüne Auge vor sich und bereute mit einem Mal, dass er ihre Stirn nicht berührt hatte, als er in die Wohnung gekommen war, als wäre sie, hätte er etwas anders gemacht, noch am Leben. Er versuchte, Maaluls Blick auszuweichen, und fragte, wo die Tochter sei, und Maalul sagte, die sei gegangen.

»Allein? Ohne Begleitung?«

»Was denn für eine Begleitung, Avi? Ihr geschiedener Mann war da, um sie abzuholen, und ich habe grünes Licht gegeben. Sie wollte wieder zu ihrer Tochter, und es gab keinen Grund, sie noch länger hierzubehalten. Oder?«

Ihr Bruder wiederum war über den Tod der Mutter benachrichtigt worden und auf dem Weg zum Tatort. Avraham wollte auf ihn warten, aber Maalul wiederholte: »Sieh endlich zu, dass du wegkommst, Avi. Es wird alles werden. Er wohnt in Kirjat Bialik und ist in einer Stunde hier. Ich rede mit ihm. Und du ruhst dich aus. Du hast ohnehin hier schon alles erledigt, und morgen wartet ein langer Tag auf uns.«

Das stimmte.

Dennoch blieb er noch eine Weile am Tatort, als fiele ihm der Abschied mit einem Mal schwer, oder als befürchtete er, wenn er ginge, würde er dort etwas übersehen, das er hinterher nicht mehr feststellen könnte. Aber an jenem Abend entdeckte er dort nicht mehr, als sich ihm schon auf den ersten Blick gezeigt hatte. In der zweiten Wohnung auf der Etage öffnete ihm ein vielleicht sechzehnjähriger Jugendlicher die Tür, der ein rotes Sweatshirt trug. Seine Eltern waren nicht zu Hause, aber sie waren auch keine Polizisten. Außerdem konnte zu Mittag kein Polizist bei ihnen gewesen sein, da seine Eltern bei der Arbeit und er in der Schule gewesen war. Erst als Schärfstein am Tatort eintraf, rief Avraham ihn und Maalul in die Küche, berichtete ihnen in aller Kürze, Jäger sei in der Vergangenheit bereits Opfer einer Vergewaltigung geworden, und sah, wie Maaluls dunkles Gesicht erblasste. Und wie Saban wollte auch er wissen, ob der Vergewaltiger seitdem nicht gefasst worden war. Avraham erwiderte, er sei gefasst und verurteilt worden und verbüße, so hatte die Nachfrage von Lital Levi bei der Gefängnisverwaltung ergeben,

noch immer seine Strafe. Dann bat er, sie sollten sich am nächsten Morgen zu einer frühen Teambesprechung einfinden, und erst, als er in seinem Wagen saß, fiel ihm ein, dass er seinen Parka am Tatort vergessen hatte. Er ließ den Wagen nicht an und blieb mehrere Minuten lang reglos und ohne etwas zu tun sitzen.

Die Straße war leer, obwohl der Wind nachgelassen hatte und der Regen jetzt nur noch als feiner Schauer niederging. Maalul rief an, fragte, ob die blaue Jacke in der Küche ihm gehöre, und versprach, sie am nächsten Tag mit aufs Revier zu bringen. Plötzlich wurde ihm klar, dass er sich selbst schon nicht mehr in einer Fernsehserie sah, sondern sich in seinem Revier befand, dem Ayalon-Distrikt, in der Stadt, in der er geboren war und fast sein ganzes Leben verbracht hatte, in der Krausestraße, vor dem Gebäude mit der Nummer 38, wo im dritten Stock eine Frau ermordet worden war, die er kannte. Und dass er am Anfang seiner ersten eigenen Morduntersuchung stand. Als er das Revier betrat, um Kopien von Unterlagen aus der Vergewaltigungsakte von Lea Jäger zu holen, fragte er David Esra, den diensthabenden Beamten am Empfang, ob zu Mittag ein Polizist zur Krause Nummer 38 gerufen worden war und ob der Mann schon ausfindig gemacht sei. »Noch nicht, Avi«, sagte Esra. »Eliyahu hat mich gebeten, das zu überprüfen, und ich versuche, es für euch rauszukriegen, aber, Avi, gib mir ein bisschen Zeit. Weißt du, was heute hier los war? Ein bisschen Regen, und die ganze Stadt säuft ab, du kennst das. Das war beileibe nicht das Einzige, was ich heute zu erledigen hatte.«

Die Akte mit den Kopien beeilte sich Avraham später, ins Arbeitszimmer zu legen, ohne dass Marianka etwas davon mitbekam, aber schon unterwegs fand er Gelegenheit, einen Blick hineinzuwerfen.

Lea Jäger war 2012 vergewaltigt worden.

Die Beamtin, die ihre Anzeige aufgenommen hatte, die sie zu Zimmer 4 des Wolfson-Hospitals begleitet und hinterher auch den Fall betreut hatte, war Esthi Wahabe. Es war ein relativ simpler Fall, weil Lea Jäger ihren Vergewaltiger kannte und sich nur wenige Stunden, nachdem sie überfallen worden war, an die Polizei gewandt hatte. Er war zu lediglich viereinhalb Jahren Gefängnis verurteilt worden, wegen seines Alters und anderer strafmildernder Umstände. Doch er konnte sich nicht erneut an ihr vergangen haben, weil er in der Haftanstalt Rimonim noch immer seine Strafe verbüßte.

Jemand anderes hatte Lea Jäger auf dem Gewissen; hatte sie brutal angegriffen, hatte ihre Handtasche und die Schlüssel zu ihrer Wohnung an sich genommen und die Tür hinter sich abgeschlossen. Hatte er sie überrascht, als er an ihre Wohnungstür klopfte, oder hatte sie gewusst, dass er kommen würde, und ihn erwartet? Und war er noch dort gewesen, als der herbeigerufene Polizist am Tatort eintraf? Diese Möglichkeit hatte er noch gar nicht bedacht, und sie ließ ihn schaudern. Marianka sagte er kein Wort von der Vergewaltigung, als sie bat, er solle ihr erzählen, was passiert war. Nur dass eine Sechzigjährige tot in ihrer Wohnung gefunden worden war. »Hat ihr Mann sie umgebracht?«, fragte Marianka, und er schüttelte den Kopf.

»Ihr Mann ist tot.«

»Also wisst ihr nicht, wer sie umgebracht hat?«

»Noch nicht.«

»Und wird es deine Ermittlung sein?«

»Allem Anschein nach, ja.«

»Also, wie fühlst du dich?«

Er fühlte sich schrecklich. Der Morgen, den sie gemeinsam erst im Bett und dann am Meer verbracht hatten, schien so weit weg, als hätte er vor Monaten stattgefunden. Er legte seine Sachen ab, zog Jogginghose und T-Shirt an und ging ins Bett, ohne etwas zu Abend gegessen zu haben, ja sogar ohne den Bericht über den Mord in der Nachtausgabe des Nachrichtenmagazins zu sehen. Marianka lag neben ihm in der Dunkelheit, schlief aber erst lange nach ihm ein. Von all den Dingen, die er am Tatort gesehen hatte, ließen ihm ausgerechnet die bunten Vögel keine Ruhe. Als er die Augen schloss, sah er sie und nicht die Leiche, und vielleicht war das gut.

Bevor er einschlief, fragte ihn Marianka: »Hast du schon einen Anhaltspunkt?« Und aus irgendeinem Grund sagte er sofort: »Ja«, ohne zu wissen, welchen Anhaltspunkt er meinte.

3

Das zweite Zeichen bekam sie am nächsten Tag, bei dem Telefonat mit Harry, aber auch dieses verstand sie nicht so, wie sie hätte sollen. Sie war verletzt, dass Coby ihren Hochzeitstag einfach ignoriert hatte, vor allem aber, weil er sie zum ersten Mal hatte allein schlafen lassen, und das ausgerechnet an dem Tag, an dem die Angst zurückkehrte und an dessen Ende sie auch die Bilder wieder bestürmten, darunter das der schweren Hand.

Als ihr Mobiltelefon klingelte, wartete sie gerade auf Gila. Ein Mann mit Brille in weißem Pullover und Schal saß im Café zwei Tische entfernt von ihr und beäugte sie über seine Zeitung. Sie war sich sicher, es sei Coby, als sie in der Tasche der Jacke, die sie auf dem Stuhl vor sich abgelegt hatte, nach dem Telefon suchte, weil sie, seit sie das Haus verlassen hatte, auf einen Anruf von ihm wartete. Das Display zeigte eine internationale Nummer, und sie wusste sofort, es war Harry. Sie war unschlüssig, ob sie abheben sollte, da sie befürchtete, sich ausgerechnet bei ihm nicht länger beherrschen zu können, und dass ihr ganzer Zorn zum Ausbruch kommen musste.

Sie hatte versucht, nicht daran zu denken, was gestern geschehen war, aber seit den Morgenstunden war die Wut auf Coby immer größer geworden. War er die ganze Nacht allein auf dem Dach geblieben? Als sie um kurz nach sechs aufwachte, lag er nicht neben ihr. Sie hatte das Gefühl, er sei nicht in der Wohnung, und als sie von einem Zimmer zum nächsten ging, stellte sie fest, dass sie recht gehabt hatte. Auf dem Dach, neben dem weißen Plastikstuhl, sah sie die leere Kaffeetasse. *Für den besten Papa der Welt*. Nach der Pistole suchte sie nicht, aber durchaus möglich, dass diese schon nicht mehr auf dem Tisch in der Kammer lag, durch die sie auf dem Rückweg nach unten kam. Die Wohnungstür jedenfalls war abermals nicht abgeschlossen.

Sie wusste nicht, ob sie ihn suchen sollte. Und sie rief ihn nicht an, weil er am Vortag nicht ein einziges Mal drangegangen war. Sie nahm eine schnelle Dusche, bevor sie die Mädchen weckte, und als sie sich im Schlafzimmer ankleidete, hörte sie, wie die Wohnungstür aufging. Im Augenblick zuvor, als sie vor dem großen Spiegel stand und sich selbst betrachtete, während sie die Bluse zuknöpfte, beschlich sie erneut, wie am Vortag, das Gefühl, eine andere Frau zu beobachten. Sie machte die Kleiderschranktür zu. Coby war in der Küche. Stand am Esstisch und las Zeitung.

Für einen Moment hatte sie Hoffnung: Vielleicht war er in der Nacht zu dem Entschluss gekommen, es sei zu früh, um zu resignieren, und suchte jetzt in den Stellenanzeigen nach einem Job? Einen anderen Grund konnte es nicht geben, denn Coby war zuvor noch nie losgegangen, um eine Zeitung zu kaufen. Als sie hinter ihm stehen blieb und ihm, ohne ihn zu berühren, einen guten Morgen wünschte, sah sie, dass er eine Meldung über den Mord las, der sich in Cholon ereignet hatte. Und dass ihn ihr »Guten Morgen« aufgeschreckt hatte. Er faltete hastig die Zeitung zusammen und verließ damit die Küche, nachdem er einsilbig ihren Guten-Morgen-Gruß erwidert hatte. Auch sie las zu Hause keine Zeitungen, aber auf dem Küchentisch war eine Ausgabe der Gratiszeitung *Israel Hayom* zurückgeblieben, die sie aufschlug. Auf den ersten Seiten waren nur Meldungen über die Schäden, die der Sturm angerichtet hatte, und Bilder von überfluteten Straßen und Schnee in Safed und auf den Golanhöhen. Die Meldung über den Mord tauchte erst auf Seite sechzehn auf, in der Mitte das Foto einer älteren Frau. Ihr Name war Lea Jäger, und Mali meinte, dem Namen schon einmal begegnet zu sein, aber das Gesicht, das sie aus der Zeitung ansah, sagte ihr nichts.

Die Frau war sechzig und um die Mittagszeit in ihrer Wohnung in der Krausestraße ermordet worden.

Ihre Tochter fand die Leiche, als sie sie besuchen wollte.

Über alle weiteren Einzelheiten der Ermittlung war eine Nachrichtensperre verhängt worden.

Mali machte nur sich einen Kaffee und stellte zwei Schalen Cornflakes für die Mädchen hin. Coby tat, als schliefe er, und als sie das Schlafzimmer betrat und wieder verließ, verhielt sie sich, als wäre er gar nicht da, oder so, als wären sie beide Geister. Die Mädchen fragten nicht nach ihm, als sei die Tatsache, dass es Tage gab, an denen sie keinen Vater hatten, eine Selbstverständlichkeit. Bevor sie aufbrachen, rief sie trotzdem laut und vernehmlich: »Du denkst daran, dass ich heute über Mittag arbeite und du sie abholst?« Jedoch ohne sich zu vergewissern, ob er wach war.

Danach standen Erledigungen an.

Es war ihr freier Morgen, und sie musste ihn auf der Post beginnen. Verbrachte mehr als zwanzig Minuten in der Warteschlange, ehe sie die Grundsteuer und die Rechnungen für Wasser und Strom bezahlen konnte, die wie immer in den Wintermonaten trotz aller Versuche zu sparen horrende waren. Vor ihr war die Angestellte einer Anwaltskanzlei an der Reihe, die Dutzende von Einschreiben aufgab. Der Sturm war abgezogen, aber es setzte immer wieder Regen ein. Gegen zehn, als die Geschäfte im Einkaufszentrum öffneten, fuhr sie zum »Shekem Electri«, um die Preise für Wäschetrockner zu kontrollieren, machte aber ein weiteres Mal im letzten Moment einen Rückzieher, weil schon bald warme Tage ins Haus standen und man auch ohne einen klarkommen würde. Die Übelkeit wollte einfach nicht weggehen, und sie hoffte, diese hing mit der Schwangerschaft und nicht mit der Angst zusammen. Das Gespräch mit dem Arzt verschob sie.

Auch an normalen Tagen blieben die meisten Besorgungen an ihr hängen, aber in Phasen wie dieser brachte sie die Last der Aufgaben schier zur Verzweiflung. Coby fuhr die Mädchen weder zum Kindergarten und zur Schule, noch holte er sie ab, obschon er die meiste Zeit zu Hause war. Er wurde immer schweigsamer und in sich gekehrter, und auch wenn er etwas sagte, dann nicht, um ihr seine Hilfe anzubieten. Die schmutzige Wäsche türmte sich im Wäschekorb, das Geschirr in der Spüle, und der Kühlschrank war zwei Tage, nachdem sie eingekauft hatte, schon wieder leer. Die ganze Wohnung verwandelte sich von einem Zufluchtsort in feindliches Gelände. Coby ging, abgesehen von seinem Boxtraining, so gut wie gar nicht mehr aus dem Haus, und seine wortlose Anwesenheit in der Wohnung ließ alle erstarren: Sie, die Mädchen, alle gingen sie langsamer, sprachen leise. Selbst Harry verendete still, ohne einen Laut von sich zu geben.

»Mali, is that you? I can barely hear you.« Als sie Harry Bengtsons Stimme hörte, spürte sie gleich, dass sie in Tränen auszubrechen drohte. Sie unterdrückte den Impuls, indem sie sich auf ihrem Stuhl zurechtsetzte und ein Tütchen braunen Zucker aus der Kupferschale nahm. Auf Englisch sagte sie: »Ich höre dich, Harry. Hörst du mich? Ich bin nicht zu Hause, ich bin in einem Café.« Die Bedienung stellte eine Tasse Milchkaffee vor sie hin und fragte sie nur mit den Lippen, ob sie auch etwas essen wolle, und Mali schüttelte den Kopf. Sie nahm an, Harry rief an, um ihnen mit Verspätung zum Hochzeitstag zu gratulieren, aber das war eine sonderbare Vermutung, da es das erste Mal gewesen wäre und er wahrscheinlich das Datum nicht einmal wusste. Außerdem meinte sie, er sei ein bisschen angetrunken, was er nicht selten war, wenn er anrief. »Ist alles in Ordnung mit Jacob?«, fragte er sie auf Englisch. »Ich versuche, ihn zu erreichen, und schaffe es nicht. Sein verdammtes Telefon ist immer aus. Warum zum Teufel hat er ein Telefon, wenn er es ständig abschaltet?«

Seine Stimme war sonor und tief und hatte sich mit den Jahren nicht im mindesten verändert. Als sie sich zum ersten Mal trafen, hatte sie nicht ein Wort von dem verstanden, was er sagte. »Ja, er ist okay«, antwortete sie. »Möglicherweise ist sein Akku leer. Hast du versucht, ihn zu Hause zu erreichen?« Sie wusste nicht, wann Coby das letzte Mal mit seinem Vater gesprochen und was er ihm gesagt hatte, stellte sich aber vor, dass er ihm nichts erzählt hatte. Weder von den Entlassungen noch von den Krediten und ganz sicher nichts über das letzte, erfolglose Bewerbungsgespräch. Vor ein paar Jahren hatte sie herausgefunden, dass das meiste, was Coby seinem Vater über ihr Leben erzählte, eine einzige große Lüge war, und das, obwohl Harry, hätte er die Wahrheit gekannt, ihnen sicher hätte helfen können. Auch über Eilat hatte Coby beschlossen, ihm kein Wort zu sagen, und dagegen etwas einzuwenden, hatte sie keinen Grund. Sie hörte ihn fragen: »Weißt du, warum er gestern versucht hat, mich anzurufen? Er hat mir eine merkwürdige Nachricht hinterlassen, aber ich hab das Telefon nicht gehört. Er hat irgendwas gesagt davon ... Warst du bei ihm, als er mich angerufen hat, Mali? Bist du noch da?« Sie senkte die Stimme, als sie ihm antwortete, weil der Brillenträger sie inzwischen offen anstarrte, ohne sich noch länger hinter seiner Zeitung zu verstecken. »Ich bin hier, Harry. In einem Café. Und ich war nicht bei ihm, als er angerufen hat. Hat er nicht gesagt, was er wollte?« Wobei sie schon dachte, es sei merkwürdig, dass Coby gestern seinen Vater angerufen hatte. Die beiden telefonierten sonst drei-, viermal im Jahr, nicht öfter. Selbst als sie ihn das erste Mal besuchen gefahren waren, hatte Coby ihm nicht mitgeteilt, dass er Mali mitbringen würde.

Harry schwieg, als habe er sie nicht gehört, und weil sie Angst hatte, er könnte auflegen, bevor er ihr erzählt hätte, was Coby gesagt hatte, hob sie die Stimme, als sie ihn erneut fragte: »Harry? Hat er nicht gesagt, was er wollte?« Und er sagte: »Mali, ich bin noch dran.«

Das war kurz, nachdem sie sich wiedergetroffen hatten. Nach Jahren. Die spontane Reise nach Australien, die alles verändern sollte.

Sie hatten sich getrennt, als sie in der Armee waren, weil es schwer war, eine Fernbeziehung zu führen, aber auch, weil sie neue Kontakte ausprobieren wollte. In den ersten Monaten ihrer Beziehung, auf der Schule, war sie in Coby verliebt gewesen, aber seine Einsamkeit hatte ihr schon damals Angst gemacht. Gila war vom Wehrdienst befreit worden, war nach Tel Aviv gezogen und wechselte alle zwei Wochen den Freund. Und die Tatsache, dass Mali einer Nachrichtendienstbasis in Samaria zugeteilt worden war, wo es so gut wie nur Männer gab, sorgte für ständige Reibereien zwischen Coby und ihr. Die freien Wochenenden verbrachten sie hauptsächlich damit zu streiten. Er verhörte sie zu ihrem Verhältnis zu den Vorgesetzten und zu den Leuten, mit denen sie sich ein Zimmer teilte. Wenn er in der Basis anrief und sie nicht im Büro war, tobte er, auch wenn sie ihm hinterher erklärte, sie sei laufen gewesen. Sie zögerte wochenlang, ehe sie ihm sagte, sie wolle sich von ihm trennen – und sie wusste auch, warum. Coby weigerte sich schlicht, sich mit der Trennung abzufinden. Er rief sie weiterhin an und schrieb lange Briefe. An einem Sabbat, an dem sie in der Basis geblieben war, besuchte er sogar ihre Eltern und bat, sie sollten sie überreden, ihm noch eine Chance zu geben. Aber dann plötzlich herrschte Funkstille. Und die nächsten Jahre sahen sie einander nicht, nicht einmal zufällig. Sie hörte Geschichten über ihn durch gemeinsame Bekannte, und manchmal rief er zu ihrem Geburtstag oder an den Feiertagen an, und sie unterhielten sich, aber in aller Form und ohne einander zu verraten, was in ihrem Leben geschah, um dem anderen nicht wehzutun. Sie ihrerseits blieb dabei, ihn nicht anzurufen, auch wenn sie den Drang verspürte, um keine Hoffnungen bei ihm zu wecken.

Als sie sich dann eines Morgens, zufällig, in einer Praxis der Krankenkasse wiedertrafen – sie war gekommen, weil sie Grippe hatte, und er wegen verschiedener Untersuchungen, die eigentlich zwei Tage zuvor hätten stattfinden sollen –, hätte sie sich niemals vorstellen können, dass sie wieder zusammenkommen würden, denn sie hatte gerade eine schmerzliche Trennung von einem Burschen hinter sich, den sie beim Studium am Verwaltungskolleg kennengelernt hatte und von dem alle dachten, sie würde ihn heiraten. Als Coby vorschlug, am Abend etwas trinken zu gehen, willigte sie ein, und zwei Tage danach sahen sie sich in Tel Aviv einen Film an. Sie arbeitete zu dem Zeitpunkt bereits als Bankangestellte und wohnte noch bei ihren Eltern, während Coby eine Anderthalbzimmerwohnung in Kiryat Sharet gemietet hatte. Sie erzählte ihm mit einer Freimütigkeit, die sie selbst überraschte, wie sie herausgefunden hatte, dass ihr Freund sie betrog, und von ihrer Enttäuschung über das Ende der Beziehung, ohne seinen Namen auch nur ein einziges Mal zu erwähnen. Wohl erzählte sie, seine Eltern wohnten in Ramat Hasharon, dass sein Vater leitender Stationsarzt im Tel-Hashomer-Hospital war und auch seine Mutter als Ärztin arbeitete, und dass beide ihr immer das Gefühl gegeben hatten, bei ihnen zu Hause zu sein. Coby erzählte, er sei im Begriff, beim Mossad anzufangen, nachdem er für einen Kurs zur Schulung von Agenten angenommen worden sei. Und dass er vorhabe, vorher noch für ein paar Wochen zu seinem Vater nach Australien zu fahren. Und dann hatte er sie unversehens gefragt, ob sie nicht mitkommen wolle.

Wie oft hatte sie seither an jenen Moment gedacht?

Sie war sich nicht sicher, ob es eine gute Idee war, aber wegen der Trennung und weil sie die große Reise, die alle nach der Armee unternahmen, nicht gehabt hatte, sagte sie am Ende zu. Aber es war nicht nur das, sondern auch etwas an ihm – oder vielleicht genau genommen an ihnen beiden. Als sie nebeneinander im Dunkel des Kinosaals saßen und sein Bein zufällig ihr Knie berührte, musste sie an seinen glatten, weichen Körper denken und an die vorsichtigen Bewegungen seiner Hände auf dem ihren. Also beschloss sie, spontan zu sein, wenigstens dieses eine Mal im Leben, und auch ihre Eltern unterstützten sie in ihrer Entscheidung, vielleicht ja, weil sie befürchteten, sie könnte am Ende allein bleiben. Sogar ihr Vater hatte nichts dagegen einzuwenden, dass sie mit Coby fuhr, und fragte lediglich, ob sie denn in einem Zimmer schlafen würden. Harry Bengtson erwartete sie weder in Melbourne noch am Flughafen in Perth, nach dem Weiterflug.

Was sie von ihm wusste, bevor sie sich trafen, war, dass er Professor für Botanik war, und deshalb war sie einigermaßen überrascht, als sie ihn schließlich sah. Er war damals sechzig, vielleicht einundsechzig Jahre alt. Ein großgewachsener, sonnengebräunter Mann mit weißem Bart und rotem, um den Kopf gebundenem Taschentuch, der sie mit freiem Oberkörper im Hof seines Hauses erwartete, die Pflanzen gießend und seine beiden schwarzen Riesenhunde Cerberus und Orthos fütternd. Ohne Anzug und ohne Brille. Nur seine hellen Augen waren exakt die von Coby. An ihrem ersten Tag dort trank er eine halbe Flasche Whiskey, nachdem er während des Essens bereits eine Flasche Rotwein geleert hatte. Dennoch war er nicht betrunken, als er sie auf eine Besichtigungstour der Farm mitnahm, die inmitten eines Tals lag, das beide das Tal der Riesen nannten, und von Wäldern mit den höchsten Bäumen, die sie je gesehen hatte, umgeben war. Später dann, als sie im Hof saßen und Coby duschen gegangen war, gestand Harry, er habe nicht gewusst, dass Jacob mit einer Freundin kommen werde, und fragte sie, wie lange sie schon zusammen seien. Sie erzählte ihm, sie hätten sich auf der Schule kennengelernt, hätten sich getrennt und erst vor ein paar Wochen, zufällig, wiedergetroffen. Als Harry fragte: »Und ihr seid gekommen, um mir zu sagen, dass ihr heiraten werdet?«, musste sie lachen, weil ihr das bis zu jenem Augenblick nicht in den Sinn gekommen wäre. »Erstmal nicht«, sagte sie. Harrys Gesichtsausdruck war vollkommen ernst, als er meinte: »Phantastisch. Also, denkst du, zwischen uns kann was laufen, oder bin ich zu alt für dich?«

All das unterschied sich so sehr von ihrem Elternhaus und dem Leben, das sie bis dahin gekannt hatte und genau genommen auch später führen sollte. Nicht nur wegen des großen Hauses, dem Bellen der Hunde in der Nacht und der dichten Wälder, in denen sie jeden Morgen joggen ging, sondern auch, weil Harry Bengtson anders als ihr Vater war, ein kleiner, schweigsamer Mann, dem niemals eingefallen wäre, so etwas zu jemandem zu sagen. Harrys unverwandter Blick brachte sie in Verlegenheit, aber sie versuchte zu lächeln, und Harry lächelte seinerseits und sagte: »Alles nur Spaß. So etwas würde ich ihm nie antun, obwohl ich brünette Frauen liebe. Ich habe Jacob schon genug Schaden zugefügt, denke ich. Und mir scheint, er fühlt sich wohl mit dir.«

Coby kam zurück, und Harry verstummte, stand dann auf und legte die Arme um die Schultern seines Sohnes. »Wie lange habe ich dich nicht gesehen, Junge?«, fragte er, und sie meinte, Coby sei rot geworden und habe sich ein bisschen unbehaglich gefühlt, während gleichzeitig ein glückliches Lächeln sein Gesicht erhellte und er sich den Händen seines Vaters überließ.

Mali hörte in den vier Wochen, die sie in Australien verbrachten, nicht auf, die beiden zu beobachten. Vor allem Coby. In Gegenwart seines Vaters wirkte er verlegen und scheu, und sie stellte sich vor, dass er als fünf-, acht- oder zehnjähriger Junge genauso gewesen war, ehe er als Halbwüchsiger beschloss, allein nach Israel zu gehen. Neben seinem Vater stachen seine Schüchternheit und auch seine Weichheit heraus.

Das verletzliche Zögern, mit dem er eines Abends die Hand ausstreckte, um sie zu streicheln, als sie beide allein auf der Hollywoodschaukel im Hof saßen, schien um Erlaubnis zu bitten, sie nach Jahren berühren zu dürfen. Sie näherte ihren Kopf seiner Hand, weil sie darauf gewartet hatte, dass er sie berührte. Im Unterschied zu den Körpern anderer Männer, die sie berührt hatten, war etwas an Cobys Körper, das für sie immer vertraut und richtig und einfach gewesen war. Und sie sah, dass er sich seit der Schulzeit verändert hatte, dass er seine Selbstsicherheit verloren hatte und wie jemand ging, der Angst hatte hinzufallen, nahm aber an, dass ihm gerade das half, nicht in Schwierigkeiten zu geraten und verletzt zu werden. Sie sprachen so gut wie nicht über seinen Vater, aber sie gewann den Eindruck, dass Coby ihn verehrte und dass gleichzeitig etwas an seinem Vater ihm Angst machte. Unter der Woche bezog Harry eine kleine Wohnung unweit der Universität, und da Coby und sie einen Wagen mieteten, um Ausflüge zu unternehmen, verbrachten sie nicht viel Zeit mit ihm, aber den Gesprächen, die sie mit Harry hatte, entnahm sie, dass er so gut wie nichts über seinen Sohn wusste. Coby erzählte ihm nicht, was er sich getraut hatte, ihr zu erzählen, als sie sich wiedertrafen: dass sein Traum, bei einer Eliteeinheit zu landen, geplatzt war, als er durch den Aufnahmetest fiel, dass er auch zum Offizierslehrgang nicht zugelassen wurde und nach der Entlassung aus der Armee angefangen hatte, Betriebswirtschaft zu studieren, »um die erste Million zu machen, bevor ich fünfundzwanzig bin«, aber von der Universität geflogen war, weil man ihn – fälschlicherweise – beschuldigte, bei einer der Prüfungen abgeschrieben zu haben.

Über seine Mutter sprachen sie nur ein einziges Mal, als Mali zum ersten Mal ein Bild von ihr in seinem Jugendzimmer hängen sah.

Er erzählte ihr, sie habe Hebräisch mit ihm gesprochen, seit er ein Baby war, vor allem, damit sie selbst die Sprache nicht vergaß, und dass sie Dichterin gewesen sei und gehofft habe, an einem der Colleges in Perth kreatives Schreiben unterrichten zu können, aber nie eine Stelle finden konnte, bevor sie dann an einer Krebserkrankung starb, die nicht rechtzeitig diagnostiziert worden war. Und Mali musste an die Geschichten denken, die über ihn erzählt wurden, als er nach Cholon kam, dass seine Mutter verrückt geworden sei und sich umgebracht habe, nachdem sein Vater sie in eine Nervenheilanstalt hatte einliefern lassen. Sie wollte wissen, ob er Australien verlassen habe, weil sie gestorben sei, und er sagte, er sei gegangen, weil er die Frauen nicht ausstehen konnte, die sie im Bett seines Vaters ersetzt hätten. »Aber ich wollte auch in die Spezialeinheit des Generalstabs, erinnerst du dich? Und ich hatte gehört, dass es in Israel die schönsten Mädchen auf der Welt gibt.«

Unerklärlicherweise war ihr, ausgerechnet als sie aus Australien zurückkehrten, klar, dass sie irgendwann heiraten würden.

Harry Bengtson hatten sie seither alles in allem noch dreimal gesehen.

Zwei Jahre nach dem Besuch auf der Farm tauchte er, obschon er angekündigt hatte, er würde auf keinen Fall kommen, bei ihrer Hochzeit auf und brachte eine junge Aborigine namens Luwanda mit, groß und breitschultrig und ungefähr in ihrem Alter, die während der gesamten Zeit, die sie in Israel waren, nicht ein Wort sagte. Drei Jahre danach rief er eines Abends an und sagte, er werde in der darauffolgenden Woche kommen, um seine Enkelin zu sehen, die gerade zur Welt gekommen war. Und beim letzten Mal, vor vier Jahren, hatten sie die Mädchen mit nach Australien genommen und den Sommer bei ihm verbracht. Sie wusste zwar, dass Harry seither einen Herzinfarkt gehabt hatte und Coby ihn öfter anrief, aber sie wusste nicht, dass er ihn am gestrigen Tag angerufen hatte. Und auch nicht, welche Nachricht er ihm hinterlassen hatte.

Gila war noch immer nicht da, und der Brillenträger saß nicht mehr an seinem Tisch, aber der Schal hing noch über dem Stuhl, auf dem er gesessen hatte. Sie sagte erneut zu Harry: »Ich bin gerade nicht zu Hause, aber hast du versucht, ihn dort zu erreichen? Ich denke, er müsste zu Hause sein.« Harry hustete und fragte dann: »Bist du dir sicher, dass er okay ist? Denn am Telefon klang er mir nicht so gut.«

»Ich weiß nicht, was du meinst, Harry. Was hat er denn in der Nachricht gesagt?« Und dann hörte sie zum ersten Mal von Cobys Plan wegzugehen.

»Er hat irgendwas davon gesagt, er käme zu Besuch. Nächste Woche oder sogar noch früher. Weißt du was darüber, Mali? Und warum kommt ihr nicht alle, mit den Mädchen?«

Sie antwortete nicht sofort. Versuchte sich zu erinnern, ob Coby von einer Reise nach Australien gesprochen hatte. Sie würden nicht zusammen fliegen können, weil sie keinen Urlaub beantragt hatte. Und die Mädchen würden bis zum Passahfest in der Schule keine Ferien bekommen, und ohnehin hatten sie überhaupt kein Geld für die Flüge. Und seit Eilat hatte er sie nicht eine einzige Nacht allein in der Wohnung gelassen. »Ich glaube nicht, dass wir kommen können«, sagte sie. »Vielleicht hat er gemeint, wir kommen im Sommer?« Aber Harry erwiderte: »Er hat gesagt, nächste Woche. Denkst du, er wird kommen? Und bei der Nachricht weinte er, Mali. Weißt du, warum er geweint hat?«

Die Tränen, gegen die sie seit dem gestrigen Morgen ankämpfte, standen ihr im Hals, aber es gelang ihr, sie zu unterdrücken. Sie legte das Telefon für einen Moment auf ihre Knie, damit Harry nichts davon mitbekam. Dann sagte sie: »Harry, ich kann dich nicht hören. Wenn ich wieder zu Hause bin, rufen wir dich von dort an, in Ordnung?«

»Aber vergesst nicht anzurufen, Mali, ja? Ich mache mir Sorgen um ihn.« Es war das erste Mal, dass sie Harry so über seinen Sohn sprechen hörte.

Sie hatte nicht vorgehabt, vor der Arbeit noch einmal nach Hause zurückzukehren, und auch nicht zu versuchen, mit Coby zu reden, aber nach dem Gespräch mit Harry konnte sie nicht anders. Sie hielt das Treffen mit Gila so kurz wie möglich, ohne dass ihre Schwester mitbekäme, dass etwas passiert war, und während Gila redete, dachte sie nur daran, was Harry gesagt hatte. Auch ihr konnte sie nichts von der Schwangerschaft sagen.

Es gab nichts, wofür sie sich hätte schämen müssen, trotzdem wurde sie plötzlich von einem Gefühl der Scham überwältigt, wegen ihres Leben und dem, was sie ihrer Schwester darüber erzählt hätte, hätte sie gewagt, es preiszugeben. Sie wollte nur noch nach Hause und ihn fragen, ob er wirklich vorhabe, sie mit den Mädchen allein zu lassen und nach Australien zu fahren. Und sie wollte ihn schlagen, hätte sie nur gekonnt, oder ihn auf einen Stuhl setzen und ihn nicht eher gehen lassen, bis er ihr gesagt hätte, was mit ihm los war. Sie wusste, er würde sie nicht anrufen, denn es war immer sie, die ihn versöhnlich stimmen musste, weil Coby einfach nicht wusste, wie man einen Streit beendete. Das war auch sein Problem bei der Arbeit. Kleinere Spannungen, die andere Leute zu entschärfen oder einfach zu ignorieren wussten, machte Coby zu bitteren Fehden. Und wenn er meinte, jemand habe ihm unrecht getan, war er nicht in der Lage zu verzeihen.

Gila legte eine neue Handtasche auf den Tisch, und noch bevor sie sich einen Kaffee bestellte, erzählte sie von dem Mann, der schuld daran war, dass sie letzte Nacht nicht geschlafen hatte. Er war sechs Jahre jünger als sie, Rechtsanwalt. Sie hatten sich kennengelernt, als sie ihm eine Wohnung in dem neuen Appartementkomplex in der Jona Hanavi in Tel Aviv zeigte, direkt am Meer. Und wie immer, als wollte sie für böses Blut sorgen, fragte sie Mali dann: »Wie steht's bei euch denn mit dem Geld? Hat er schon einen Job gefunden?« Und als Mali antwortete, noch nicht, sagte sie: »Kannst du mir mal erklären, worauf er wartet?« Aber diese Sätze entfernten sie nicht von Coby, sondern brachten ihn ihr nur noch näher. Vielleicht, weil sie trotz allem verstand, was er durchmachte, wie erniedrigend diese Bewerbungsgespräche für ihn waren und wie viel Geringschätzung er einstecken musste, und auch, weil sie wusste, dass sie Anteil daran hatte. Als sie zu Gila sagte, sie müsse los, wollte sie nur noch nach Hause, aber nicht nur, um ihn nach Australien zu fragen, sondern auch, um ihn wortlos in den Arm zu nehmen und ihm von der Übelkeit zu erzählen und davon, dass die Angst wieder da war, dass sie gestern Nacht, bevor sie eingeschlafen war, die Hand aus der Dunkelheit hatte kommen spüren. Aber als sie schließlich zu Hause ankam, geriet all das schnell in Vergessenheit. Die Tür war wieder nicht abgeschlossen.

Coby stand im Wohnzimmer zwischen Sachen und Kleidungsstücken, die er aus der Anrichte und dem Wandschrank am Eingang geholt hatte. Die Türen zu den Zimmern der Mädchen, die sie am Morgen aufgeräumt hatte, standen offen, und auch dort sah sie achtlos hingeworfene Spielsachen, Kleider und Hefte auf den Betten und dem Fußboden. Sein

Blick machte ihr Angst, wie in der Nacht, als er sich zu ihr umgedreht hatte. Harry kam aus dem Schlafzimmer, schaute sie an, näherte sich ihr mit langsamen Schritten und legte sich hin. Coby sagte leise: »Ich finde den Regenschirm nicht. Weißt du, wo er ist?«

Er trug das schwarze Poloshirt, das er schon am Vortag angehabt hatte, und seine Hände zitterten. »Er ist dort, unter dem Sofa«, sagte sie. »Du hast ihn gestern dort liegenlassen, nachdem ich ihn dir gegeben habe. Und räumst du das ganze Chaos hier auch wieder auf?« Coby sah in die Richtung, in die sie gedeutet hatte, und sagte: »Nicht der, der alte Schirm.«

Sie schaute ihn verstört an, verständnislos. Er rückte die Anrichte im Wohnzimmer von der Wand ab, schob die Sessel beiseite und rollte den Teppich auf. Der Schemel war umgekippt und lag weit entfernt von seinem eigentlichen Platz vor dem Fernseher, als hätte er ihn mit einem Tritt dorthin befördert. »Du hast doch gesagt, du hättest ihn verloren und wüsstest nicht, wo, oder?« Sie versuchte, ihre Stimme unter Kontrolle zu behalten. »Deshalb habe ich dir einen neuen Schirm gekauft.«

Außerdem regnete es doch gar nicht mehr.

Seine Augen fuhren fort, nach dem Schirm zu suchen, während er murmelte, wie zu sich selbst: »Ich weiß nicht mehr, wo ich ihn gelassen habe. Bist du dir sicher, dass du ihn nirgendwo gesehen hast?« Sie blieb noch einen Moment lang dort stehen und fuhr dann mit dem Fahrstuhl nach unten, stieg in den Wagen und versuchte nicht, das Weinen länger zu stoppen. Und auch wenn sie es versucht hätte, sie hätte es nicht vermocht.

4

Er hatte zu wenig geschlafen, aber als er um Viertel nach fünf aufwachte, war er einsatzbereit. Der Schock, der ihn am Tatort beim Anblick der Leiche erfasst hatte, war verschwunden und an seine Stelle der Wunsch getreten, auf dem Revier zu sein und zu arbeiten. Auf seinem Telefon waren keine neuen Nachrichten eingegangen, dennoch hoffte er, wenn er ins Büro käme, würden dort die Ergebnisse des kriminaltechnischen Labors auf ihn warten. Vielleicht wegen des wissenschaftlichen Traums, den er in der Nacht gehabt hatte, in dem ihm Ilana Liss bei einem Telefongespräch mitteilte, die Fingerabdrücke, die der Mörder auf dem Teller in der Küche hinterlassen hatte, seien identifiziert – doch dann war das Gespräch unterbrochen worden, ehe sie Avraham den Namen hatte sagen können.

Marianka stand mit ihm auf, obwohl sie nicht gemusst hätte. Während sie frühstückten, überflog Avraham die Zeitungen, und die Zeilen zogen so traurig vor seinen Augen vorüber, wie erwartet: *Leiche einer sechzig Jahre alten Frau in Cholon gefunden, Lea wurde zu Hause ermordet,* und natürlich *Polizei hat noch keinen Anhaltspunkt*. Der Mord an Lea Jäger gesellte sich zu vier Morden und Auftragsmorden, die sich seit Beginn des Winters in der Unterwelt ereignet hatten und noch nicht aufgeklärt waren. Außerdem gab es gerade eine wahre Flut von Ermittlungen, die gegen hochrangige Polizeioffiziere im Gange waren, wegen des Verdachts der sexuellen Belästigung von Kolleginnen. Auf dem Revier kursierte der Witz, das Einzige, was dieser Tage noch weniger angenehm sei, als Beamtin bei der israelischen Polizei zu sein, sei, dort Polizist zu sein. Und in allen Zeitungen war das Gesicht Jägers abgedruckt, von dem immer gleichen Passfoto, das die Familie zur Verfügung gestellt hatte, und nur ihn schaute ein anderes Gesicht an, ein entstelltes, lebloses Gesicht.

Avraham machte für sie beide Brote mit Frischkäse und dünn geschnittenen Tomatenscheiben und setzte schwarzen Kaffee auf. Als Marianka ihn fragte, was in den Zeitungen stehe, zeigte er sie ihr, als könnte sie alles lesen. Beim ersten Kaffee war das Bedürfnis nach einer Zigarette noch immer stark, und er griff stattdessen nach einer weiteren Scheibe Brot. In den letzten Wochen hatte er vier Kilo zugenommen, aber nicht, weil er aufgehört hatte zu rauchen, sondern weil er seit Mariankas Ankunft zwei Mahlzeiten jeden Abend aß – eine, die sie gemeinsam zu sich nahmen, und eine, die er hinterher allein verschlang, wenn er sich, damit sie es nicht mitbekam, in die Küche stahl. Nach dem Frühstück saßen sie noch einige Minuten lang am Tisch, bei ungewöhnlicher Stille, die vom Tatort mit der Leiche in ihre Wohnung gekrochen zu sein schien.

Die für den Morgen angesetzte Besprechung des Ermittlungsteams begann um Punkt halb acht und war das Einzige an diesem ersten Tag der Ermittlung, das so verlief, wie er es geplant und gehofft hatte. Er war frühzeitig da und nahm an, Maalul würde sich wie immer verspäten, aber Eliyahu betrat den Besprechungsraum als Erster, die dunkle Glatze und das bisschen Haar an den Seiten nass, als sei er gerade aus der Dusche gekommen. Außer ihnen nahmen an der Besprechung Inspektor Eyal Schärfstein, die Ermittlungskoordinatorin Lital Levi und Oberinspektorin Esthi Wahabe teil, die bei der Vergewaltigung von Lea Jäger für die Ermittlung verantwortlich gewesen war und jetzt temporär dem Team angehörte. Kommandant Benny Saban sollte im Verlauf der Besprechung dazustoßen, verspätete sich aber.

Als die Mitglieder seines Teams den Raum betraten, versuchte Avraham zu vergessen, dass es das erste Mal war, dass er in einem Mordfall eine Besprechung der Ermittlungseinheit leitete. In der Vergangenheit war er zwar an mehreren Ermittlungen beteiligt gewesen, die wegen eines Todesfalls unter unnatürlichen Umständen aufgenommen worden waren, aber in aller Regel hatte Ilana Liss diese geleitet. Auch sie war immer früh da gewesen und hatte vor allen anderen im Besprechungsraum gewartet. Wie er hatte sie am Kopfende des Tisches gesessen, ihre rechteckige Lesebrille auf der Nasenspitze, und war die vor ihr ausgebreiteten Unterlagen noch einmal durchgegangen. Hatte geduldig abgewartet, dass alle sich einen Kaffee machten und ihre Plätze einnahmen. Und Avraham hatte bei diesen Briefings dort gesessen, wo jetzt Eliyahu Maalul saß. Immer mit einem blauen Kugelschreiber in der Hand und aufgeklapptem Notizbuch. Hatte darauf gewartet, dass Ilana anfing zu sprechen. Aber Ilana war jetzt krankgeschrieben, musste immer wieder zur Chemo- und Strahlentherapie ins Ichilow-Hospital, und er war allein, trug als Leiter des Ermittlungsdezernats die gesamte Verantwortung auf seinen Schultern.

»Wie ihr wisst«, eröffnete er schließlich die Besprechung, »wurde gestern um vier Uhr nachmittags in der Krause Nummer 38 die Leiche von Lea Jäger gefunden, sechzig Jahre alt und in Cholon wohnhaft. Gefunden wurde sie von ihrer Tochter. Noch wissen wir nicht viel darüber, was ihr widerfahren ist, aber ich hoffe, das ändert sich, sobald die Befunde aus dem kriminaltechnischen Labor da sind. Ich möchte, dass wir ihre Wohnung ein weiteres Mal in Augenschein nehmen, mit einem oder sogar mehreren der Angehörigen, aber fürs Erste sieht es so aus, als seien daraus nur der Schlüsselbund der Ermordeten und eine Handtasche mitgenommen worden. Beide konnten nirgendwo am Tatort gefunden werden. Andererseits gibt es keine Anzeichen eines Einbruchs, und auch ihr Auto wurde nicht gestohlen, obwohl die Fahrzeugschlüssel offen im Wohnzimmer lagen. Wir haben keine Augenzeugen des Mordes, aber offenbar einen Ohrenzeugen, ein Nachbar, der im zweiten Stock wohnt. Der Zeuge will gegen zwei Uhr Geräusche eines Kampfes aus der Wohnung über sich gehört haben, und seine Aussage deckt sich mit dem durch den anwesenden Rettungssanitäter bestimmten Todeszeitpunkt. Die Zeugenaussage entspricht auch dem Obduktionsbericht, dem zufolge Lea Jäger nach einem Kampf durch Erdrosseln ermordet wurde, nach vorherigen Schlägen gegen den Kopf. Wie ich bereits sagte, werden wir mit hoher Wahrscheinlichkeit gute DNA-Befunde haben und diese aller Voraussicht nach noch heute bekommen. Laut einem Telefonat, das ich heute Morgen mit dem Labor geführt habe, finden sich unter den Fingernägeln und zwischen den Fingern des Opfers Partikel, aus denen sich möglicherweise die DNA der Person gewinnen lässt, mit der sie gekämpft hat. Auf alle Fälle deuten der Zustand des Tatorts und die Todesumstände auf einen nicht geplanten Mord, vielleicht das Resultat eines Streits, der eskaliert und gewalttätig geworden ist. Ein weiteres Detail, über das ich euch bitten möchte, auch hier auf dem Revier Stillschweigen zu wahren, damit nichts davon irrtümlicherweise nach außen dringt, ist, dass Lea Jäger in der Vergangenheit Opfer einer Vergewaltigung war, die bei uns ermittelt wurde. Im Augenblick haben wir, was das angeht, eine Nachrichtensperre. Gestern, auf jeden Fall, ist sie nicht sexuell angegriffen worden. Das können wir bereits ausschließen.«

Bei diesen Worten schaute er zu Esthi Wahabe. Sie hatte den Vergewaltigungsfall betreut, und sein Blick erklärte ihre

Anwesenheit im Raum. Als sie jetzt neben Maalul saß, wirkte sie auf Avraham wie dessen Tochter, und vielleicht deshalb empfand er eine unwillkürliche Nähe zu ihr, als wären sie Geschwister. Wie Eliyahu und er selbst war Wahabe ein bisschen zu kurz geraten und hatte dunkle Augen. Dunkle und sehr ernste Augen. Ihr Gesichtsausdruck veränderte sich fast nicht, auch als er sich an sie wandte, und falls sie aufgeregt war, sich in dieser Runde zu befinden, dann verbarg sie ihre Aufregung gekonnt. Das Einzige, was Avraham über sie wusste, war, dass sie nicht verheiratet war und zusammen mit ihren Eltern, für deren Lebensunterhalt sie aufkam und die beide taub waren, im Shaarayim-Viertel in Rechovot wohnte.

Er hielt für einen Moment inne, als er den Kopf hob und die Gesichter der im Raum Versammelten musterte, wie es Ilana immer getan hatte. Schärfstein hörte ihm nicht zu, oder zumindest schien es ihm so, denn seine Augen waren auf sein Smartphone geheftet. Auch am Vortag, als er gegen Abend endlich aus Jerusalem am Tatort eingetroffen war, hatte Schärfstein getan, was er konnte, um ein Gespräch mit Avraham zu vermeiden, und die meiste Zeit mit Maalul geredet. Avraham hatte ihn gesehen, unmittelbar bevor er nach Hause gegangen war, wie er die Hände in den Taschen vergraben umhergelaufen war und Fenster- und Türscharniere inspiziert hatte, als erwäge er, die Wohnung zu kaufen. Allen war klar, dass Schärfstein nicht über Benny Sabans Entscheidung hinweggekommen war, Avraham und nicht ihn zum Leiter des Ermittlungsdezernats zu ernennen. Kurz nach der Ernennung hatte er um seine Versetzung ins Betrugsdezernat oder eine andere landesweite Ermittlungseinheit gebeten, aber bis dahin war er gezwungen, weiter uneingeschränkt mit Avraham zusammenzuarbeiten. Seinen Unmut darüber konnte man ihn jedoch nicht zwingen zu verbergen.

»In der Anfangsphase der Ermittlung, in der wir uns noch befinden«, fuhr Avraham fort, »und bis die Ergebnisse aus dem Labor da sind, die – wenn wir Glück haben – Rückschlüsse auf die Identität des Täters zulassen, denke ich, gibt es zwei Richtungen, die wir entwickeln müssen. Die eine ist die eines Einbruchs, der schiefgelaufen ist, oder auf jeden Fall einer zufällig erfolgten Gewalttat, und die andere die einer Verbindung zwischen dem Mord und der früheren Vergewaltigung.« Da unterbrach ihn Maalul und sagte: »Avi, ich möchte in diesem Zusammenhang etwas sagen. Ist das jetzt möglich?« Avraham bedeutete ihm, er könne sprechen. Und Schärfstein starrte weiter auf sein Smartphone.

»Gestern Nacht, nachdem du den Tatort verlassen hattest und auch Eyal schon gegangen war, erschien noch der Sohn von der Jäger, der in Kirjat Bialik wohnt. Ich habe ihn gleich vernommen, und er hat mir Informationen anvertraut, die mir wichtig erscheinen. Nach seiner Aussage, und Esthi wird bestimmt gleich noch mehr dazu sagen können, war die Familie des wegen Vergewaltigung Verurteilten nicht mit dem Ausgang des Prozesses einverstanden. Sie haben sie vor dem Prozess bedrängt, haben verlangt, sie solle ihre Anzeige zurückziehen, und nach der Verurteilung hat sich die Situation noch weiter verschärft, sie haben gedroht, ihr aus Rache etwas anzutun. Nach der Verlesung des Urteils ist es auf dem Parkplatz des Gerichtsgebäudes sogar zu Handgreiflichkeiten zwischen den Familien gekommen.«

Avraham sah ihn verblüfft an, und Eliyahu, der die Frage in seinen Augen ablas, lächelte und fuhr fort: »Warte, warte, das ist noch nicht alles. Ich habe dich nicht angerufen, weil es wirklich spät war und ich annahm, dass du schon schläfst. Der verurteilte Täter heißt David Danon und sein Sohn, der die Ermordete bedroht haben soll, Ami. Er betreibt ein Bauunternehmen und wohnt in Rischon. Ich habe sofort Kontakt zu ihm aufgenommen. Er bestreitet, dass sie Jäger bedroht hätten, aber klar ist, sie hatten eine Rechnung mit ihr offen, da habe ich keinen Zweifel. Er wiederum behauptet, es sei keine Vergewaltigung gewesen und dass der Sexualakt zwischen Jäger und seinem Vater in beiderseitigem Einvernehmen erfolgt sei. Aus seiner Sicht hätte sein Vater nicht einen einzigen Tag im Gefängnis sitzen dürfen. Auf jeden Fall hat er ein Alibi für den gestrigen Tag, das ist bereits überprüft und bestätigt. Er war bei einer Baustellenbegehung mit Kunden. Er ist bereit, seine Aussage am Polygrafen zu wiederholen, und wird heute Mittag aufs Revier kommen.«

Die Einzelheiten, die Esthi Wahabe ihnen danach über die Vergewaltigung Lea Jägers mitteilte, waren Avraham größtenteils aus den Kopien der Akten vertraut, die er in der vergangenen Nacht mit nach Hause genommen hatte, und er versuchte, ihr zuzuhören und nicht über Maaluls Verrat nachzudenken, der eine mögliche Ermittlungsrichtung über Stunden vor ihm verborgen gehalten hatte.

David Danon war der Geschäftspartner ihres Mannes gewesen. Die beiden hatten gemeinsam die Lizenz für ein Taxi besessen, das sie selbst und durch bezahlte Fahrer betrieben. Nachdem Jägers Mann an einem Herzinfarkt gestorben war, wollte Danon ihren Anteil an der Lizenz erwerben, aber Jäger lehnte ab, da das Taxi ihre Haupteinnahmequelle war. Einige Monate, nachdem sie Witwe geworden war, trafen sie sich in ihrer Wohnung, um über das Geschäft zu reden, und dabei war sie missbraucht worden. Noch in derselben Nacht erstattete sie Anzeige und wurde zur ärztlichen Untersuchung ins Wolfson-Hospital gebracht. Die medizinischen Befunde waren eindeutig. Danon jedoch behauptete, der Geschlechtsakt sei in beiderseitigem Einverständnis erfolgt und dass es nicht das erste Mal gewesen sei, dass sie miteinander intim geworden waren. Laut seiner Darstellung hätten beide ein romantisches Verhältnis gehabt, das begonnen habe, als Jägers Mann noch am Leben war. Danon war noch in der Nacht in seinem Haus verhaftet und am nächsten Tag einer Richterin vorgeführt worden. Der Fall war relativ einfach: Danon wurde angeklagt, hauptsächlich auf Grundlage der medizinischen Untersuchung und der Aussage Jägers, und zu viereinhalb Jahren Gefängnis verurteilt. Wie Maalul gesagt hatte, weigerte sich seine Familie, die Verurteilung zu akzeptieren. Wahabe berichtete, sie hätten sogar eine private Ermittlungsfirma angeheuert, um belastendes Material über Jäger zusammenzutragen.

Avrahams Blick wanderte von Maaluls Gesicht zu dem Lea Jägers auf dem Bild, das er Lital Levi gebeten hatte, an die Pinnwand zu hängen, neben die Aufnahmen vom Tatort. Das Foto war entstanden, als sie noch lebte. Er war an der Ermittlung ihres Vergewaltigungsfalls nicht beteiligt gewesen, hatte Jäger aber auf dem Revier getroffen und kannte den Fall aus Diskussionen während der Dezernatsbesprechungen. Jetzt fragte er sich, ob das Bild vor der Vergewaltigung oder danach aufgenommen worden war. Jäger blickte unverwandt in die Kamera, und ihr Gesichtsausdruck auf dem Foto war ernst, ohne den Anflug eines Lächelns. Der Gesichtsausdruck eines Menschen, der in einer Zeit groß geworden war, als Fotoaufnahmen noch etwas waren, auf das man sich vorbereitete, dachte er. Hatte sie sich fotografieren lassen, als ihr Mann noch am Leben war? Und hatte in dem Augenblick, in dem er starb, alles begonnen durcheinanderzugeraten? Erst der Herzinfarkt ihres Mannes, und kurz darauf wird sie durch seinen Kompagnon sexuell angegriffen. Wird durch ihren

Vergewaltiger hinterher beschuldigt, einvernehmlich mit ihm Sex gehabt zu haben, noch vor dem Tod ihres Mannes. Und jetzt der Mord. Jäger hatte allem Anschein nach eigenhändig jemandem die Tür geöffnet, den sie kannte, und war dann angegriffen und ermordet worden. Wäre ihr Mann noch am Leben gewesen, wäre so etwas nicht passiert. David Danon hätte nicht gewagt, sie zu attackieren, und derjenige, der sich gestern Zutritt zu ihrer Wohnung verschafft hatte, hätte sie dort vielleicht nicht allein angetroffen. Aber wie standen die Chancen, dass sie mit jemandem aus Danons Familie ein Treffen vereinbart oder ihm die Tür geöffnet hatte?

Wahabes Diktion war leise und sachlich, und als sie geendet hatte, sagte er: »Danke, Esthi. Du wirst mit Eliyahu in diese Richtung arbeiten. Bestellt die Familienangehörigen des Vergewaltigers zur Vernehmung ein und auch die privaten Ermittler, die sie beauftragt haben. Und sollten heute DNA-Spuren vom Tatort kommen, wissen wir schnell, ob sie zu einem der Angehörigen passen, selbst ohne sie um Proben zu bitten, da sich seine DNA ja in der Datenbank befindet. Außerdem fordert ihr die Gesprächsprotokolle für Jägers Telefonanschluss für die letzten vier Wochen mindestens an und überprüft, ob sie Anrufe von ihnen bekommen hat, okay?«

Schärfstein bat er, von Jägers Sohn und der Tochter eine zusätzliche Aussage einzuholen und parallel dazu zu versuchen, der Annahme nachzugehen, sie sei im Verlauf eines Einbruchs oder Raubüberfalls ermordet worden. Seine Worte waren an alle gerichtet, hauptsächlich aber an Schärfstein, als er sagte: »Ich weiß nicht, ob ihr darauf geachtet habt, aber in zwei Gebäuden in der Straße laufen zur Zeit Renovierungsarbeiten. Das heißt, dass in der Gegend Arbeiter unterwegs sind und auch das überprüft werden muss. Geklärt werden muss, wer die Arbeiter sind und ob sie einen kriminellen oder nationalistischen Hintergrund haben und ob einer von ihnen gestern gefehlt hat. Außerdem müssen wir die Handtasche finden. Und bevor ihr geht, schaut euch die Fotos vom Tatort noch mal an, in Ordnung? Vielleicht seht ihr etwas, was wir noch nicht bemerkt haben.«

Das war ein Routineermittlungsschritt, den er sich von Ilana Liss abgeschaut hatte, und er meinte, nur Schärfstein habe es bemerkt: Aufnahmen vom Tatort ein oder zwei Tage später mit unvoreingenommenen Augen zu betrachten; sie Kollegen zu zeigen, die nicht an der Ermittlung beteiligt waren und den Tatort zuvor nicht gesehen hatten. Möglich, dass irgendjemand ein Detail wahrnahm, das vorher niemand gesehen hatte. Schärfstein und Lital Levi erhoben sich, um zu gehen, als Avraham sagte: »Nur noch ein Wort.« Lital Levi machte kehrt und setzte sich wieder auf ihren Platz. »Wir haben eine Zeugenaussage vorliegen, die zu bestätigen uns bislang noch nicht gelungen ist, bezüglich eines Polizisten, der kurz nach dem Mord in dem Gebäude gewesen sein soll.« Avraham verstummte und fügte dann hinzu: »Wir überprüfen, ob die Aussage richtig ist und, wenn ja, wer der Polizist ist und ob er sich infolge eines Anrufs bei der Zentrale zu dem Gebäude begeben hat. Ich möchte, dass ihr, bevor wir wissen, was dahintersteckt, auch über diese Aussage mit niemandem sprecht.«

Er hatte gedacht, die Besprechung sei damit beendet, aber Schärfstein fragte ihn mit einem Mal: »Wie alt ist er denn, dein Zeuge? Weißt du das?« Im ersten Moment verstand er die Frage nicht. Er erinnerte sich weder an das genaue Alter des Nachbarn aus dem zweiten Stock noch an dessen Namen, und seine Notizen vom Tatort lagen auf dem Tisch in seinem Büro. »Mir hat er diese Geschichte gestern auch erzählt«, fuhr

Schärfstein fort. »Hat mich auf der Treppe abgefangen, als ich gerade angekommen war. Er ist über siebzig. Und war gerade von seinem Mittagsschläfchen aufgewacht.«

Auch Wahabe verstand nicht, worauf Schärfstein hinauswollte, und fragte: »Na und?« Schärfstein aber wandte sich direkt an Avraham, als er weitermachte. »Hast du vielleicht mit ihm geklärt, ob er normalerweise eine Brille trägt?«, fragte er. »Und ob er Zeit genug hatte, die aufzusetzen, bevor er den Polizisten durch den Türspion für weniger als eine halbe Sekunde zu sehen bekam?«

Wahabe und Lital Levi schauten zu Avraham, aber der antwortete nicht.

Er hatte den Nachbarn nicht nach einer Brille gefragt. Und erinnerte sich nicht mehr, ob der Zeuge eine Brille getragen hatte, als er ihn am Vortag befragt hatte.

Saban wurde in der Polizeidirektion des Distrikts Tel Aviv aufgehalten und ihr Treffen deshalb auf die Nachmittagsstunden verschoben.

Avraham kehrte zurück in sein Zimmer und starrte minutenlang nur auf die durch das Fenster zu sehende Baustelle und den Verkehr auf der Fichman-Straße und wartete, dass das Telefon klingelte. Er ging die Kopien aus der Vergewaltigungsakte noch einmal durch und betrachtete das Gesicht von David Danon, und als das Telefon still blieb, rief er selbst das kriminaltechnische Labor im Hauptquartier der Polizeikräfte in Jerusalem an. Doch sie hatten noch keine Neuigkeiten, was die Gewebeproben von der Leiche, von Gegenständen und verschiedenen Flächen in der Wohnung anbetraf. Er fragte, warum das so lange dauere, und die Beamtin am anderen Ende der Leitung sagte: »Ist das Ihr Ernst? Meinen Sie etwa, das ist der einzige Fall, den wir hier bearbeiten?«

Auf seinem Schreibtisch lagen auch noch andere, unterschiedlich weit fortgeschrittene Fälle, aber er hätte in diesen Tagen keine andere Akte öffnen können. Er versuchte sich zu erinnern, ob der Nachbar aus dem zweiten Stock bei ihrem Gespräch eine Brille getragen hatte. Im Labor in Jerusalem und in den Ermittlungsräumen in den beiden Stockwerken unter ihm lief die Ermittlung ohne ihn ab, während er nichts Greifbares dazu beitrug und sich fragte, ob ein mit einer Mordermittlung betrauter Dezernatsleiter so führen sollte. Oder vielmehr, ob Ilana es so gemacht hätte. Der erste Schritt zur Aufklärung eines Falls ist die richtige Auswahl der Ermittler, hatte sie immer gesagt. Aber er wollte die Tochter von Lea Jäger selbst erneut vernehmen, wollte selbst mit deren Sohn sprechen, den er noch nicht gesehen hatte, und selbst im Vernehmungsraum den Familienangehörigen des Vergewaltigers gegenübersitzen. Und vor allem wollte er an den Tatort zurückkehren, obwohl er an dem Tag noch nicht wusste, wonach er zu suchen hatte. Er musste sich beherrschen, Ilana nicht anzurufen. Als die Chemotherapie begann, hatte sie ihm mitgeteilt, sie sei nicht bereit, dass irgendjemand außer ihrer Familie sie dabei begleitete, und als Avraham versuchte zu verstehen, warum, hatte sie gesagt: »Weil ich nicht will, dass jemand mich in der Verfassung, in der ich sein werde, sieht oder auch nur hört. Auch du nicht.«

Die Tabakpfeife, die Marianka ihm in Brüssel gekauft hatte, lag in der Schublade. Er holte sie hervor und steckte sie sich unangezündet in den Mund. Nachdem er beschlossen hatte, mit dem Rauchen aufzuhören, hatte er ein paarmal versucht, sie zu benutzen, wenn er allein im Büro war, aber die Pfeife war immer wieder ausgegangen. Am Ende hatte er aufgegeben und biss jetzt nur noch hin und wieder mit den Zähnen darauf herum, um sich zu beruhigen. Irgendwann ging er runter in die Cafeteria, kaufte sich ein Käsesandwich und verspeiste es in seinem Zimmer, während er die kurzen Berichte las, die Schärfstein über die Vernehmung der Tochter und des Sohnes von Lea Jäger geschickt hatte und die er in seinem E-Mail-Postfach fand, als er zurückkam.

Der Sohn behauptete, monatelang keinen Kontakt zu seiner Mutter gehabt zu haben, weshalb er nichts über ihr Leben sagen könne, etwa welche Beziehungen sie hatte und ob sie in irgendwelche Meinungsverschiedenheiten verwickelt gewesen war. *Nach Worten des Zeugen,* schrieb Schärfstein, *hatte er keinerlei Kontroversen mit seiner Mutter, weder Erbstreitigkeiten noch andere finanzielle Divergenzen.* Er war sechsunddreißig Jahre alt und als Hausmeister an einem Gymnasium in einem Vorort von Haifa beschäftigt. Gestern Mittag war er zum Reservedienst auf einer Armeebasis im Süden und hatte dort die Nachricht vom Tod seiner Mutter erhalten. Als Schärfstein ihn gefragt hatte, wann er zum letzten Mal mit seiner Mutter gesprochen oder sie getroffen habe, behauptete der Sohn, er habe seit Monaten nicht mehr mit ihr gesprochen und erinnere sich nicht, an welchem Datum genau zum letzten Mal. Gefragt, ob seiner Meinung nach jemand seiner Mutter etwas Böses wollte, sagte er, er habe keinen Zweifel, dass es *um einen von den Verwandten des Vergewaltigers* gehe. Die Tochter hingegen hatte ein enges Verhältnis zu ihrer Mutter gehabt. Beide trafen sich mehrfach pro Woche und telefonierten mindestens einmal am Tag. Dennoch wusste auch sie nicht, ob ihre Mutter in irgendwelche Auseinandersetzungen verwickelt gewesen war, behauptete aber, soweit sie wisse, habe niemand etwas gegen sie gehabt.

Avraham las die Berichte zweimal und versuchte dann, erfolglos, Schärfstein am Telefon zu erreichen. Was ihn störte, war der Widerspruch zwischen der Tatsache, dass der Sohn eine ganze Weile nicht mit seiner Mutter gesprochen hatte, und seiner Überzeugtheit, er wisse, von wem sie angegriffen worden war. Und es gab noch etwas, das er sich unten auf dem Bericht notierte, damit er nicht vergaß, Schärfstein danach zu fragen: *Wie kommt es, dass ihr Sohn trotz der Vergewaltigung nicht in Kontakt zu ihr stand?*

Maalul hatte seit der Besprechung am Morgen zweimal versucht, ihn anzurufen, letztendlich trafen sie sich in der Cafeteria, zufällig. Avraham ging, obwohl er keinen Hunger hatte, gegen zwei Uhr zum Mittagessen, und Maalul kam einige Minuten nach ihm in den Saal und setzte sich neben ihn. Er hatte sich eine große Blätterteigtasche mit Ei bestellt, und noch ehe er hineinbiss, fragte er, ob er von dem gekochten Hühnchen und den Kartoffeln kosten könne, die Avraham, da sie Übelkeit bei ihm erzeugten, auf seinem Teller zurückgelassen hatte. »Und, seid ihr vorangekommen? Hat Schärfstein schon ihre Kinder gesehen?« Avraham nickte. Und erst, als Maalul fortfuhr, als sei nichts geschehen, und ihn fragte: »Warst du heute schon bei Saban? Interessiert er sich überhaupt für den Fall?«, sagte Avraham, was er ihm schon während der Besprechung hatte sagen wollen.

»Du hättest mich gestern noch über den Sohn des Vergewaltigers informieren sollen. Schade, dass du bis heute Morgen damit gewartet hast.«

Maalul legte die Gabel aus der Hand. »Warum? Es war spät, und ich wusste ja, wir treffen uns heute Morgen.«

»Weil ich es gestern hätte wissen müssen und nicht wie alle anderen erst bei der Besprechung erfahren.«

Eliyahu schob Avraham den Teller mit dem Hühnchen wieder hin und wischte sich den Mund mit einer Serviette ab. Und als er dann leise sprach, meinte Avraham, seine Worte hätten ihn verletzt: »Avi, was ist los mit dir? Ich verstehe ja, dass du viel Druck hast, aber weißt du auch, dass du nicht allein arbeitest? Dass du jemanden hast, auf den du dich verlassen kannst? Du weißt sehr gut, dass ich nicht umgehend über alles Bericht erstatten kann, was passiert, und ich denke ganz sicher nicht, ich hätte *dir* über so etwas umgehend Bericht erstatten müssen. Was denn? Habe ich etwa versucht, etwas vor dir geheim zu halten? Kennst du mich erst seit gestern?« Seine tiefliegenden Augen suchten nach Avrahams Blick und fanden ihn nicht. Und Avraham musste an den Traum denken, in dem ihm Ilana den Namen des Mörders vorenthalten hatte, und überlegte, dass er sie deshalb so gerne angerufen hätte, als Maalul fortfuhr und sagte: »Führ diese Ermittlung in aller Seelenruhe und zusammen mit dem Team. Und, Avi, tu mir einen Gefallen: Lass uns nicht anfangen, uns mit Nonsens zu beschäftigen. Das ist für keinen von uns der erste Fall und auch nicht das erste Mal, dass wir zusammenarbeiten. Also, lass uns freie Hand, wie wir es gewohnt sind.«

Aber es war ja sein erster Mordfall! Und wäre er Maaluls direkter Vorgesetzter gewesen, hätte er ihn vielleicht gefragt, ob er mit Sicherheit wisse, wie man beim Tod eines Menschen ermittelt. Oder bestand vielleicht kein Unterschied zwischen einer solchen Ermittlung und jeder anderen? Doch, es gab einen Unterschied, denn in den meisten Fällen, in denen er ermittelt hatte, hatten die Opfer sprechen können, und auch, wenn sie nicht alles wussten oder Einzelheiten verheimlichten, hatte er darauf vertraut, es würde ihm gelingen, zwischen den Zeilen und den Lügen zu lesen. Aber Lea Jäger würde er nichts mehr fragen können, trotz des weit aufgerissenen Auges und des offen stehenden Mundes, der wie beim Luftholen oder dem Versuch, etwas zu sagen, erstarrt war.

Maalul wartete auf seine Antwort. Avraham schob den Teller in seine Richtung und versuchte, ihn versöhnlich zu stimmen, fragte: »Also, bis wann hast du gearbeitet?« Und war konsterniert, als Maalul antwortete, er sei bis um zwei Uhr nachts am Tatort gewesen, sei dann nicht nach Hause gegangen, sondern habe auf dem Revier geschlafen, um nicht zu spät zur morgendlichen Besprechungsrunde zu kommen. »Und es war nett«, sagte er. »Weißt du, wie lange ich schon nicht mehr hier übernachtet habe? Ich hab mich gleich dreißig Jahre jünger gefühlt.«

Sonderbar war, wie jeder von ihnen anders auf den Fall reagierte. Maalul hatte recht gehabt, als er sagte, er beschäftige sich mit Nonsens. Den ganzen Tag verbrachte er damit, auf einen Anruf aus dem Labor zu warten, der nicht kam, auf ein Treffen mit Benny Saban, das immer wieder verschoben wurde, und erst am darauffolgenden Tag, als er in seinem Zimmer saß und Diana Goldin vernahm, sollte er das Gefühl bekommen, er habe endlich angefangen, den Fall wirklich zu untersuchen.

Als sein Treffen mit Saban um kurz nach vier doch noch zustande kam, stand er noch immer unter dem Eindruck des Gesprächs mit Maalul. Saban saß hinter seinem ausladenden Schreibtisch, zwinkerte ihm zu und sagte: »Verstehst du, dass es eine Katastrophe wäre, wenn wir den Fall nicht schnell aufklären?« Und Avraham nickte. »Hast du die *Jedioth* oder die *Haaretz* heute schon gesehen? Die sitzen dem Generalkommissar ganz schön im Nacken wegen der Serie von Auftragsmorden unter den Familien-Clans und den dienstinternen Ermittlungen gegen die Kollegen, weshalb wir uns jetzt einen Mordfall ohne schnelle Aufklärung einfach nicht erlauben können. Du verstehst doch, das ist eine Ermittlung, die *er* persönlich nehmen wird, nicht wahr, Avi?«

Er war der Generalkommissar, der Oberbefehlshaber der israelischen Polizeistreitkräfte. Avraham war noch dabei, leise zu versichern: »Wir werden ihn aufklären«, als Saban ihn unterbrach und hinzufügte: »Und am schlimmsten ist diese abscheuliche Vergewaltigung, Avi. Dass diese Frau erst bei uns vergewaltigt und jetzt umgebracht wird. Denkst du, es besteht ein Zusammenhang zwischen den Fällen?«

Noch hatte er nichts, womit er Saban hätte weiterhelfen können, aber er sagte, es gebe gutes Beweismaterial vom Tatort, und erzählte dann von den Drohungen der Familie des Vergewaltigers. Sollte sich herausstellen, dass das die Richtung war, bestand Aussicht auf schnelle Aufklärung. Die DNA David Danons befand sich in der polizeilichen Datenbank, und war es einer seiner Verwandten, der Lea Jäger angegriffen hatte, würden sie es in spätestens vierundzwanzig Stunden wissen. Und Gleiches galt, wenn Lea Jäger von jemandem aus der eigenen Familie attackiert worden war. Saban fragte, ob dies die Hauptermittlungsrichtungen seien, und Avraham sagte, im Augenblick, ja, aber er schließe auch die Möglichkeit nicht aus, dass sie im Zuge eines missglückten Einbruchsversuchs umgebracht worden sei. Schärfstein ging seit Mittag die Einbruchsfälle in der Gegend durch und versuchte, eine Liste der Arbeiter zu bekommen, die auf den Baustellen im Viertel beschäftigt waren, während unter Drogenabhängigen und Hehlern des Bezirks fieberhaft nach dem Inhalt von Lea Jägers Handtasche gefahndet wurde, vor allem ihren Kreditkarten und dem Mobiltelefon. Und sollte der Einbrecher ein schon aktenkundig gewordener Straftäter sein, war es plausibel, dass sich seine Erkennungsmerkmale ebenfalls in der polizeilichen Datenbank befanden.

»Denkst du, es könnte ihr Sohn gewesen sein?«, fragte Saban unvermittelt, und Avraham sagte: »Ich weiß nicht.«

Etwas an dem, was der Sohn zu Schärfstein gesagt hatte, störte ihn, aber da er ihn noch nicht selbst getroffen hatte, konnte er nicht sagen, was. Auch musste er erneut daran denken, dass es der Sohn gewesen war, der sie mit Nachdruck auf die Familienangehörigen des Vergewaltigers verwiesen hatte.

Kein Zweifel, dass Lea Jäger nicht gezögert hätte, ihrem Sohn die Tür zu öffnen.

Über all dies verlor er kein Wort, aber Saban sagte: »Dann komm, lass uns fürs Erste diese Richtungen ausschöpfen. Das ist das Greifbarste, was wir haben, oder? Erinnerst du dich noch an den Sohn, der in Jerusalem seine Eltern umgebracht hat? Vielleicht ist das hier eine ähnliche Geschichte? Und lass uns die Nachrichtensperre verlängern, bis wir einen Verdächtigen haben. Ich möchte nicht, dass auch nur ein Detail aus dieser Ermittlung nach außen sickert, insbesondere nicht die Tatsache, dass sie vergewaltigt wurde und es hinterher Drohungen gegen sie gegeben hat. Verstehst du, wie wir dastehen würden?«

Avraham war schon im Begriff, Sabans Büro zu verlassen, als seinem Vorgesetzten einfiel, was er ihm am Vorabend bei dem Telefonat vom Tatort berichtet hatte: »Und was ist mit dem Polizisten, der dort gewesen sein soll? Weißt du da schon etwas?« Noch nicht, erwiderte Avraham.

»Du hast es bis jetzt nicht geschafft, ihn ausfindig zu machen?«

»Den Aufzeichnungen zufolge hat es keine frühere Meldung an die Zentrale gegeben, und es ist auch kein Polizist zu dem Gebäude geschickt worden vor der Meldung um halb fünf. Möglich, dass der Augenzeuge sich geirrt hat.«

»Und wenn er sich nicht geirrt hat?«

Hatte er sich nicht getäuscht, konnte es sein, dass der Mörder von Lea Jäger weder ein Verwandter von David Danon noch ihr eigener Sohn, sondern ein Polizist war. Eine andere Möglichkeit war, dass es zum Zeitpunkt des Mordes oder kurz danach tatsächlich eine Anfrage bei der Zentrale gegeben hatte und daraufhin ein Streifenbeamter zum Tatort geschickt worden war und jetzt jemand versuchte, dies zu vertuschen, und sogar den Eintrag des Anrufs bei der Zentrale gelöscht hatte.

Saban schien über diese Möglichkeit noch bestürzter als über die, Lea Jäger könnte von einem Polizisten ermordet worden sein. »Warum sollte jemand so etwas tun?«, fragte er, und Avraham sagte: »Sollte es einen Anruf bei der Zentrale gegeben haben, und ein Polizist war am Tatort und hat an die Tür geklopft, um sich dann umzudrehen und zu gehen, ohne etwas unternommen zu haben, während der Mörder in der Wohnung war und Lea Jäger vielleicht noch am Leben, dann hat er einen guten Grund, das zu vertuschen.«

Darüber wollte Saban nicht einmal nachdenken. Er schloss für einen Moment die Augen, kam dann aus seinem Sessel hoch und schloss die Tür seines Büros.

»Lass uns hoffen, dass es nicht das ist, was passiert ist, Avi. Oder dass dein Zeuge sich geirrt hat«, sagte er leise, als er sich wieder hinsetzte. Danach bat er Avraham, sein Mobiltelefon auf den Tisch zu legen. »Das ganze Gespräch hier ist *off the record,* Avi. Was mich angeht, so hat es nie stattgefunden, vor allem nicht dieser Teil, klar? Du hast mich nicht in Kenntnis davon gesetzt, dass ein Polizeibeamter vielleicht dort war, und ich habe nichts davon gewusst, verstanden?«

Er brauchte tatsächlich einige Zeit, um zu verstehen, was Saban ihm sagte, denn während er sprach, dachte Avraham an etwas anderes. Vor seinem geistigen Auge sah er den Streifenbeamten die Treppe hinaufsteigen und an die Tür klopfen, und auf der anderen Seite der Tür konnte er sich Lea Jäger vorstellen, wie sie mit dem Mann, der sie überfallen hatte, kämpfte und versuchte, um Hilfe zu schreien. Ein Mann, der vielleicht ihr eigener Sohn war. »Sollte ein Polizist dort gewesen sein, als sie ermordet wurde, dann steckt dieser ganze Distrikt in üblen Schwierigkeiten«, fuhr Saban fort. »Aber auch wenn dem so ist, heißt das nicht, dass wir uns jetzt nur darauf konzentrieren müssen, richtig? Fürs Erste ist das bloß ein Randdetail in der Ermittlung, und unsere Aufgabe ist es, den Mörder zu finden und nicht irgendeinen Polizisten, der Mist gebaut hat. Bist du da meiner Meinung, Avi? Stimmst du mir zu?«

Erst am Abend, als er wieder zu Hause war und das Gespräch für Mariankas Ohren rekonstruierte, begriff er, dass Saban ihm angedeutet hatte, dass, selbst wenn es einen früheren Anruf bei der Zentrale gegeben hatte und die Notiz dazu gelöscht worden war, sie beide gut daran täten, der Sache nicht weiter auf den Grund zu gehen. Dem Nachbarn konnte man vorwerfen, er habe sich getäuscht, und für die Existenz des Polizisten, der die Treppe heruntergekommen und verschwunden war, so es ihn denn gegeben hatte, gab es keinen anderen Beleg.

»Glaubst du wirklich, es ist das, was er von dir verlangt?«, fragte Marianka, und Avraham sagte: »Ja.«

»Und was hast du ihm geantwortet?«

»Dass wir im Augenblick ohnehin erstmal andere Ermittlungsrichtungen haben. Aber dass ich in diesem Fall so zu ermitteln gedenke, wie ich meine.«

»Und was hat er gesagt?«

»Nichts. Was soll er schon sagen?«

Als sie sich an den Küchentisch setzten, um zu Abend zu essen, wollte er eigentlich über sie reden, über ihren Tag bei der Arbeit, aber Marianka ließ sich nicht davon abbringen, weiter über den Fall zu sprechen, sodass er versuchte, ihr davon zu erzählen, in seiner Geschichte aber erneut die Vergewaltigung unterschlug. Sie aßen Nudeln mit Tomatensoße, tranken Rotwein, und Avraham erzählte ihr von den Befunden, die aus dem Labor in Jerusalem erwartet würden, von den Schlüsseln und dem Portemonnaie, die nicht gefunden worden waren, von der Vernehmung der Arbeiter in der Umgebung und dem Gespräch, das Schärfstein mit dem Sohn von Lea Jäger geführt hatte, aber von David Danon und den Drohungen durch seine Familie erzählte er nichts. War, während er sprach, in ihren Augen ein sehnsüchtiges oder bedauerndes Glitzern, dass sie ihre Stelle bei der Brüsseler Polizei aufgegeben hatte, oder schien ihm das nur so? Er wollte ihr Kummer ersparen und sagte daher, er habe keine Aufnahmen vom Tatort da, als sie bat, welche zu sehen. Sie berührte seine Hand, als sie meinte: »Du wirkst besorgt, aber für mich klingt es so, als hättest du bis jetzt alles richtig gemacht, oder?«

»Vielleicht. Kann sein.«

»Und du hast noch nicht wieder angefangen zu rauchen?«

Dies alles war so anders als die Wohnung, in die er, vor Mariankas Eintreffen, am Ende eines Arbeitstags zurückgekehrt war. Im Wohnzimmer lief der Radiator, und wenn er die Tür aufschloss, betrat er angenehm warme, beleuchtete Räume. Und zum ersten Mal seit langem hatte er jemanden zum Reden. Warum also war er sich jedes Mal, wenn er den Schlüssel ins Türschloss steckte, sicher, sie würde nicht da sein? Und warum verhielt er sich, obwohl sie ja da war, als wäre er allein? Marianka schlug vor, sie könnten sich weitere Folgen von »Die Brücke« anschauen, aber das Letzte, was er sehen wollte, waren allwissende Ermittler. Er besorgte den Abwasch und schloss, als er hörte, dass sie im Wohnzimmer den Fernseher anschaltete, die Küchentür und machte sich ein unnötiges Sandwich. Danach kehrte er ins Wohnzimmer zurück und setzte sich neben sie, und noch ehe er der Wärme, die der Radiator verströmte, erlag und auf dem Sofa einschlief, in seinen Kleidern, fragte er sie tatsächlich, wie ihr Tag bei der Arbeit gewesen sei, worauf sie anfing, ihm davon zu erzählen, aber da klappten ihm bereits die Augen zu.

Ihre Frage: »Du denkst dran, dass uns meine Eltern nächste Woche besuchen kommen?«, hörte er schon nicht mehr.

5

Am Nachmittag, bei der Arbeit, gelang es ihr, ihre Anspannung zu verbergen und zu funktionieren wie immer. Sie blieb bis um halb sieben in der Bank und fuhr auf dem Nachhauseweg erst zu ihren Eltern, um die Mädchen einzusammeln. Sie aßen gerade zu Abend, und ihre Mutter stellte, ohne sie zu fragen, noch einen Teller mit Reis und Bohnensuppe auf den Tisch. Das war das Abendessen, das sie in ihrer Kindheit immer gegessen hatten, im Winter, wenn ihr Vater um halb sechs oder sechs von der Arbeit heimkam, und vielleicht deswegen wollte sie plötzlich dortbleiben. Oder vielleicht war es auch die Schwangerschaft, die sie den Wunsch verspüren ließ, jemand würde sie umsorgen und sie könnte für einen Moment aufhören, sich um alle anderen zu kümmern. Als sie die Wohnung mittags verlassen hatte, war diese ein Schlachtfeld gewesen, war Coby im Wohnzimmer herumgelaufen und hatte nach seinem Regenschirm gesucht, und all das würde sie aufräumen müssen, wenn sie nach Hause kämen. Aber ihre Mutter bekam, wie immer, nichts mit. Redete über ihre Wintermigräne und den Stockfleck, der durch die Regenfälle an der Decke entstanden war. Nur ihr Vater schaute sie an, während sie aß. Legte mehrfach seine Hand auf Danielas helle Haare und wischte ihr, als sie aufgegessen hatte, mit der Serviette den Mund ab. Obwohl sie ihre Mutter gebeten hatte, mit Noy Hausaufgaben zu machen, musste Mali feststellen, dass die Bücher nicht geöffnet worden waren und dass Noy noch nicht für die Mathematikarbeit gelernt hatte, und von all den Dingen war es ausgerechnet das, was ihr das Gefühl gab, die Kontrolle zu verlieren. Ihre Familie zerfiel, und sie vermochte nicht, dieses Auseinanderfallen zu verhindern.

Coby hatte nicht angerufen, seit sie ihn in der Wohnung zurückgelassen hatte.

Sie musste immerzu an das Telefonat mit Harry denken und an Cobys Plan, sie mit den Mädchen allein zu lassen und nach Australien zu fahren. Wäre irgendetwas anders gekommen, hätte sie an jenem Abend den Mut aufgebracht, mit ihrem Vater zu reden? Aber was hätte sie ihm sagen können, und noch dazu vor den Mädchen? Dass diesmal die Lawine stärker war als sie? Das Coby fiel und sie mit ihm in den Abgrund stürzten?

Später, in der Wohnung, fand sie auf dem Tisch in der Essecke seinen Brief, geschrieben auf die Rückseite des Umschlags mit der Stromrechnung. Und obwohl er nur zwei Zeilen lang war und nicht viel drinstand, weckte er ein wenig Hoffnung bei ihr, weil Coby darin endlich redete.

Bin am Morgen wieder da. Tut mir alles leid. Erkläre dir morgen, was passiert ist.

Die Wohnung war kein Schlachtfeld, als sie zurückkamen, und sie sah, dass Coby versucht hatte aufzuräumen, vor allem in den Zimmern der Mädchen, aber Daniela, der nie etwas entging, fragte: »Warum hat jemand bei mir alles durcheinandergebracht?« Und Mali sagte: »Ich habe versucht, Ordnung in den Schränken zu machen, bin aber vor der Arbeit nicht fertig geworden.« In ihrem Schlafzimmer lagen Kleidungsstücke und der Bettüberwurf auf dem Boden verstreut, aber ihre Sachen, die Coby aus dem Schrank geholt hatte, lagen auf dem Bett, als hätte er versucht, sie zusammenzufalten, und dann aufgegeben. Der Regenschirm, den sie ihm anstelle des verlorengegangenen gekauft hatte, lag nicht mehr achtlos hingeworfen auf dem Fußboden im Wohnzimmer. Coby hatte ihn neben ihr Bett gestellt, als wollte er, dass Mali ihn sähe. Ihre Koffer lagen an Ort und Stelle im Abstellraum auf dem Dach, und als sie sie sah, war sie sich fast sicher, dass Coby nicht dabei gewesen war, für die Reise zu packen, als sie ihn zu Mittag überrascht hatte.

Sie versuchte, Daniela ohne Dusche ins Bett zu bringen, aber die Kleine brauchte lange, um einzuschlafen. Als Mali auf ihrem Bett saß und ihr dünnes Ärmchen streichelte, sprachen sie über Purim, und dieses Gespräch würde Mali niemals vergessen. Daniela fragte, ob sie sich wirklich verkleiden müsse. Natürlich nicht, erwiderte Mali und fragte dann: »Aber warum möchtest du nicht? Weil wir kein Kostüm gekauft haben? Alle deine Freundinnen im Kindergarten verkleiden sich.« Daniela wälzte sich in ihrem Bett herum und sagte: »Deswegen nicht. Weil ich Angst habe.« Tage später, als Mali an diese Antwort denken musste, verursachte sie ihr ein Schaudern. Ausgerechnet an dem Abend kamen keine beruhigenden Geräusche von draußen, keine Gespräche der Nachbarn und auch nicht der ferne Lärm der Busse, die auf dem Ben-Gurion-Boulevard fuhren. Mali versuchte zu lächeln, als sie fragte: »Wovor denn, meine Süße? Vor den Kostümen?« Daniela schwieg und sagte nach einer Weile dann: »Vor Prinzessinnen.«

Danach machte sie, obwohl es schon spät war, mit Noy im Wohnzimmer Hausaufgaben. Die Rechenübungen waren eine Erleichterung, da sie sie an andere Dinge denken ließen. Vielleicht fielen sie als Familie ja doch noch nicht auseinander? Vielleicht war das nur ein weiterer vorübergehender Tiefpunkt? Sie hatten seit Eilat schwierige Phasen gehabt, ja, im Grunde genommen hatte es solche auch schon zuvor gegeben. Sie sprachen niemals über eine Trennung, aber vor zwei Jahren hatte sie Coby vorgeschlagen, gemeinsam zu einer Therapie zu gehen, was jedoch kein realistischer Vorschlag war, da es Dinge gab, die sie beide nicht würden erzählen können.

Als Noy schlafen gehen wollte, gab Mali den Versuch auf, den Abend noch weiter in die Länge zu ziehen. Sie brachte sie ins Bett, und als Noy fragte: »Wo ist Papa?«, sagte sie, er käme bald zurück, weil sie sich, trotz des Briefs, den er hinterlassen hatte, dessen sicher war. Bis ungefähr um Mitternacht hoffte sie noch. Räumte weiter die Wohnung auf, versuchte einmal, Coby auf seinem Handy zu erreichen, und stieg dann nach oben aufs Dach, als bestünde die Chance, dass er sich dort vor ihr versteckt hielt. Harry lag in der Abstellkammer und neben sich eine kleine Pfütze Erbrochenes. Sie füllte ihm den Trinknapf mit Wasser und öffnete ihm die Tür zum Dach, damit er ein bisschen Luft schnappen ging, aber er wollte nicht ins Freie.

Und erst um Mitternacht zog sie den Schlüssel aus dem Türschloss und zog sich im hell erleuchteten Schlafzimmer um.

Das war eine Vereinbarung, die Coby nicht brechen durfte: Egal, was zwischen ihnen passierte, er würde sie nie wieder allein schlafen lassen. Sie lag im Bett und versuchte, an das Gespräch mit Daniela zu denken und an die Schwangerschaft, von der sie noch niemandem erzählt hatte, und nicht an die schwere Hand, denn daran durfte sie nicht erinnert werden, nicht, wenn Coby nicht bei ihr war. Und jetzt war die Angst bei ihr, trotz der eingeschalteten Lampen und des Telefons. Sie spürte sie dort und schloss die Augen nicht. Öffnete, trotz des kalten Winds, ein Fenster, aber die Straße lag noch immer still, und die Angst ging nicht. Ihr Fehler war, dass sie Gila anrufen wollte, denn als sie zur Uhr schaute, sah sie, dass es fast halb zwei war. Dieselbe Uhrzeit.

Und da konnte sie den Schrecken schon nicht mehr beherrschen, legte sich erneut die Hand um ihren Hals.

Es war ihre erste Reise allein, seit die Mädchen geboren waren, und sie war sich nicht sicher gewesen, ob sie fahren wollte. Coby hatte ihr gut zugeredet, denn es sollten alle Abteilungsleiter teilnehmen, und am Donnerstag- und Freitagmorgen würde eine Fortbildung für Hypothekenberater stattfinden und ein offenes Gespräch mit dem Vorstand. Eine Gelegenheit, die man nicht verpassen durfte, sagte er. Außerdem würden die Mädchen und er sich schon vergnügen.

Donnerstagmorgen waren sie vom Sde-Dov-Inlandsflughafen in Tel Aviv gestartet und hatten vor zehn schon ihre Zimmer im Hotel »Royal Club« direkt am Strand bezogen. Sie hatte Glück, weil sie Zimmer 723 bekam, mit kleinem Balkon aufs Meer. Der erste Tag war lang und endete mit einem gemeinsamen Abendessen im Speisesaal, und danach war sie mit Aviva und ein paar Freundinnen aus anderen Filialen noch ins »Zoro«, ein Pub am Strand, gezogen. Hinterher, als sie danach gefragt wurde, erinnerte sie sich nicht, ob in dem Pub ein Mann gewesen war, der sie beäugt hatte. Während der Vorträge an jenem Tag und auch am darauffolgenden Morgen hatte sie im Konferenzsaal in einer der hinteren Reihen gesessen, neben Eran Amrami aus der Filiale in Modi'in, der bis vor zwei Jahren mit ihr zusammen in der Filiale in Cholon gearbeitet hatte. Und am Ende des zweiten Tages, vor Beginn des Sabbats, fand ein feierliches Diner im Veranstaltungssaal statt. Preise an ausgezeichnete Mitarbeiter wurden vergeben und Reden von Mitgliedern des Vorstands und des Betriebsrats gehalten. Diejenigen, die den Sabbat hielten, waren hinterher auf ihre Zimmer gegangen, und alle anderen zu einer Party in der Hoteldiskothek, die auch Gästen von außerhalb offenstand. Sie hatten Getränkecoupons für die Bar bekommen, und sie trank zwei Gläser Weißwein. Als sie am nächsten Tag auf dem Polizeirevier gefragt wurde, ob sie das Gefühl gehabt habe, jemand habe sie während der Party beobachtet, konnte sie nicht darauf antworten. Die meisten Leute in der Diskothek waren Mitarbeiter der Bank gewesen, die sie zum Teil gut kannte und zum Teil so gut wie gar nicht, aber es hatte auch andere Gäste gegeben, vielleicht Touristen, obgleich das Hotel an jenem Wochenende Anfang März nicht ausgebucht war. Und da waren noch die Kellner, das Zimmerpersonal und die Reinigungskräfte, Männer und Frauen, aber sie erinnerte sich an niemand Speziellen. Außerdem waren ja alle vernommen worden. Die Ermittlungen der Polizei ergaben, dass sich ein Schweizer Tourist im Hotel aufgehalten hatte, ein Mann von dreiundvierzig Jahren, der gegen Morgen unerwartet abgereist war. Bei der Polizei bat man sie, sich den Mann auf den Überwachungsvideos anzuschauen, aber sie konnte nicht sagen, ob er es war, da die Kameras veraltet und die Aufnahmen unscharf waren. Auf den Fluren des Hotels gab es keine Überwachungskameras, um die Privatsphäre der Gäste zu wahren, aber die Lobby und der Parkplatz wurden gefilmt, und sie verbrachte Stunden damit, sich die Filme anzuschauen, ohne Ergebnis. Am Eingang des Hotels gab es selbstverständlich einen Wachmann, aber da die Restaurants und die Diskothek für Nichthotelgäste zugänglich waren, konnte man eigentlich nicht sagen, wer rein- und wer rausgegangen war.

Sie war kurz vor eins auf ihr Zimmer gegangen, das ließ sich aus den SMS-Nachrichten und auch aus Avivas Zeugenaussage rekonstruieren.

War er da bereits in ihrem Zimmer? Hatte sich Zugang verschafft, während sie in der Diskothek war, und lauerte ihr im Badezimmer auf? Oder auf dem kleinen Balkon, verborgen hinter dem schweren Vorhang? Sie hatte nicht kontrolliert, ob die Tür zum Balkon geschlossen war, bevor sie ins Bett gegangen war, aber nicht, wie die Ermittlerin annahm, die bei der Polizei in Eilat ihre Aussage aufgenommen hatte, weil sie betrunken gewesen wäre, sondern einfach, weil sie damals noch kein Mensch war, der überprüfte, ob Türen abgeschlossen waren.

»Vielleicht haben Sie irgendjemandem etwas Einladendes gesagt, das Sie nicht so gemeint haben? Haben Sie jemanden getroffen und erinnern sich jetzt möglicherweise nicht mehr daran? Wieso sind Sie sich sicher, dass Sie allein auf Ihr Zimmer gegangen sind oder dass Sie sich nicht mit jemandem auf dem Zimmer verabredet haben, wenn Sie etwas getrunken hatten?«

Aber sie war nicht betrunken gewesen, auf keinen Fall so stark, dass sie ein Black-out gehabt oder die Kontrolle über sich verloren hätte, was auch die SMS bewies, die sie Coby geschickt hatte, bevor sie ins Bett gegangen war: *Dieses Jahr war ich nicht herausragend. Kein Bonus. Schläfst du schon?* Coby hatte umgehend geantwortet: *Das kann nicht sein. Für mich bist du immer herausragend. Wir vermissen dich alle. Schaue einen Film im Bett.* Sie hatte den Fernseher eingeschaltet, um zu sehen, was er sah.

»Sind Sie auf der Toilette gewesen, bevor Sie einschliefen? Und Sie haben sich das Gesicht nicht abgespült? Sie sind schlafen gegangen, ohne sich abzuschminken?«

Die Polizeibeamtin hatte ihr viele Fragen gestellt. Und am nächsten Tag waren tatsächlich Reste von Make-up auf ihrem Gesicht gewesen.

Auf Kanal 2 lief eine Folge von »Friends«, die sie schon unzählige Male gesehen hatte und die sie laufen ließ, als sie ins Bett schlüpfte. In warmer Flanellpyjamahose und langem T-Shirt und nicht in den Sachen, die sie auf der Party getragen hatte. Kurz darauf war sie offenbar eingeschlafen, denn das Nächste, woran sie sich erinnerte, war die Hand.

Die Hand, die aus der Dunkelheit kam und ihr die Kehle zudrückte.

War sie einen Moment, bevor sie das Gewicht der Hand auf ihrem Hals und das der anderen auf ihrem Mund spürte, aufgewacht, nur weil die Hand die Luft über ihr zerschnitt, oder wegen des Geruchs? An den Geruch erinnerte sie sich. Biergeruch und der Geruch eines fremden Körpers, der Geruch verschwitzter Wolle und Seifengeruch. Sie hatte ihn der Ermittlerin immer wieder beschrieben, aber die hatte schnell die Geduld verloren und gesagt, der Geruch helfe nichts, sie bräuchten eine Beschreibung des Gesichts oder des Körperbaus, aber das konnte sie der Ermittlerin nicht liefern, wegen der Dunkelheit und weil der Angreifer eine Sturmhaube über dem Gesicht getragen hatte. Er trug Jeans, da war sie sich sicher, und ihr schien, seine linke Schulter habe gehangen oder sei niedriger gewesen, als hätte er eine Schiefstellung im Rücken. An seinem Gewicht spürte sie, dass er hager und schmal war.

Auch die anderen Fragen, die man ihr stellte, verstand sie nicht. Weder die Fragen zu ihrer Familie noch die über ihr

Verhältnis zu Coby und warum er nicht mit ihr im Hotel gewesen sei, oder die Frage, ob der Vergewaltiger sie brutal behandelt habe. Im Krankenhaus hatte man eindeutig die Fesselspuren an Handgelenken und Knöcheln festgestellt. Und da war auch noch die kleine Schnittwunde, die er ihr am Hals beigebracht hatte, gleich zu Beginn, mit einem Messer, von dem sie meinte, es sei ein ganz gewöhnliches Küchenmesser gewesen, eines zum Gemüseschneiden, vielleicht nicht einmal, um sie wirklich zu verletzen, sondern damit sie begriff, dass sie sich in Lebensgefahr befand. Als die Polizeibeamtin hartnäckig bei ihrer Frage blieb, ob er die gesamte Zeit brutal gewesen sei, wusste sie nicht, was sie ihr sagen sollte. Das Messer hatte er nicht eine Sekunde von ihrem Hals genommen, aber es hatte auch Momente gegeben, in denen er nicht gewalttätig gewesen war, oder zumindest nicht nur brutal, vielleicht vor allem die Momente, in denen sie die Augen zugemacht hatte. Die Uhrzeit, zu der sich alles ereignet hatte, war auch bekannt, da sie genau am Anfang noch ein Piepen von ihrem Mobiltelefon gehört hatte, eine weitere SMS, von der sie erst hinterher sehen sollte, dass sie von Coby war: *Der Film ist zu Ende. Bist du schon eingeschlafen?*

Die Nachricht war um 01:44 Uhr abgeschickt worden, und sie erinnerte sich, dass sie gleich, nachdem sie den SMS-Benachrichtigungston gehört hatte, versuchte, den Angreifer erneut anzuflehen, er solle aufhören, was ihr aber wegen des Stück Stoffs, mit dem er sie geknebelt hatte, nicht gelang. Dennoch hatte sie immer wieder versucht, ihm zu sagen: »Hören Sie auf. Bitte, hören Sie auf. Ich flehe Sie an. Ich habe zwei kleine Mädchen. Ich habe zwei kleine Mädchen. Ich habe zwei kleine Mädchen.«

Aber hätte er sie überhaupt verstehen können? Aus irgendeinem Grund dachte sie die ganze Zeit, die er dort war, an ihren Vater, an Gila und vor allem an die Mädchen, nicht aber an Coby. »Ich habe zwei kleine Mädchen« war der Satz, an den sie sich klammerte wie eine Ertrinkende an einen Rettungsring. Sie sah, wie ihr Vater sie anschaute, und wähnte sich selbst schnell rennen, wenn alles vorbei wäre, laufen, wie sie früher gelaufen war, auf dem Gymnasium, Kilometer, ohne innezuhalten. Und es hatte auch einen Moment gegeben, in dem sie Coby im Zimmer gesehen hatte, der ihr zulächelte und versuchte, sie zu beruhigen. Aber als sie ihn um Hilfe rief, war er verschwunden.

Am Ende hatte er die Seile, die er um ihre Hände und Füße geknotet hatte, gelöst und auch das Tuch, das ihren Mund verstopfte, hatte erneut seine Hand auf ihren Mund gedrückt und durch die Wollmaske auf Englisch zu ihr gesagt: »Ich komme wieder. Und wenn du versuchst zu schreien, bringe ich dich um.« Sie hörte, wie er ins Bad ging und wie ein Wasserhahn aufgedreht wurde. Sie konnte vom Bett aus nichts sehen, weil sich die Tür zum Bad im Flur befand, genau neben der Eingangstür des Zimmers, und auch wegen der Dunkelheit nicht. Sie hatte gewartet. Der Fernseher lief noch, denn sie erinnerte sich hinterher, Werbung gehört zu haben. Die Polizistin verstand nicht, warum sie in jenem Augenblick nicht geschrien oder versucht hatte, aus dem Zimmer zu entkommen, und Mali versuchte, ihr zu erklären, sie habe nicht gewusst, dass er schon weg gewesen war. Die sich schließende Zimmertür hatte sie nicht gehört wegen des Fernsehers und des laufenden Wassers, und erst nach einer ganzen Weile, vielleicht einer Stunde, hatte sie gewagt aufzustehen.

Das Badezimmer war leer und der Wasserhahn aufgedreht.

Das Erste, woran sie dachte, war, Coby anzurufen. Ihr Telefon lag noch neben dem Bett. Aber dann zog sie den Pyjama aus und die Sachen an, die sie am Abend getragen hatte, und trat hinaus auf den beleuchteten Flur, und im Gegenteil zu dem, was sie sich vorgestellt hatte, lief sie nicht, sondern ging langsam den Flur hinunter und fuhr eine Etage tiefer, mit dem Aufzug, in dessen Spiegel sie zum ersten Mal ihr Gesicht und den blutenden Schnitt am Hals sah.

Das war nicht sie.

Es war fast drei, als sie an Avivas Tür klopfte, in Zimmer 606.

Am nächsten Morgen war Coby bereits da gewesen, und sie erinnerte sich, wie er im Krankenhaus in der Tür gestanden hatte. Sie hatte nicht ein einziges Mal geweint, bevor sie ihn sah, aber als er sie, ohne ein Wort zu sagen, in den Arm nahm, brachen die Tränen aus ihr heraus, wild und unkontrolliert, und Coby hielt sie in seinen Armen, bis eine Polizistin und eine Ärztin hereingekommen waren und ihn gebeten hatten, das Zimmer zu verlassen. Er hatte verlangt, bei ihr zu bleiben, auch als die Polizistin darauf bestanden hatte, und erst als Mali ihn bat zu gehen, hatte er eingewilligt.

Mali stand auf, da klar war, es würde ihr nicht gelingen zu schlafen. Und das Umherlaufen hatte etwas Beruhigendes. Ihre Hände und Füße waren nicht gefesselt. Und das Wohnzimmer war erleuchtet. Sie spähte durch die Sonnenblenden auf die Straße, auf der sich nichts rührte. Nur parkende Autos. Das Telefon steckte im Klammergriff ihrer Faust. Und plötzlich dachte sie an seinen Wagen. Sie hatte ihn seit gestern nicht mehr gesehen, und wohin konnte er ohne sie gefahren sein? Meinte sie in jenen Stunden, weil sie spürte, was künftig geschehen würde, einen Jungen und kein Mädchen in ihrem Bauch zu tragen? Der Zorn auf Coby kam und ging, war aber vermischt mit dem Wunsch, er solle zurückkommen, damit sie nicht alleine wär. Sie kontrollierte, ob die Tür auch tatsächlich abgeschlossen war, bevor sie in die Zimmer der Mädchen ging. Ihre Fenster waren geschlossen, und auch aus dem Treppenhaus kam nur Stille.

Wäre es anders gewesen, hätte man den Angreifer gefasst? In den ersten Wochen wollte sie nichts über die Fahndung wissen. Sie erkannte sich selbst nicht mehr, wie in jenem ersten flüchtigen Augenblick vor dem Spiegel im Aufzug. Verstand nicht, wer die Frau war, der es nicht gelang, die Angstattacken in den Griff zu bekommen, die sie in unerwarteten Situationen erstarren ließen, oder die unkontrollierten Weinanfälle zu unterdrücken. Und in stillen Momenten dachte sie nur an die Mädchen, daran, was sie sahen.

Coby war phantastisch gewesen damals, mehr noch, als sie sich je hätte ausmalen können.

Sie war noch krankgeschrieben, als sie zu Hause gemeinsam zu Mittag aßen und er ihr mitteilte, er habe gekündigt. Es war kein perfekter Job, und nie hätte er vorher gedacht, eines Tages als Wachmann in Nachtclubs und auf Baustellen zu arbeiten, aber das Gehalt war akzeptabel, und der Schichtdienst verschaffte ihm zwei, manchmal drei freie Morgen, an denen er weiter nach einer anderen Anstellung suchen oder vielleicht sogar sein Studium wieder hätte aufnehmen können. Als sie ihn bat, den Job nicht vorschnell aufzugeben, verriet er ihr, er habe verlangt, keine Nachtschichten mehr zu machen, wovon sein Bereichsleiter nichts habe hören wollen. Sie hätten eine Auseinandersetzung gehabt, die fast in einer Schlägerei geendet hätte, und am Ende habe er gekündigt. Er hatte dem Bereichsleiter natürlich nicht erklärt, warum er keine Nachtschichten mehr machen wollte, weil er niemandem erzählte, was ihr in Eilat zugestoßen war. Auch Freunden nicht. Und den Mädchen ebenso wenig. Sie wusste nicht, was sie ihnen erzählen sollte, als sie aus Eilat zurückkamen, aber

Coby meinte entschieden, man dürfe ihnen gar nichts erzählen, weshalb sie am Ende sagten, Mama habe Grippe bekommen und brauche Ruhe, sodass Daniela und Noy noch zwei Tage bei ihren Eltern geblieben waren. Sie hatte nicht das Gefühl, schon wieder sie selbst zu sein, als die beiden nach Hause zurückkehrten, und in den ersten Wochen litt sie unter Angst- und Weinanfällen, die sie nicht kontrollieren konnte und für die sie sich hasste. In jener Phase hatte es Coby komplett übernommen, sich um die Mädchen zu kümmern. Trotz aller Versuche, die Sache zu verschweigen, hatte Mali den Eindruck, ausgerechnet Daniela, die damals noch keine drei war, spüre etwas. Sie hörte auf zu weinen, als sei sie auf einen Schlag groß geworden, war viel anhänglicher bei Mali und erfand auch das Streichelspiel, das beide seither spielten: Mali lag auf dem Sofa im Wohnzimmer, am liebsten am Nachmittag, und Daniela streichelte ihr geduldig übers Haar, sprach flüsternd und sang ihr Schlaflieder vor, als wäre sie ihre kleine Tochter, während Mali tat, als schliefe sie.

In der Bank wussten alle Bescheid, wegen der Umstände der Tat und der langen Beurlaubung, die sie bekommen hatte, aber niemand außer Aviva sprach mit ihr darüber. Auch mit ihren Eltern redete sie nie über das, was passiert war. Nur mit Gila konnte sie das. Der Kontakt zur Polizei in Eilat wurde zunehmend unverbindlicher, und jedes Mal, wenn Coby dort anrief, um zu erfahren, ob es etwas Neues gab, bekam er gesagt, die Ermittlung dauere an. Und erst im Mai, zwei Monate nach der Vergewaltigung, dachte sie zum ersten Mal daran, dass der Vergewaltiger noch frei herumlief, ein Gedanke, der sie schaudern ließ. In der Folgezeit fingen sie an, bei eingeschaltetem Licht zu schlafen und die Wohnungstür abzuschließen, auch wenn sie zu Hause waren. Und im Juli bestellte man sie plötzlich nach Eilat, um an einer Gegenüberstellung teilzunehmen, obgleich sie immer wieder gesagt hatte, sie habe das Gesicht des Angreifers nicht gesehen. Doch unter den Schwarzen, die man auf dem Revier in einer Reihe vor ihr Aufstellung nehmen ließ, sah sie keinen, dessen linke Schulter gehangen hätte. Weil er Englisch gesprochen hatte, war man sich bei der Polizei sicher, der Vergewaltiger sei entweder ein Fremdarbeiter, ein illegaler Flüchtling oder vielleicht doch jener Schweizer Tourist, aber sie wurde den Gedanken nicht los, das Englisch könnte auch eine Tarnung gewesen sein, und die Ermittlerin pflichtete ihr bei, das sei ebenfalls eine Möglichkeit. Man versuchte, sie zu beruhigen, sagte, ihr Zimmer im Hotel sei rein zufällig ausgewählt worden, weil es leicht von der Rettungstreppe aus zu erreichen war, und dass sich dort Fingerabdrücke und zwei Zigarettenstummel gefunden hätten, die der Angreifer offenbar fallen gelassen habe, während er wartete. Und erst anderthalb Jahre nach der Vergewaltigung rief ein anderer Beamter aus Eilat an und gestand, die Ermittlung habe sich festgefahren.

Zu dem Zeitpunkt gingen sie dort offenbar verstärkt von der Annahme aus, der Vergewaltiger sei jener Schweizer Tourist, ja, es gelang ihnen sogar, den Taxifahrer ausfindig zu machen, der ihn an jenem Morgen von Eilat zum Flughafen Ben Gurion gefahren hatte. Der Fahrer gab zu Protokoll, der Fahrgast habe während der gesamten Fahrt nicht ein Wort gesagt. Tatsächlich war der Mann dann durch die Schweizer Polizei vernommen worden, hatte aber jegliche Verbindung zur Tat bestritten und ausgesagt, er sei in die Schweiz zurückgekehrt, da er eine Nachricht erhalten habe, seine Mutter sei erkrankt. Die Schweizer Behörden schenkten ihm Glauben und weigerten sich, in der Sache noch weiter zu ermitteln. Und die Fotos des Schweizers, die man ihr als E-Mail-Anhang schickte, damit sie sich diese ein weiteres Mal ansähe, halfen auch nichts: Er trug zwar Jeans, aber sein Gesicht war kaum zu erkennen und der körperliche Makel überhaupt nicht. Am schlimmsten aber war, dass sie sich anderthalb Jahre danach schon nicht mehr sicher war, sich richtig an alles zu erinnern, nicht einmal, was sie an jenem Abend getragen hatte, wusste sie noch genau, und selbst seinen Geruch, von dem sie gedachte hatte, er würde niemals verfliegen, nahm sie nicht mehr wahr. Nur das Gesicht der Frau, die sie im Spiegel gesehen hatte, blieb.

Sie sah es fast jeden Morgen vor sich.

Trotzdem blieb in ihren Gedanken für einige Wochen der Schweizer Tourist derjenige, der sie an jenem Abend verfolgt hatte, auf der Party im Hotel und vielleicht sogar schon vorher. Es gelang ihr nicht, sich von ihm zu befreien, als sei sie, obwohl er ihre Hände und Füße von den Stricken befreit und den Knebel aus ihrem Mund genommen hatte, noch immer dort ans Bett gefesselt. Als sie, auf Anraten der Polizei, an dem Treffen einer Selbsthilfegruppe von Vergewaltigungsopfern teilnahm, empfand sie Neid, dass die anderen Frauen wussten, wer sie angegriffen hatte, und ging nicht wieder hin. Niemand zog in Zweifel, dass sie vergewaltigt worden war, aber die Tatsache, dass der Vergewaltiger nie gefunden wurde und zudem die Stricke und das Tuch mitgenommen hatte, ließ die Vergewaltigung, sogar in ihren eigenen Augen, weniger echt wirken und verlängerte sie andererseits unendlich.

Irgendwann hörte sie auf, nach dem Schweizer Touristen zu suchen, und fing an, den Angreifer unter den Angestellten der Bank und den Kunden zu vermuten, die zu einem Termin erschienen, unter den Männern, die im Café am Nebentisch saßen oder sie an der Ampel aus dem Wagen beäugten. Erst im Verlauf des letzten Jahres schien ihr, die Stricke um ihre Hand- und Fußgelenke säßen schon weniger stramm. Und wenn sie in den Spiegel schaute, sah sie darin manchmal etwas von dem, was früher ihr Gesicht gewesen war.

In jener Nacht gelang es ihr erst, in Danielas Zimmer einzuschlafen, auf dem Ausziehbett.

Sie schlüpfte ins Zimmer, nachdem sie Noy zugedeckt hatte, und setzte sich auf das Bett, das Daniela immer ausgezogen ließ, um ihre Puppen darauf zu platzieren. Daniela drehte sich zu ihr um und streckte im Schlaf die Hand nach ihren Haaren aus, und kurz darauf war sie eingeschlafen. Ihr Schlaf war offenbar tief und fest, denn sie hörte weder, wie sich der Schlüssel im Türschloss drehte, noch die Tür, die sich öffnete, und wachte erst auf, als sie Coby neben sich spürte.

Er saß auf dem Bett und sah sie an. Sie fragte: »Was machst du hier?«, als sei es schon nicht mehr sein Zuhause, und er sagte: »Ich bin gerade zurückgekommen.«

»Wo warst du?«

Auf diese Frage antwortete er nicht, nicht in jener Nacht und genau genommen auch später nicht. Sie verließen das Zimmer, um Daniela nicht aufzuwecken, und saßen im Wohnzimmer auf dem Sofa einander gegenüber. Sie hielt ihm vor: »Du hast mich die ganze Nacht allein gelassen. Wie konntest du mir das antun?« Von draußen drang fahles Morgenlicht herein, und auf der Straße war ein Müllllaster bei der Arbeit. Seine Kleider rochen nach Alkohol und Zigarettenrauch. Und seine Augen waren gerötet. Sie fragte: »Was ist los mit dir?« Und Coby sagte: »Mali, ich brauche Hilfe.« »Hilfe wobei?«, gab sie sofort zurück. »Hilfe, um nach Australien zu fahren? Brauchst du Geld für ein Flugticket?«

Er verstand nicht, wovon sie redete, und als sie sagte: »Ich habe heute Morgen mit deinem Vater gesprochen«, verstummte er.

»Was ist los mit dir? Sag mir endlich, was mit dir passiert ist. Siehst du nicht, dass du mich quälst? Ich kann so nicht länger leben. Ich habe dir doch nichts getan, oder? Ich habe dir nichts getan.«

Er machte einen verzweifelten und verlorenen Eindruck auf sie, aber das, was er ihr dann erzählte, hatte sie nicht vorhersehen können. Auch im Nachhinein würde sie später denken, es gab keinen Weg zu wissen, dass er log. »Mali, die Polizei sucht nach mir«, sagte er, und sie schaute in seine geröteten Augen. Doch im Grunde war die Lawine sehr viel größer, als sie dachte.

6

Die Neuigkeiten aus dem kriminaltechnischen Labor trafen zu Beginn des zweiten Ermittlungstags ein, als Avraham auf dem Weg zur Beerdigung war. Es regnete nicht, und die Seitenscheibe war heruntergelassen. Als das Telefon klingelte, schloss Avraham das Fenster und drehte das Radio leiser. »Willst du die gute Nachricht oder zuerst die schlechten?«, fragte Lital Levi, und er antwortete: »Du kennst mich doch lange genug, oder?«

Die gute Nachricht war, dass es ihnen gelungen war, aus den Hautresten und dem Blut unter den Fingernägeln und zwischen den Fingern von Lea Jäger die DNA eines Mannes zu gewinnen. Die schlechte Nachricht war, dass sich die gewonnene DNA nicht in der Datenbank befand. Und dass sie auch nicht zu einem Verwandten des Vergewaltigers David Danon passte. Sofort fragte er sie nach dem Sohn von Lea Jäger, weil er von dem Moment an, da er am Morgen die Augen aufgemacht hatte, nur an die Aussage dachte, die der

Sohn Schärfstein gegenüber am Vortag auf dem Revier gemacht hatte. »Haben die überprüft, ob sie zu jemandem aus ihrer Familie passen könnte?«, fragte er, und sie sagte: »Wessen Familie? Meinst du die der Ermordeten? Ich glaube nicht, dass sie das überprüft haben. Kann man aber sicher machen. Soll ich das veranlassen?«

In der Regel war es so, wie Ilana immer gesagt hatte: Der zweite Tag der Ermittlung war der Schlüsseltag.

Am ersten Tag war noch jede Richtung möglich, und jede Zeugenaussage oder jeder Fund, die hinzukamen, konnten Ansatzpunkt einer neuen Ermittlungsrichtung sein. Am zweiten Tag reduzierten sich die Möglichkeiten, weil einige Verdächtige bereits entlastet waren und Ermittlungsrichtungen, die am Vortag noch plausibel erschienen waren, ausgeschlossen werden konnten, während andererseits neue Zeugenaussagen und Indizien sich zu Geschichten gesellten, die bereits begonnen hatten, Formen anzunehmen, sie mit Details anreicherten und ihnen Gültigkeit verliehen.

An jenem Morgen, als Avraham unterwegs zum Yarkonim-Friedhof war, war Inspektor Eyal Schärfstein damit beschäftigt, Aussagen von Kleinbauunternehmern einzuholen, die Renovierungsaufträge in der Straße durchführten, um später einen der Arbeiter festnehmen zu lassen, einen Araber aus dem Norden namens Adnan Gun, der am Tag des Mordes und auch am darauffolgenden Tag nicht zur Arbeit erschienen war und in der Vergangenheit schon mal wegen des Verdachts auf Autodiebstahl und Mithilfe bei Einbrüchen in Häuser in Samaria vernommen worden war. Maalul und Esthi Wahabe hatten unterdessen den Privatdetektiv, den die Familie Danon angeheuert hatte, um belastendes Material über Lea Jäger zu sammeln, aufs Revier bestellt. Und Avraham war der einzige offizielle Vertreter der israelischen Polizeikräfte bei der Beerdigung, wo sein Blick vor allem dem Sohn galt.

Er war frühzeitig dort und wartete allein unter den Trauergästen im Hof des Bestattungshauses, am Erlösungstor. Der Morgen war wärmer als an den Vortagen, fast frühlingshaft. Als er die Tochter sah, gab er ihr die Hand und wünschte ihr, sie möge keinen weiteren Kummer erfahren, aber zu dem Sohn trat er nicht und beobachtete ihn nur aus der Ferne, wie er die Trauergemeinde empfing. Seine Frau und seine erwachsenen Kinder standen neben ihm. Was Avraham erstaunte, als er begriff, dass dies ihr Sohn war, waren seine Ausmaße, die Schärfstein in seinem Bericht unerwähnt gelassen hatte.

Eres Jäger war ein breitschultriger, hünenhafter Mann von fast zwei Metern, und seine Hände waren riesig.

Um kurz nach zehn rollten die Männer der Bestattungsgesellschaft den Leichnam auf seiner Bahre in den Hof, und die kleine Trauergemeinde versammelte sich im stillen Kreis darum. Unter den Laken wirkte sie auf Avraham ganz klein, wie der Leichnam eines schmächtigen Kindes. Er war überrascht, dass ihre Kinder entschieden hatten, nichts zu ihrem Gedenken zu sagen, obschon die Tochter es versuchte, und nur eine ältere Frau, offenbar eine Freundin, sprach lang und breit von den schönen Jahren in ihrem Leben, den Jahren, in denen die Kinder groß geworden waren und man gemeinsame Urlaubsreisen ins Ausland unternommen hatte, vor all dem Leid, das sie in den letzten Jahren hatte erfahren müssen. »Jetzt gehst du zu deinem Jossi, den du so geliebt hast«, sagte sie am Ende. »Und musst dich wenigstens nicht mehr nach ihm sehnen.«

Sie ließ unerwähnt, dass Jäger ermordet worden war, so als sei sie eines natürlichen Todes gestorben. Auch die Vergewaltigung kam nur andeutungsweise zur Sprache, als »die schlechten Jahre«. Dennoch meinte Avraham, um ihn herum würde über den Mord geflüstert und dass die Trauergäste ihn beäugten. Es wäre gut, wenn es ihm gelänge, selbst mit allen zu reden, und sei es nur für einen Moment, dachte er. Und aus irgendeinem Grund schien der Polizeifotograf, der Order hatte, die Trauergemeinde abzulichten, hauptsächlich Fotos von ihm zu machen.

Danach schritt der kurze Trauerzug hinter der Bahre her über neue und alte Grabpfade bis zur frisch ausgehobenen Grube. In einiger Entfernung krochen chinesische Arbeiter aus einem riesigen Wabengebäude, das errichtet wurde, um künftigen Toten Platz zu bieten. Und die Hitze wurde immer größer.

Da sich nur wenige Männer unter den Trauergästen befanden, griff auch Avraham zur Schaufel und half, die Grube, in die Lea Jäger hinabgesenkt worden war, zu schließen. Und als der Rabbiner das Kaddisch für Waisen sprach, ertappte sich Avraham dabei, wie er gemeinsam mit ihm die Anfangssätze murmelte, *Erhoben und geheiligt werde sein großer Name auf der Welt, die nach seinem Willen von Ihm erschaffen wurde,* biss sich auf die Lippen und brach ab. Er war keine Waise. Nachdem der Leichnam bestattet war, fiel der Sohn auf das Grab, und Avraham wartete ab, bis seine Frau und andere Trauergäste ihm aufgeholfen, ihn zu einem nahen Wasserhahn geführt und sein Gesicht abgewaschen hatten, und bis auch die nächsten Angehörigen, Freunde und Verwandte zum Grab getreten waren, bis er selbst einen Stein auf den schmalen Erdhügel legte. Unter den Menschen, die ihr letztes Geleit gegeben hatten, war er der Einzige, der fast nichts über sie wusste und dennoch versuchen musste, die Umstände ihres Todes zu verstehen, und so bemühte er sich, an ihr Gesicht zu denken, wie er es auf dem Bild, das im Besprechungsraum hing, gesehen hatte, und nicht an das durch Schläge verunstaltete Gesicht mit dem offen stehenden Mund, das er am Tatort gesehen hatte. Die Diskrepanz zwischen der Aussage des Sohnes bei der Vernehmung, er habe keinen Kontakt zu seiner Mutter mehr gehabt, und seinem Verhalten auf dem Friedhof irritierte ihn. Und als der Sohn auf die Knie fiel und sich auf den Erdhügel warf, um dort beinahe in der Haltung liegen zu bleiben, in der Avraham seine Mutter in ihrer Wohnung gefunden hatte, dachte er plötzlich, wie wenig ähnlich er seiner Mutter sah. Sein massiger Körper bedeckte den frischen Grabhügel, und als er Avraham aus der Menge heraus einige Male einen Blick zuwarf, tat er dies aus Augen, die schwarz und nicht grün waren, wie ihr eines, weit aufgerissenes.

Vielleicht sah der Sohn ja seinem Vater ähnlich?

Lea Jäger, Tochter von Channah und Jaakov Grünberg, ruhte jetzt neben ihrem Ehemann, Joseph Jäger, geboren 1951 in Ramat Gan und – vorzeitig – vor drei Jahren verstorben. Avraham konnte sich nicht erinnern, ob er in ihrer Wohnung ein Bild von ihm gesehen hatte.

Ganz in der Nähe begann eine zweite Beisetzung, und der Rabbiner, der das Kaddisch über sie gesprochen hatte, eilte im Laufschritt zum nächsten frisch ausgehobenen Grab.

Die Liste mit den Telefonaten Lea Jägers wartete, als er endlich dort eintraf, in seinem Büro auf ihn, zusammen mit der Information, dass die DNA des Angreifers zweifelsfrei belegte, dass keine verwandtschaftliche Beziehung zwischen ihm und der Ermordeten bestand. Auf der Liste fanden sich Anrufe von Ami Danon und anderen Nummern, die die Familienangehörigen des Vergewaltigers angegeben hatten, aber es waren zwei andere Details, die ihn fassungslos machten. Am

Tag vor dem Mord hatte, was im Widerspruch zu seiner Aussage stand, ein langes Telefonat zwischen Lea Jäger und ihrem Sohn stattgefunden. Dem Verbindungsprotokoll nach hatte Jäger ihren Sohn in den Morgenstunden angerufen und er nicht geantwortet. Kurz darauf hatte er sie dann angerufen und rund siebzehn Minuten mit ihr telefoniert. Die zweite Nummer war die letzte auf der Liste und erschütterte ihn sogar noch mehr: Am Tag des Mordes, ja genau zum angenommenen Zeitpunkt des Mordes, war vom Festnetzanschluss in der Wohnung von Lea Jäger die 100 angerufen worden, die Notrufnummer der Polizei. Der Anruf war von ihrem Hausanschluss aus erfolgt, jedoch abgebrochen worden, noch ehe jemand in der Zentrale geantwortet hatte.

Avraham umkringelte die Nummer des Sohnes mit blauem Kugelschreiber. Und rief gleich darauf bei der Zentrale an, um sich zu erkundigen, wie bei Anrufen verfahren wurde, die unterbrochen wurden, bevor sie beantwortet werden konnten. »Ruft ihr zurück, wenn vorher aufgelegt wurde?«, fragte er die Telefonistin, die seine Frage nicht verstand. »Die Nummer taucht doch bei euch auf irgendeinem Bildschirm auf, oder? Ihr könnt doch sehen, welche Nummer angerufen hat?«, insistierte er, und sie erklärte ihm, dass zumindest sie bei nicht zustande gekommenen Gesprächen nicht zurückrief, es sei denn, der Versuch wiederholte sich mehrfach. »Wissen Sie, wie viele Kids anrufen und dann auflegen?« Aber Lea Jäger musste, obwohl ein weiterer Anruf auf dem Verbindungsprotokoll nicht verzeichnet war, dennoch jemand zurückgerufen haben, denn allem Anschein nach war ja ein Polizeibeamter zu ihrer Wohnung geschickt worden. Er bat Lital Levi zu überprüfen, ob es nicht einen weiteren Anruf gegeben haben konnte, der versehentlich von der Verbindungsliste gelöscht worden war, und welche Telefonisten vorgestern Mittag in der Zentrale Dienst getan hatten. Und er war unschlüssig, ob er nicht Eres Jäger umgehend anrufen und ihn zu einer weiteren Vernehmung einbestellen sollte. Den DNA-Befunden nach war er nicht der Mann, der seine Mutter angegriffen hatte, warum also hatte er gelogen, hatte gesagt, er hätte seit mehreren Monaten nicht mehr mit ihr gesprochen?

Als Eliyahu Maalul in sein Zimmer kam, war er immer noch mit diesen beiden Anrufen beschäftigt. Die Unterredung, die sie am Vortag gehabt hatten, war vergessen, zumindest, was Avraham anging, aber Eliyahu blieb stehen, während er ihn über die Aussage des von der Familie Danon angeheuerten Privatdetektivs ins Bild setzte. Maalul sagte, es falle ihm schwer zu glauben, der Mann könnte in den Mord verwickelt sein oder etwas darüber wissen. Nach den Worten des Privatermittlers hatte ihn die Familie nur während des Prozesses beauftragt, und er schwor Maalul, er habe weder Jägers Telefon angezapft, noch sich irgendein Dokument oder Beweisstück widerrechtlich beschafft. »Was hat er dann gemacht? Wofür genau haben sie ihn bezahlt?«, wollte Avraham wissen, und Maalul sagte: »Er hat sie vor allem beschattet. Und sie fotografiert. Aber dabei ist nichts rausgekommen. Sie hatten gehofft, Beweise in die Hand zu bekommen, dass sie sich mit Männern trifft, und darauf eine Verteidigungsstrategie aufzubauen, der zufolge der Geschlechtsverkehr einverständlich erfolgt war. Und seither hat er auch zu niemandem aus der Familie mehr Kontakt gehabt.«

Avraham berichtete Maalul von den Befunden, die vom Labor in Jerusalem gekommen waren, und von dem Telefonat zwischen Lea Jäger und ihrem Sohn, das Eres Jäger unterschlagen hatte. Maalul war der Meinung, sie sollten den Sohn umgehend aufs Revier bestellen, ungeachtet der Beerdigung, und fragte, ob in Schärfsteins Augen der Sohn des Mordes verdächtig gewesen sei, was Avraham aber nicht zu beantworten wusste. Von dem Anruf, der aus der Wohnung bei der Zentrale erfolgt war, erzählte er ihm nicht im Büro, sondern erst, als sie das Gebäude verlassen und sich auf die Stufen der Eingangstreppe zum Revier gesetzt hatten. »Ich dachte, du hast aufgehört«, meinte Maalul zu ihm, schaute ihm aber noch immer nicht die Augen, wie er es sonst immer tat. Und als Avraham sagte: »Habe ich auch«, fragte er: »Und was machen wir dann hier?«

Der Grund waren Benny Saban und der Polizist, der die Treppe heruntergekommen und verschwunden war.

Er erzählte Maalul von dem Gespräch mit Saban und von dessen Bitte, sich nicht auf die Zeugenaussage des Nachbarn über einen Polizeibeamten, der kurz nach dem Mord im Haus gewesen sei, zu konzentrieren. Jetzt, da in den Verbindungsprotokollen Lea Jägers ein Anrufversuch bei der Zentrale aufgetaucht war, ließ sich diese Aussage jedoch schon nicht mehr einfach ignorieren.

Maaluls große Augen weiteten sich immer mehr, während er zuhörte. Und als Avraham fertig war, raunte er ihm flüsternd zu: »Dass du nicht wagst, auch nur dran zu denken, Avi. Das werde ich nicht zulassen, hörst du? Was denn, bist du verrückt geworden? Wir werden diese Zeugenaussage wie alle anderen Aussagen auch untersuchen. Und jetzt erst recht. Wenn sie von der Zentrale zurückgerufen worden ist und die jemanden losgeschickt haben und der nicht getan hat, was er hätte tun müssen, werden wir darüber Bericht erstatten, genau wie wir sollen. Und wenn du Angst vor Saban hast, lass mich das machen, ich werd das auf meine Kappe nehmen, okay? Was denkst du dir überhaupt? Soll Benny Saban doch zum Teufel gehen!«

Das Gespräch mit Maalul hatte ihn aufgemuntert, auch, weil er meinte, Eliyahu habe ihm die Kränkung der Zurechtweisung verziehen, aber als er wieder in seinem Zimmer war, nahm er dennoch den Telefonhörer ab, um Ilana Liss anzurufen. Und bereute es sogleich. Schärfstein rief an, um ihn wegen der Vernehmung der Arbeiter auf den Baustellen in der Nähe des Tatorts auf den neuesten Stand zu bringen, und Avraham erzählte ihm, Eres Jäger habe ihn bei seiner Vernehmung angelogen. Und erst, als sie sprachen, begriff Avraham, dass, wenn der Sohn in den Mord verwickelt war, sich auch der vorzeitig abgebrochene Anruf bei der Zentrale verstehen ließ: Hatte er seine Mutter im Verlauf eines Streitgesprächs angegriffen, hatte Panik bekommen und selbst die 100 angerufen, es sich dann aber anders überlegt und war geflohen? Vielleicht war sogar sie es gewesen, die angerufen hatte, als sie meinte, die Kontroverse zwischen ihnen drohe gewalttätig zu werden, hatte aber dann wieder aufgelegt, um ihren Sohn nicht in Schwierigkeiten zu bringen? Andererseits waren da die eindeutigen Laborbefunde, die besagten, dass Eres Jäger nicht der Angreifer sein konnte.

Avraham breitete die Fotos vom Tatort auf dem Tisch aus und auch den Zettel, auf dem er sich dort Notizen gemacht hatte, und las die Frage, die ihm gekommen war, als er die Aussage von Eres Jägers Schwester aufnahm: *Hat hinter sich die Tür abgeschlossen?*

Warum genau hatte er das geschrieben? Vielleicht, weil er überlegt hatte, das Abschließen der Tür sei ein Beleg, dass der Mörder nicht panisch aus der Wohnung geflüchtet war. Sondern sich dort noch länger aufgehalten hatte. Mehrere Minuten sogar. Versucht hatte, seine Mutter wiederzubeleben und zu verarbeiten, was gerade geschehen war. Hatte er die Polizei etwa angerufen, um sich zu stellen? Und dann aufgelegt, als ihm der Gedanke gekommen war, er könnte anstatt des Mordes einen Raubüberfall vortäuschen? Er wusste, wo ihr Portemonnaie lag. Deshalb war der Tatort auch so ordentlich. Er hatte nicht danach suchen müssen. Und hatte hinter sich die Tür abgeschlossen, weil jede Verzögerung bis zum Fund der Leiche ihm ermöglichte, sich abzusetzen. Avraham las die Frage wieder und wieder und fügte dann weitere Fragen hinzu, auf die es, wie ihm schien, jetzt zumindest teilweise eine Antwort gab:

Warum hat sie dem Angreifer die Tür geöffnet?

Hat sie ihn erwartet? Wusste sie, dass er kommt?

Warum hat er nichts mitgenommen außer dem Portemonnaie?

Wann und wie genau ist er raus?

Genau wie in den Stunden nach dem Mord stellte er sich Lea Jäger vor, die in der Küche Kaffee trank, als das Klopfen an der Tür zu hören war. Sie setzte die Tasse ab und erhob sich. Ging langsam in Richtung Tür, eine Strecke von fünf oder sechs Schritten. Avraham öffnete die Schublade seines Schreibtisches und holte die Pfeife hervor, die Marianka ihm gekauft hatte, nahm sie in den Mund und kaute auf dem Ende des Mundstücks herum. In seiner Vorstellung öffnete sich die Tür zu Lea Jägers Wohnung, und er meinte, einen massigen Mann davorstehen sehen zu können.

Kurzerhand rief er ihn an, aber eine Frau hob ab. Sie sagte, ihr Mann sitze im Auto und fahre, und als Avraham seinen Namen nannte, fügte sie hinzu: »Einen Moment«, und kurz darauf erklang die Stimme von Eres Jäger. Er bat ihn, umgehend aufs Revier zu kommen, und als der Sohn fragte, warum, sagte er nur: »Für eine Fortsetzung der Vernehmung.«

»Wir sind schon fast in Haifa. Ist das so dringend jetzt? Wir erwarten zu Hause gleich Kondolenzbesuche.«

Er hätte ihn am liebsten auf der Stelle gesehen und selbst eine Aussage von ihm aufgenommen, aber vielleicht ergab ein Aufschub der Vernehmung tatsächlich Sinn. Er wusste so gut wie nichts über Jäger, außer dass der Mann Hausmeister an einem Gymnasium war, und eine Verschiebung der Vernehmung um ein paar Stunden würde ihm ermöglichen, weitere Informationen zu sammeln und das Alibi zu überprüfen, ja, vielleicht sogar bei der Schwester zu klären, welchen Grund es für den Streit zwischen ihrer Mutter und ihrem Bruder gegeben hatte. »Können Sie morgen früh hier sein?«, fragte Avraham, und als Eres Jäger sagte: »Ja, aber wollen Sie mir nicht sagen, was so dringlich ist? Hat die Ermittlung etwas erbracht?«, ließ er die Fragen unbeantwortet.

Die Kantine war fast leer, als er dort ein spätes Mittagessen einnahm, allein. Nur Efraim Bachar vom Verkehrsdezernat saß am anderen Ende des Saals. Redete laut am Telefon mit seiner Tochter, während er auf Zahnstochern herumkaute und ihm grüßend zunickte. Avraham bestellte sich einen Salat und zwei Sandwichs und aß schnell, wobei in seinem Kopf Gedanken über den Sohn und über den Anruf bei der Zentrale durcheinanderwirbelten. Wenn er sich zum ersten Mal seit Beginn der Ermittlung tatkräftig fühlte, dann weil er nicht länger in seinem Zimmer wartete. Erneut dachte er an Benny Saban. Im Laufe der Jahre hatte er mehr als nur einmal mitbekommen, dass Ermittler Zeugenaussagen oder Indizien übersahen, die nicht in ihre Ermittlungen passten, aber noch nie war er ausdrücklich gebeten worden, eine Aussage zu ignorieren. Und in jenem Moment meinte er, die Zeugenaussage des Nachbarn erzähle eine Geschichte, die einfach nicht zu leugnen war: Ein Polizist, der jetzt versuchte, unerkannt zu bleiben, hatte einige Minuten nach zwei vor der Wohnung von Lea Jäger gestanden, und das, obwohl dem Einsatzprotokoll nach vor halb fünf kein Streifenwagen zu dem Haus entsandt worden war. Weshalb er fest entschlossen war, Ilana, auch wenn sie derzeit nicht im Dienst war, von der Unterredung mit Saban zu berichten. Auf dem Weg zurück in sein Büro machte Avraham am Schreibtisch von Lital Levi halt, um zu fragen, ob es etwas Neues gebe.

Sie verneinte, schaute dann auf ihren Tisch und reichte ihm ein Blatt Papier. »Vor lauter Stress hab ich ganz vergessen, dir das zu geben. Eine Liste der Leute, die vorgestern nach dir gesucht haben. Als du freihattest«, sagte sie, und er fragte zurück: »Wann soll ich freigehabt haben?«, ehe er sich erinnerte. Im Gehen warf er einen Blick auf das Blatt und hatte schon vor, es auf dem Aktenstapel auf seinem Schreibtisch zu entsorgen, als er den Namen Diana Goldin und daneben eine Telefonnummer sah. Gleich darauf war er wieder bei Lital Levi, um sich zu vergewissern, dass er richtig gelesen hatte. »Weißt du, wer den Anruf entgegengenommen hat?«, fragte er, und Lital Levi sagte: »Ich.«

»Und hat sie dir gesagt, weshalb sie anruft?«

»Sie wollte dich sprechen, und als ich ihr gesagt habe, du hättest frei, hat sie gesagt, es sei nicht so wichtig. Weißt du, wer das ist?«

Er rief unter der Nummer an, die auf dem Blatt stand, erreichte aber niemanden und hinterließ eine Nachricht. Ilana hingegen hob ab, und seine Stimme zitterte, als er sagte: »Hey, Ilana, wie geht's dir? Hier ist Avi.«

Sie erkannte seine Stimme, und er nahm an, sie freute sich, von ihm zu hören, trotz aller gegenteiligen Bitten. Schließlich hatten sie über Jahre, auch nachdem sie das Revier verlassen hatte und ins Hauptkommissariat Tel Aviv gewechselt war, fast jeden Tag miteinander telefoniert und sich über ihre jeweiligen Ermittlungen auf dem Laufenden gehalten. Auch nahm er an, dass sich Ilana nach zwanzig Jahren in Ermittlungsdezernaten nicht einfach so von der Polizeiarbeit lösen konnte. Dabei wusste er nicht einmal, ob sie sich zu Hause oder im Krankenhaus befand, und war zu befangen, um zu fragen. Bevor sie mit der Behandlung angefangen hatte, hatte er im Internet recherchiert und zu seiner Freude herausgefunden, dass sie nicht wochenlang im Krankenhaus würde bleiben müssen, sondern nur zu intensiven Therapieeinheiten, zwischen denen sie sich zu Hause würde erholen können. Als er sie noch einmal fragte: »Wie geht's dir?«, weil sie ihm nicht geantwortet hatte, sagte sie nur: »Könnte nicht besser sein, Avi. Und dir?« Er kam gleich zum Thema, um seine Verlegenheit zu überspielen. »Ich bräuchte trotz allem deine Hilfe bei etwas«, sagte er. »Kann man dich besuchen, wenn du zu Hause bist und dich gut fühlst?«

»Das kann nicht warten?«, fragte sie. Und er sagte: »Ein paar Tage hat es Zeit. Aber nicht mehr.«

»Nur unter der Bedingung, dass wir, wie besprochen, nicht über eine Ermittlung reden. Wenn es etwas in der Art ist, dann lassen wir es lieber.«

»Das genau ist es nicht, Ilana. Es ist etwas anderes«, sagte er und log nicht, weil er zu dem Zeitpunkt tatsächlich dachte, sie würden nur über Sabans Bitte reden. Diana Goldin rief zurück, noch während er mit Ilana telefonierte, und kaum hatte er sich von ihr verabschiedet, klingelte das Telefon erneut. Er hatte keine Idee, warum sie ihn gesucht haben könnte, und als sie es ihm jetzt erklärte, brauchte er einige Zeit, um zu verstehen. Er sagte: »Diana? Danke, dass Sie zurückrufen. Oberinspektor Avraham vom Polizeidistrikt Ayalon hier. Ich hatte einen Tag frei und habe gesehen, Sie haben nach mir gefragt, richtig?«

Diana sagte, es gehe um nichts Wichtiges.

Sie wollte dem Polizisten, der vor ein paar Tagen bei ihr gewesen war, den Regenschirm zurückgeben, den er vergessen hatte, und da sie sich nicht mehr an seinen Namen erinnerte und auch seine Telefonnummer nicht hatte, hatte sie auf dem Revier angerufen und gebeten, mit Avraham zu sprechen. Als er fragte: »Wann war ein Polizist bei Ihnen?«, sagte sie, vor ein paar Tagen, am vergangenen Donnerstag. »Und in welcher Angelegenheit war er bei Ihnen? Hatten Sie ihn bestellt?«, fragte er und hätte nicht erwartet, dass seine Frage sie verstören würde.

»Was soll das heißen, in welcher Angelegenheit?«, sagte sie leise. »Wegen der Vergewaltigung. In welcher Angelegenheit hätte er denn sonst da gewesen sein sollen?«

Er wollte sie nicht noch mehr beunruhigen, als er es schon getan hatte, und sagte daher, er riefe sie in ein paar Minuten zurück. Und bat dann Lital Levi, umgehend festzustellen, wer der Polizist war, der zu ihr geschickt worden war. Der Gedanke, es könnte eine Verbindung zwischen den beiden Fällen bestehen, zwischen den beiden Polizisten, kam ihm erst, als er sich Diana Goldins Vergewaltigungsakte in sein Zimmer bringen ließ und sie durchsah, und selbst da, als sich die Möglichkeit zum ersten Mal für einen flüchtigen Augenblick ins Spiel brachte, verwarf er sie sogleich. In seinen Überlegungen war in jenen Stunden ein anderer der Mörder, und für den Polizisten, der am Tatort gesehen worden war, gab es eine einfache Erklärung. Und erst, als er Diana Goldin gegenübersaß und ihre Aussage aufnahm, spürte er, dass er sich vielleicht geirrt und den Gedanken vorschnell abgetan hatte.

Er erhob sich und begrüßte sie freundlich, als sie etwa eine Stunde später sein Büro betrat. Ihr Haar war zu einem länglichen Dutt zusammengefasst und ihr Gesicht so klein und apart, wie er es in Erinnerung hatte. In ihrem Blick war unverkennbar Angst, und er dachte, vielleicht hätte er nicht darauf bestehen sollen, sie möge umgehend aufs Revier kommen, auch dann noch, als sie ihm gesagt hatte, sie könne eigentlich nicht, weil sie später eine Vorstellung hatte. Aber Lital Levi hatte ihm gesagt, laut ihrer Überprüfung sei in den letzten Tagen kein Polizist zu Diana Goldins Wohnung geschickt worden, weshalb er nicht hatte warten wollen, und als er vor ihrem Eintreffen die Vergewaltigungsakte noch einmal durchging, konnte er nicht anders, als an Lea Jäger denken.

Diana Goldin war im September 2012 Opfer eines sexuellen Angriffs geworden.

Sie wurde in ihrer Wohnung vergewaltigt, von einem Schauspieler, der zum damaligen Zeitpunkt ihr Kompagnon bei einem kleiner Theater war, das Stücke für Kinder aufführte. Sie war zweiunddreißig und wohnte in Bat Jam, und Avraham war der Ermittler, der über etliche Stunden die Aussage des Vergewaltigers aufnahm. Und er war auch zugegen bei der Konfrontation zwischen beiden im Vernehmungsraum im zweiten Stock, als der Schauspieler weiter alles abstritt, was Diana erzählte. Sie hatte sich erst einige Wochen nach der Vergewaltigung an die Polizei gewandt, weshalb sie keine brauchbaren physiologischen Beweise hatten. Aber Avraham glaubte ihr – und so auch das Gericht.

»Wie geht es Ihnen?«, fragte er, und sie sagte sofort: »Können Sie mir erklären, was los ist?« Worauf er nicht antwortete. Hoffte, es würde sie beruhigen, als er fragte, ob sie noch immer auftrete, und sie erzählte ihm, sie habe ein neues Kindertheater auf Hebräisch und Russisch gegründet und trete entweder allein oder mit ihren Puppen auf, hauptsächlich in Kindergärten und Büchereien. Von Michael Lan, dem Schauspieler, der wegen des Angriffs auf sie verurteilt worden war, wusste sie lediglich, dass er seine Strafe noch verbüßte. Avraham hatte noch nicht entschieden, was genau er ihr sagen würde, aber Diana fragte unvermittelt: »Was, war er etwa kein Polizist?«

»Wissen Sie noch, wann er da war?«

»Vor fast genau einer Woche. Vorgestern habe ich bemerkt, dass er den Regenschirm bei mir vergessen hat, und da habe ich Sie angerufen, weil ich seine Nummer ja nicht hatte. Er war letzten Donnerstag da.«

»Und können Sie mir erklären, aus welchem Grund er zu Ihnen gekommen ist?«

Er habe sie ein paar Tage zuvor angerufen, erzählte sie. Habe sich selbst als Ermittler des Polizeidistrikts Ayalon ausgegeben und um ein Treffen gebeten. Sie verständigten sich auf Donnerstagmorgen, weil sie am frühen Abend eine Aufführung hatte, und er sagte, er würde einen Tag vor dem vereinbarten Termin noch einmal anrufen, um das Treffen zu bestätigen, falls er nicht wegen anderer dringender Angelegenheiten gezwungen wäre abzusagen. Er schlug vor, sich auf dem Revier zu treffen, sagte aber, er könne auch zu ihr nach Hause kommen, damit sie nicht einen Ort aufsuchen müsste, an den sie sicher keine allzu angenehmen Erinnerungen hatte, und sie willigte ein, weil dies angenehmer war.

»Hat er Ihnen nicht erklärt, wozu dieses Treffen notwendig sei?«, fragte Avraham, und Diana sagte: »Sicher hat er das. Andernfalls hätte ich mich gar nicht mit ihm getroffen.« Nach den Worten des Polizisten hatte Michael Berufung gegen das Urteil eingelegt, und angesichts des bevorstehenden Gerichtsverfahrens, bei dem Diana höchstwahrscheinlich gebeten würde auszusagen, sei er damit beauftragt worden, eine erneute, detaillierte Aussage von ihr aufzunehmen.

Als Avraham Diana ansah, musste er daran denken, wie ihn, als er sie das erste Mal traf, überrascht hatte, dass trotz des Angriffs auf ihrem Gesicht etwas Lächelndes, beinahe Schelmisches gewesen war, als sei sie, auch wenn sie nicht vor Kindern auf der Bühne stand, noch immer Schauspielerin. Jetzt lächelte sie nicht. Laut Nachfrage Lital Levis bei der Bezirksstaatsanwaltschaft Tel Aviv hatte Michael Lan nicht Berufung eingelegt. Was Avraham an ihrer Geschichte vor allem verstehen wollte, war, ob der Polizist, den man zu ihr geschickt hatte, den Namen und die persönlichen Details des Vergewaltigers kannte.

»So hat er ihn von Anfang an genannt, Michael?«

Diana erinnerte sich nicht. Und räumte dann ein: »Vielleicht nicht. Ich denke, eher nicht. Vielleicht hat er ihn anfangs nur ›der Vergewaltiger‹ genannt.«

»Und Ihre Adresse wusste er?«

»Er hat gefragt, ob sich meine Adresse geändert hat, und ich habe gesagt, nein. Beim zweiten Mal, als er anrief, am Tag vor dem Treffen, am Mittwoch, hat er gefragt, ob die Adresse noch dieselbe ist, und ich glaube, ich habe sie ihm gegeben.«

Den letzten Satz sprach sie leise aus. Avraham goss ihr ein Glas Wasser ein, und sie fragte: »Warum sagen Sie nicht, dass er nicht von der Polizei war?«

»Weil ich es nicht weiß. Wahrscheinlich ist er doch bei der Polizei, aber ich versuche zu klären, in wessen Auftrag er losgeschickt wurde.«

Diana bedeckte ihr Gesicht mit den Händen. Und Avraham wartete, bis sie sie wegnahm und sagte: »Aber was heißt das? Erklären Sie mir, wer er ist«, bevor er weiter den Versuch unternahm, sie zu beruhigen. »Wie ich Ihnen bereits gesagt habe, ich weiß es nicht. Die Polizei ist eine große Organisation mit vielen Dezernaten und Abteilungen, und nicht immer weiß der eine, was der andere tut. Das passiert ständig. Es kann sehr gut sein, dass er Polizist ist und zu Ihnen geschickt wurde, um die Ermittlung abzuschließen, aber noch ist es uns nicht gelungen herauszufinden, von wem. Können Sie ihn beschreiben? Wie sah er aus? Das könnte hilfreich sein.«

Der Polizist war ungefähr so groß wie Avraham, vielleicht ein bisschen größer, kräftig und hatte helles Haar. Die Uniform, die er trug, bezeichnete Diana als »normal«: dunkle Hose und hellblaues Hemd, mit einer Anstecknadel in Form des Polizeiwappens und dunkler Troddel um die Schulter. Sie hatte nicht darauf geachtet, ob er Rangabzeichen trug, und auch an seinen Namen erinnerte sie sich nicht, vielleicht, weil er ihn ihr nicht genannt hatte, und plötzlich meinte sie, sie habe ihn nicht einmal gefragt, wie er heiße, worauf sie abermals das Gesicht in den Händen vergrub und sich krümmte. »Warum sollte jemand so etwas tun?«, fragte sie, und Avraham sah, dass sie sich quälte, nicht nur, weil sie begriff, was passiert war, sondern auch, weil sie sich über sich selbst ärgerte, nicht vorsichtiger gewesen zu sein. Daher wiederholte er: »Diana, ich sage noch einmal: Es kann sein, dass der Mann ein Polizeibeamter mit dienstlichem Auftrag war. Verstehen Sie mich? Und selbst wenn nicht, hatten Sie keine Möglichkeit zu wissen, dass er nicht durch die von ihm genannten Stellen geschickt worden war …« Doch sie unterbrach ihn und sagte abermals: »Aber ich habe nicht mal gefragt, wie er heißt, verstehen Sie?«

Er wartete, dass sie ihr Gesicht zeigte. Was er ihr noch nicht gesagt hatte, abgesehen davon, dass er bereits wusste, dass Michael Lan nie Berufung eingelegt hatte, war, dass, selbst wenn jemand zu ihr geschickt worden wäre, um Ermittlungsdetails zu komplettieren, dies eine Beamtin gewesen wäre –

und kein männlicher Kollege. »Erinnern Sie sich, wie lange er bei Ihnen war?«, fragte er, und Diana sagte, er sei lange geblieben. Vielleicht zwei Stunden.

»Warum?«

»Weil er alles wissen wollte. Verstehen Sie? Jede Einzelheit. Von Anfang an.«

»Was zum Beispiel? Was hat er Sie gefragt? Können Sie mir genau sagen, wie das Gespräch verlaufen ist?«

Er wollte wissen, wie lange sie Michael gekannt und welche Verbindung zwischen ihnen bestanden hatte, vor dem Angriff. Und ob sie zum Zeitpunkt der Vergewaltigung einen Lebensgefährten gehabt habe. Und dann hatte er sie gefragt, was an jenem Tag passiert war, als sie von einer Aufführung in der Stadtbücherei in Giv'atajim zurückkamen. Wie sie Michael in ihre Wohnung eingeladen hatte, um über das nächste Projekt zu reden, wie sie zu viel Becherovka getrunken hatten und ein bisschen beschwipst gewesen waren, und wie Michael plötzlich tanzen wollte und sie aus irgendeinem Grund einverstanden war, obwohl ihr seine Bitte komisch vorkam. Und wie sie gespürt hatte, dass er sich an sie drängte, und ihn bat, damit aufzuhören, und sich aus seiner Umarmung löste und die Musik abstellte. Michael hatte eine Lebensgefährtin, die sie gut kannte und mochte, und als er sich wieder an sie heranmachte, um trotz der Stille weiterzutanzen, griff sie zum Telefon und sagte, wenn er nicht damit aufhöre, würde sie sie anrufen. Der Polizist hatte auch nach den Kleidern gefragt, die sie an jenem Abend getragen hatte, und ob Michael sie ihr vom Leib gerissen oder sie sich selbst ausgezogen habe, und was danach passiert sei, auf dem Sofa im Wohnzimmer, was sie während des Angriffs gesagt und was Michael hinterher zu ihr gesagt habe, als alles vorbei war. Und er hatte alles aufgenommen, vom ersten Augenblick an.

»Was soll das heißen – er hat es aufgenommen?«

»Mit seinem iPhone. Er hat mir gezeigt, dass er die App einschaltet.«

»Und während er zuhörte?«

»Was, während er zuhörte?«

»Was hat er da gemacht?«

»Nichts«, sagte sie. »Er hat mich angesehen. Hin und wieder hat er kontrolliert, ob das Gerät funktioniert, und hat auch etwas in das Heft geschrieben, das er dabeihatte.«

»Hatten Sie den Eindruck, dass er die Einzelheiten Ihres Falles kennt?«

»Er hat mich gebeten, ich solle alles so erzählen, als würde ich es zum ersten Mal tun. Daher weiß ich es nicht. Vielleicht nicht. Er hat gesagt, für die Ermittlung müsse das so sein.«

»Und hat er etwas über sich selbst gesagt, an das Sie sich vielleicht erinnern? Etwas über sein Revier? Über seine Aufgaben bei der Polizei?«

Sie konnte sich an nichts erinnern.

»Und in keiner Phase hat er versucht, Ihnen etwas anzutun?«

»Mit Gewalt? Nein.«

»Sie haben sich während des Gesprächs nicht bedroht gefühlt?«

»Nein.«

»Und Sie waren allein zu Hause, als er bei Ihnen war?«

»Wer sonst hätte denn noch da sein sollen? Ich wohne allein.«

»Erinnern Sie sich an weitere Einzelheiten, die uns helfen könnten, ihn zu identifizieren?«

»Außer dem, was ich Ihnen gesagt habe? Nein. Kann sein, dass er mit Akzent gesprochen hat.«

»Russischem Akzent?«

»Russisch eher nicht. Vielleicht englisch.«

»Und hatten Sie das Gefühl, er versuche Sie dazu zu bringen, etwas Bestimmtes zu sagen? Dass er versucht, Ihnen etwas zu entlocken?«

Er hatte keine weiteren Fragen mehr, aber trotz der Aufführung, die auf sie wartete, wollte Diana nicht, dass ihr Gespräch schon beendet wäre, vielleicht, weil sie plötzlich Angst hatte, außerhalb des Reviers allein zu bleiben.

Auf dem Schreibtisch in seinem Zimmer lag noch immer das Blatt mit den Fragen, die er zu Beginn dieses Tages notierte hatte – *Warum hat sie dem Angreifer die Tür geöffnet? Hat sie ihn erwartet? Wusste sie, dass er kommt?* –, aber mit einem Mal war er sich nicht mehr sicher, dass er, wie er zuvor noch gedacht hatte, die Antworten darauf wusste. Und dennoch, bei der kurzen Besprechungsrunde des Ermittlungsteams, die gegen Abend angesetzt war, sollte Avraham die Aussage, die er von Diana Goldin aufgenommen hatte, unerwähnt lassen, weil er selbst noch immer nicht überzeugt davon war, dass eine Verbindung zwischen den beiden Fällen alles andere als abwegig war.

Er führte sie aus seinem Zimmer und bat Lital Levi, sie zur Computereinheit zu begleiten, damit sie dort ein Phantombild des Polizisten anfertigten, auch wenn sich schon bald herausstellen sollte, dass ein solches nicht benötigt wurde. Bevor sie sich verabschiedeten, fragte sie ihn: »Aber wollen Sie den Regenschirm nicht haben?« Er nahm ihn ihr aus der Hand und betrachtete ihn. Sie hatte ihn während der ganzen Zeit ihres Gesprächs auf den Knien gehalten, und er hatte nicht einmal mehr daran gedacht, dass sie nur deshalb angerufen hatte.

7

Für ein paar Tage war sich Mali sicher, Coby hätte ihr alles erzählt an jenem Morgen, bevor die Mädchen aufwachten, und auf seine Art hatte er tatsächlich versucht zu erzählen. Die Frau, von der er sprach, war eine andere, und die Umstände des Unfalls andere, aber ein Körnchen Wahrheit war dennoch in dem, was er sagte, als hätte er trotz allem gewollt, dass sie verstünde.

Um Viertel vor acht rief sie bei der Bank an und sagte, sie käme heute nicht zur Arbeit. Wartete, bis Coby Daniela und Noy in ihrem Wagen zum Kindergarten und zur Schule gebracht hatte. Als sie versuchte, auf dem Ben-Gurion-Boulevard ein Taxi zu erwischen, war sie sich noch immer nicht sicher, dass das der richtige Weg war, und hoffte, wenn sie zurückkäme, würde es ihr gelingen, ihn zu überreden, sich bei jemandem Rat zu holen, vielleicht sogar von einem Rechtsanwalt. Sie hatte ihm vorgeschlagen, gemeinsam einen aufzusuchen, gleich als Coby ihr erzählt hatte, was passiert war, aber Coby wollte nichts davon hören. »Was soll er mir denn sagen? Doch nur, ich soll zur Polizei gehen«, hatte Coby gesagt. »Keine Chance. Keine Chance, dass ich da hingehe.«

Der Taxifahrer war schon älter und hörte während der Fahrt die Nachrichten im Radio. Und er stellte ihr pausenlos Fragen. Fragte, ob sie zur Arbeit fahre und wo sie arbeite, und ihre eigenen Antworten erschienen ihr konfus. Er war nicht aus Cholon, sondern aus Petach Tikwa und nur aufgrund einer vorherigen Fahrt in Cholon gelandet, weshalb sie ihn ins Stadtzentrum dirigieren musste. Als sie an der Jabotinsky, Ecke Krause ausstieg und begann, die Krause entlangzugehen, sah Mali, dass das Taxi noch immer dort stand, wo sie gehalten hatten, weshalb sie in eine der kleinen Nebenstraßen abbog. Wartete, bis es verschwunden war. Den Wagen aber fand sie nicht dort, wo Coby gesagt hatte, dass er ihn abgestellt hatte. Sie überquerte die Straße, ging zurück, und erst da erkannte sie den blauen Toyota auf der anderen Seite der Krause und überquerte die Straße erneut. Sie hielt sich nicht damit auf, das Auto zu inspizieren, sondern öffnete die Fahrertür so natürlich wie jemand, der zur Arbeit fährt. Der Wagen sprang nicht gleich an, und Mali legte ihre Tasche auf den Beifahrersitz und versuchte es erneut. Der Toyata hatte Startprobleme und war drei Tage nicht bewegt worden, hatte die meiste Zeit davon im Regen gestanden, also musste man es noch mal versuchen, mit Geduld und ohne in Panik zu verfallen. Der Jeep, der vor ihr parkte, war leer und auf der Straße so gut wie kein Verkehr. Niemand beobachtete sie, als sie mehrfach versuchte zu starten, bis der Motor schließlich ein Lebenszeichen von sich gab.

Sie war an den großen Wagen nicht gewöhnt und fuhr auch deshalb langsam. Bog nach rechts in die Sokolov und dann nach links in die Shenker ab, und erst als sie die Fichman erreicht hatte, begriff sie, dass sie gerade das Polizeirevier passierte, ebenjenes Revier, in dem sie sich eine Woche später wiederfinden würde. Aber wie wenig wusste sie zu dem Zeitpunkt davon, was passieren sollte, wie wenig weiß ein Mensch darüber, was sich in seinem Leben ereignen wird. Die Nacht ohne Coby und die Erinnerung an Eilat hatten die Angst zurückgebracht, die den ganzen Tag über nicht von ihr wich. Der Schweizer Tourist lauerte ihr erneut im Dunkeln auf, ohne dass sie gewusst hätte, wo. Aber der Zorn auf Coby war verflogen, nachdem er ihr gesagt hatte, die Polizei suche nach ihm, und sie um Hilfe gebeten hatte. Die Lawinengefahr war real, aber nicht die einer Lawine, die in ihm oder in ihr abzugehen drohte, sondern eine, die eine äußere Bedrohung für sie beide war, eine Bedrohung, gegen die sie kämpfen mussten. Was etwas in ihr auslöste, ihn zu beschützen. Oder sie beide. Ein Streifenwagen kam vom Parkplatz des Reviers gerollt und fuhr hinter ihr her. An der Kreuzung standen die beiden Fahrzeuge bei Rot nebeneinander, und Mali sah nicht nach rechts, damit die Polizisten nicht rüberschauten. Das Telefon klingelte in ihrer Handtasche, und erst als sie wieder zu Hause war, sah sie, dass es Gila war, als hätte sie gespürt, wie sehr sie ihre Hilfe benötigte. Als die Ampel auf Grün sprang, fuhr sie zu schnell an, aber der Streifenwagen bog nach rechts ab. Das Schwerste, worum Coby sie gebeten hatte, war, niemandem etwas zu sagen. Sie wusste, was Gila sagen würde, und hörte ihre Stimme, auch ohne dass sie gesprochen hätten, aber dennoch wollte sie es ihr erzählen. Und erst, als sie den Wagen auf dem Parkplatz unter ihrem Haus abgestellt hatte, wagte sie, den Toyota näher in Augenschein zu nehmen, jedoch ohne ihn wirklich zu inspizieren und sich über die Stoßstange zu beugen. Kratzer oder Lackschäden sah sie keine. Unter dem Scheibenwischer der Frontscheibe hingen ein Strafmandat und ein paar Werbezettel, die der Regen in Papiermatsch verwandelt hatte und die sie auf dem Weg zum Fahrstuhl in den Mülleimer im Treppenhaus warf. Ihr Telefon klingelte erneut.

Sie antwortete Gila den ganzen Tag nicht, weil sie nicht wusste, was sie ihr sagen sollte. Sie durfte ihr nicht erzählen, dass Coby am Montag, auf dem Rückweg von einem Bewerbungsgespräch, eine Fußgängerin angefahren hatte, die ohne zu schauen auf die Straße getreten war. Es war ihr Hochzeitstag gewesen. Der Tag, an dem draußen der Sturm getobt hatte. Die Straßen waren rutschig und die Sicht katastrophal.

Coby war zu schnell gefahren und hatte über das verpatzte Bewerbungsgespräch nachgedacht, und die Frau war einfach zwischen zwei parkenden Autos auf die Straße gestürzt. Er hatte sie nicht rechtzeitig gesehen, um noch zu bremsen, hatte nur das Lenkrad ein bisschen nach links geschwenkt, aber dennoch gespürt, dass er sie erfasst hatte. Hatte gehört, wie der Körper durch den Wagen getroffen worden war.

Malis Herz schlug heftig, als sie ihm am frühen Morgen zuhörte. Alles, was sie in den zurückliegenden Tagen in Panik versetzt hatte, erhielt mit einem Mal eine andere Bedeutung. Und sie hatte keinen Grund zu vermuten, dass er ihr nicht die Wahrheit sagte, weil der Unfall allem Sinn verlieh: seiner Verschlossenheit, als er von dem Gespräch zurückgekommen war, dem gebannten Verfolgen der Nachrichten im Fernsehen in jener Nacht und dem Lesen der Zeitung am darauffolgenden Tag, der Nachricht, die er seinem Vater hinsichtlich der Reise nach Australien hinterlassen hatte und bei der er, wie Harry meinte, geweint hatte. Ja, sogar der Pistole, die an dem Tag auf dem Tisch im Verschlag auf dem Dach gelegen hatte, obgleich sie darüber nicht sprachen.

In den Zeitungen war keine Meldung über einen Unfall mit Fahrerflucht in Cholon, und das beruhigte sie beide. Coby wusste nicht einmal, ob die Frau verletzt worden oder wie schwer ihre Verletzung war, weil er einfach weitergefahren war, ohne abzubremsen, und sie nur im Rückspiegel auf der Fahrbahn hatte liegen gesehen. Als er unterwegs zum Kindergarten und zur Schule war, hatte Mali, bevor sie aufbrach, um den Wagen zu holen, auf Google nach »Unfall Cholon Fahrerflucht« gesucht und nicht ein Ergebnis für die zurückliegende Woche gefunden, bloß Unmengen von Meldungen über den Mord an der alten Frau. Für einen Moment überlegte sie, im Wolfson anzurufen und zu fragen, ob am Montag dort eine Frau eingeliefert worden war, die im Stadtzentrum von einem Auto angefahren worden war, und wie ihr Zustand sei. Sie rief an jenem Tag nicht an. Dennoch musste sie fortwährend an die Frau denken. Lag sie noch immer im Krankenhaus? Von dem Moment an, da sie in ihrer Phantasie zum ersten Mal die Frau auf der Straße liegen sah, war es aus unerfindlichen Gründen die junge Frau mit den schwarzen Haaren und den schwarz lackierten Fingernägeln, die ihr im Einkaufszentrum den Schirm verkauft hatte.

Coby war weitergefahren, ohne zu wissen, wohin, nicht aber in Richtung ihrer Wohnung, da er befürchtete, ein Fahrer, der den Unfall verfolgt hatte, würde ihm nachfahren. Und dann hatte er beschlossen, den Toyota dort abzustellen, wo er gerade war, und zu Fuß oder mit dem Taxi nach Hause zu kommen. Als sie ihn gefragt hatte: »Warum hast du nicht angehalten?«, hatte er erwidert: »Ich hatte Angst. Ich bin einfach getürmt ohne nachzudenken.« Wenn sich jemand das Nummernschild aufgeschrieben hatte und die Polizei bei ihnen aufgetaucht wäre, hätte er gesagt, der Wagen sei gestohlen worden. Aber da seit dem Unfall bereits drei Tage vergangen waren und kein Polizist da gewesen war, konnte man den Wagen holen. Und er hatte sie gebeten, dies zu tun, weil er nicht noch einmal an den Ort wollte, wo er die Frau in seiner Panik zurückgelassen hatte.

Die zweite Sache, um die Coby sie bat, war, sie sollte, würde jemand danach fragen, sagen, sie hätten den Montagmittag zusammen verbracht. Er wisse, das sei schwer für sie, weil sie nicht lügen könne, aber er sagte, es sei so gut wie ausgeschlossen, dass es überhaupt erforderlich sein würde. Jeder Moment, der seit dem Unfall vergangen war, verringerte die Wahrscheinlichkeit, dass sie auf ihn kommen würden oder dass die Frau ernsthaft verletzt worden war. Sollte die Polizei dennoch aufkreuzen, sollte sie sagen, ihr Wagen sei am Vortag gestohlen worden, und dass er draußen vor der Bank auf sie gewartet habe und sie dann gemeinsam losgefahren seien, um die Mädchen aus dem Kindergarten und der Schule abzuholen. Den Diebstahl hatten sie noch nicht angezeigt, weil sie einfach keine Zeit dazu gehabt hätten.

Als sie nach Hause kam, war Coby weniger angespannt. Vielleicht, weil er sich entschieden hatte, ihr alles zu erzählen. Er fragte: »Stand er dort?«, und ob sie irgendetwas Ungewöhnliches um den Wagen herum bemerkt habe. Mali schüttelte den Kopf. »Es sind auch keine Lackschäden oder Beulen dran«, sagte sie.

An seinen Augen und der Art, wie er in der Wohnung herumlief, sah sie, dass er noch nicht gänzlich beruhigt war, aber mit jeder Stunde, die verstrich, ging die Anspannung auf sie über. Er machte ihnen beiden Mittagessen, während sie erneut nach Meldungen über den Unfall suchte, ohne dass er es mitbekam. Gila rief fast stündlich an, hinterließ Nachrichten und bat, sie solle doch zurückrufen, aber noch antwortete sie nicht. Beim Essen versuchte er, über andere Dinge zu sprechen.

»Haben die Mädchen etwas gesagt, dass ich nicht zu Hause war?«, fragte er, aber als sie unvermittelt wissen wollte: »Warum hast du dich entschieden, es mir zu erzählen?«, verstummte er. Sagte dann: »Ich wusste nicht, was ich tun soll. Und ich hatte niemanden sonst, dem ich es hätte erzählen können. Wäre es dir lieber gewesen, ich hätte nichts gesagt?«

Aber er hatte ja bereits zuvor seinen Vater angerufen. Und geplant, zu ihm zu fliegen, ohne ihr Wissen. »Hast du ernsthaft vorgehabt, nach Australien zu flüchten?«, fragte sie, und Coby sagte: »Am Sonntag. Ja. Ich wusste nicht, was ich tun sollte.« Er sagte nichts dergleichen, und sie fragte ihn nicht danach, nahm aber an, dass es seit dem Unfall auch Momente gegeben haben mochte, in denen ihm Gedanken an Selbstmord gekommen waren. Ein Schaudern überkam sie, als sie ihn erneut in ihrer Vorstellung in jener Nacht allein auf dem Dach sitzen sah, die Pistole in der Hand wiegend, er sie zurück in die Schublade in der Gerätekammer legte und dann wieder herausholte.

»Und jetzt?«

»Jetzt nicht mehr. Das ist jetzt nicht mehr nötig, denke ich.«

Was sie eigentlich hätte tun sollen, wäre gewesen, ihn zu ermutigen, doch zu fliegen. Oder ihm in den Stunden, in denen sie allein in der Wohnung waren, von der Schwangerschaft zu erzählen. Vor Eilat hatten sie über ein drittes Kind gesprochen, danach aber war dies unmöglich, und auch aus wirtschaftlicher Sicht schien kaum denkbar, wie sie mit noch einem Baby hätten klarkommen sollen. Die Angst, die in der Nacht wiedergekehrt war, und das Adrenalin, das am Morgen noch den Körper unter Strom gesetzt hatte, waren von einer tiefen, leeren Traurigkeit abgelöst worden. Sie sagte, sie wolle ein bisschen schlafen, bevor Daniela und Noy nach Hause kämen, und schaltete ihr Mobiltelefon ab, da Gila noch immer anrief. Bevor sie einschlief, dachte sie, dass sie genau das tat, was er in den letzten Tagen getan hatte: etwas verbergen, sich verstecken. Als hätte sie sich von ihm anstecken lassen. Ihr Schlaf aber war tief und fest, und Coby fuhr an ihrer Stelle und holte die Mädchen ab, was gut war, denn sie wäre zu angespannt gewesen. Auch als sie wieder da waren, versuchte sie, sich rar zu machen, und Coby saß mit den Mädchen im Wohnzimmer und sah mit ihnen fern. Gegen Abend, auf dem Dach, um Wäsche aufzuhängen, betrachtete sie den Teppich aus Solarwarmwasserbereitern und Antennen, der sich vor ihr ausbreitete. Und dachte an den Satz, den Coby zu Mittag gesagt hatte. »Ich hatte niemanden sonst.«

Sie war sich noch immer sicher, dass sie sich Rat von einem Rechtsanwalt holen oder sich zumindest mit einem ihrer Freunde beraten sollten, aber auch sie wollte, nach Eilat, mit niemandem außer ihm mehr reden. Es gab Tage, an denen konnte sie morgens nicht aufstehen und leben. Wenn sie versuchte, sich anzuziehen oder zu schminken, war es, als zöge sie eine Puppe oder eine andere Frau an, und nur wenn sie Coby anschaute, fiel ihr manchmal ein, dass sie noch immer Mali Bengtson war und zwei Töchter, ein Zuhause, Arbeit und ein Leben hatte.

Einmal fragte sie ihn, wie er das aushalte, wieso er nicht aufgegeben und an ihr verzweifelt sei, und das war eines der wenigen Male, dass er mit ihr über seine Mutter sprach. In der Zeit ihrer Krankheit war sein Vater fast nie zu Hause gewesen, und Coby hatte sie im Grunde genommen allein gepflegt. »Harry ist abgehauen, weil er sie nicht leiden sehen konnte«, sagte er. »Aber für mich gab es nichts, wohin ich hätte fliehen können. Und außerdem hatte sie in Australien niemanden sonst. Er kam ein-, zweimal die Woche von der Universität, um nachzuschauen, ob sie schon tot war, und du konntest seine Studentinnen an ihm riechen.«

Der Abend senkte sich herab und war kühl, aber schon nicht mehr regnerisch, sondern fast frühlingshaft.

Sie musste an das Porträt seiner toten Mutter denken, das sie in seinem Zimmer gesehen hatte und das sich mit dem Gesicht der Frau vermischte, die noch immer auf der Straße lag. Hätte sich der Unfall ohne das Unwetter ereignet? Die Frau wäre nicht vor dem Regen geflüchtet und hätte es nicht so eilig gehabt, die Straße zu überqueren, und auch wenn sie zwischen den parkenden Autos hervorgestürzt wäre, hätte Coby sie sicher rechtzeitig bemerkt.

Wenn doch der Sturm einen Tag früher oder später gekommen wäre. Oder sein Bewerbungsgespräch anders verlaufen wäre. Auch sie hatte kein Glück gehabt, hegte aber keine Erwartungen auf etwas anderes, während Cobys Leben tatsächlich hätte anders aussehen sollen. Ihr Job war gut, und sie war dankbar für die Geduld, die man ihr vonseiten der Bank nach Eilat entgegenbrachte. Auch an die Wohnung, die sie gemietet hatten, hatte sie sich gewöhnt, obwohl sie kein Zuhause war. Als sie dort einzogen, hatten sie beschlossen, kein Geld in die Renovierung zu stecken, weil sie hofften, auf eine eigene Wohnung sparen zu können, und so waren die Wände nackt und schmucklos geblieben. Auch neue Möbel hatten sie nicht gekauft und verwendeten die, die sie aus der alten Wohnung mitgebracht hatten, und die Sachen, die der Sohn des Vermieters zurückgelassen hatte. Sie war es gewohnt, durch ihre Wohnung zu gehen, als wäre sie bei jemand anderem, aber Coby träumte noch immer von der Wohnung, die sie kaufen würden. Und auch Gila fragte sie ständig, wann sie endlich in ein echtes Zuhause umziehen würden.

Daniela rief von unten nach ihr, aber sie war noch nicht so weit, nach unten zu gehen. Und das Handy ließ sie abgeschaltet.

Coby und Gila waren sich in manchem ähnlich und kamen vielleicht deshalb nicht miteinander aus, dachte sie. Wie Gila hatte auch er in den ersten Jahren diese Selbstsicherheit gehabt, alles erreichen zu können, was er nur wollte. Offiziell waren sie wieder ein Paar, als sie aus Australien zurückkamen, und er begann den Kurs beim Mossad und kam von dort voller Geschichten wieder. Sie hatte ihn noch nie so glücklich gesehen wie in jenem Zeitraum. Er erzählte vom Observierungstraining, vom Eindringen in Häuser und fingierten Liquidierungen zufällig ausgewählter Frauen und Männer, und war sich sicher, den Kurs mit Auszeichnung abzuschließen und dank seiner Englischkenntnisse und des australischen Passes genommen zu werden. Als er, auf einen Schlag fast, aufhörte, über den Kurs zu sprechen, nahm sie an, es sei, weil ihm das untersagt war, und erst mehrere Wochen später erfuhr sie beinahe zufällig, dass er aus dem Kurs geworfen worden war, weil einer der Befehlshaber ihn loswerden wollte. Er hielt dies etwa zwei Monate lang vor ihr geheim und tat so, als bräche er jeden Morgen zum Kurs auf, und erst, als er anfing, als Sicherheitsmann im nahen Shoppingcenter zu arbeiten, war er gezwungen, es ihr zu sagen, weil er befürchten musste, jemand könnte ihn dort sehen und es ihr erzählen. Es war eine befristete Anstellung, und als sie, fast ein Jahr später, heirateten, bereitete er sie darauf vor, sie würden wohl gezwungen sein, ins Ausland zu gehen, da er versuchte, als Sicherheitsoffizier bei einer der Botschaften genommen zu werden, was aber letztendlich auch nicht glückte.

Gila war da bereits geschieden, war noch keine fünfundzwanzig, hatte schon einen dreijährigen Sohn und schwor, nie wieder zu heiraten. Sie war der Meinung, Coby schließe Mali zu Hause ein und halte sie von Freunden fern, aber sonderbarerweise brachten die Gespräche mit ihrer Schwester Mali Coby nur näher, weil sie meinte, dass Gilas Hauptproblem mit Coby darin bestand, dass er nicht gut genug verdiente und nicht so erfolgreich war wie die Männer, mit denen sie ausging.

Nach Eilat aber war auch ihre Schwester gezwungen einzugestehen, dass Coby sich um sie kümmerte, wie niemand sonst es getan hätte.

Als Mali vom Dach in die Wohnung zurückkam, lagen alle drei auf dem Sofa im Wohnzimmer. Es war das letzte Mal, dass sie sie so zusammen sah. Daniela saß neben Coby, und Noy lag auf der anderen Seite, den Kopf auf seinen Knien. Er fragte, ob er Abendessen für alle machen solle, und die Mädchen verlangten heiße Schokolade. Harry lag zu ihren Füßen, den Schädel auf seinen Vorderpfoten, und obwohl er sich nicht bewegte, schien es, als hätte sogar er noch eine Chance.

Nachdem die Mädchen schlafen gegangen waren, kontrollierte Mali, dass die Tür abgeschlossen und die Lichter eingeschaltet waren, und ging dann, trotz des Mittagsschlafs, früh ins Bett. Coby kam wenig später ins Schlafzimmer, machte die Tür zu und schaltete die kleine Lampe aus. Als er die Träger ihres Nachthemds von ihren Schultern schob und ihren Nacken streichelte, schloss sie die Augen, aber seine Finger vermochten nicht, sie zu wecken und zu erwärmen, wie sie es immer gekonnt hatten. Sie spürte seine Hände auf ihren Armen und Oberschenkeln und spürte sie nicht, als sie miteinander schliefen. Und trotz der Dunkelheit war plötzlich keine Angst mehr in ihr, sondern nur Trauer, die ihr die Kehle zuschnürte. Nur wegen der Frau, die im Regen auf der Straße lag und auf Hilfe wartete? Oder hatte sie da schon etwas von dem begriffen, was passieren würde? Sie schaltete die kleine Lampe wieder ein und versuchte einzuschlafen, als Coby fragte: »Woran denkst du?«, und sie mit geschlossenen Augen sagte: »An sie.«

»An wen?«

Sie überlegte sogar, zu dem Geschäft zu fahren, in dem sie den Schirm gekauft hatte, um sich zu vergewissern, dass die Frau, die auf der Straße lag, nicht die junge Verkäuferin mit den schwarzen Haaren war. Hatten andere Autos angehalten, nachdem Coby geflüchtet war, waren die Fahrer ausgestiegen, um ihr zu helfen? Vielleicht hatte sie es ja selbst geschafft, beim Roten Davidstern anzurufen, oder hatte einer der Passanten angerufen und einen Krankenwagen angefordert?

Und es gab noch zwei Dinge, über die sie nachdachte, von denen sie ihm aber nichts sagte. Als sie ihn am Morgen gefragt hatte, wo der Unfall sich ereignet habe, hatte Coby gezögert, ehe er antwortete, und sie hatte nicht verstanden, warum. Hätte er ihr den Namen der Straße gesagt, wäre es leichter gewesen, Meldungen über den Unfall zu suchen und herauszufinden, was der Frau passiert war. Und das Zweite war der Regenschirm, nach dem er gesucht hatte. Der Unfall verlieh allem Sinn, was an ihrem Hochzeitstag passiert war, dem Verfolgen der Nachrichten im Fernsehen, dem Zeitunglesen und der Nachricht an Harry. Nur dem Regenschirm nicht.

Irgendwann meinte Coby zu ihr: »Wenn du dir Sorgen machst, die Polizei könnte bei uns aufkreuzen, da kannst du ganz ruhig sein.« Sie fragte: »Wie kannst du dir so sicher sein?« Obwohl sie gar nicht daran gedacht hatte. Und sie schaute ihn nicht an, als er sagte: »Weil seit Montag schon drei Tage vergangen sind. Wenn sie bis jetzt nicht da waren, kommen sie auch nicht mehr. Und ich habe alles getan, was notwendig war.«

Als sie einschlief, wusste sie noch nicht, dass sie dies tun würde, aber am nächsten Tag rief sie von dem Apparat auf ihrem Schreibtisch in der Bank aus im Wolfson-Hospital an und erkundigte sich, ob am Montag eine junge Frau bei ihnen eingeliefert worden sei, die bei einem Autounfall in Cholon verletzt worden war.

Die Telefonistin, die ihren Anruf entgegennahm, verband sie mit der Notaufnahme, und als sie dort gefragt wurde, wer sie sei, sagte sie, ohne dies vorher geplant zu haben: »Ich habe den Unfall gesehen und wollte wissen, wie es ihr geht.« Die Krankenhausangestellte in der Notaufnahme bat Mali, einen Augenblick zu warten, ehe sie sagte: »Schauen Sie, ich finde hier nichts, aber Sie können mir Ihren Namen und Ihre Telefonnummer geben, dann rufen wir Sie zurück, sobald wir etwas gefunden haben?« Mali hätte fast aufgelegt, sagte dann aber aus irgendeinem Grund »Michal Ben-Asher«. Die Telefonnummer jedoch, die sie der Krankenhausangestellten nannte, war ihre eigene, und den ganzen Tag über wartete sie darauf, dass sie aus dem Krankenhaus anriefen, doch letztlich sollte der Anruf nicht von dort kommen.

8

Erst am Ende des dritten Ermittlungstags sollte das Ermittlerteam über Diana Goldins Aussage zu dem Polizeibeamten, der sie in ihrer Wohnung aufgesucht hatte, in Kenntnis gesetzt werden. Bis dahin würde Avraham die neue Ermittlungsrichtung für sich behalten und dazu noch ein paar andere Regeln ordentlicher Polizeiarbeit verletzt haben, würde sich aber von einer Gewissheit leiten lassen, die immer stärker wurde, je weiter der Tag voranschritt. Am Abend, nach einem zweiten Besuch am Tatort, rief er die Mitglieder des Teams zu einer dringenden Besprechung zusammen und teilte ihnen mit, er habe nun das Ende des Fadens, der sie zu dem Mörder führen würde.

In der Nacht war er bis fast zwei aufgeblieben. Hatte auf dem Balkon schwarzen Kaffee getrunken, trockene Kekse geknabbert und nur an den Polizisten gedacht, der die Treppe heruntergekommen und verschwunden war. Das Entscheidende, was er nicht zu begreifen vermochte, war, warum er Diana Goldin vernommen hatte; und ihr Gespräch aufgezeichnet hatte; und nicht versucht hatte, sich an ihr zu vergehen, obwohl sie allein gewesen waren. Diana hatte gesagt, der Polizist habe sie gebeten, ihm alles zu erzählen, *so als würde ich es zum ersten Mal tun*, und das war der Schlüssel. Trotz der zunehmenden Gewissheit, dass der Polizist die Vernehmung eigenmächtig geführt hatte, war das Erste, worum Avraham Lital Levi bat, als er am nächsten Morgen aufs Revier kam, erneut bei allen Dezernatsleitern des Bezirks nachzufragen, ob nicht ein Beamter zu Diana Goldin geschickt worden war, um die Ermittlung in ihrem Fall abzuschließen.

Schärfstein verstand nicht, warum Avraham darum bat, bei der Vernehmung von Eres Jäger dabei zu sein, aber im Nachhinein war dies die richtige Entscheidung gewesen. Es war Donnerstag, drei Tage waren seit dem Mord vergangen, und er beschloss, die Ermittlung nicht weiter vom Fenster seines Büros im dritten Stock aus zu verfolgen. Das Wochenende stand vor der Tür und danach der Kurzurlaub, um den er wegen des Besuchs von Mariankas Eltern gebeten hatte, sodass er gezwungen war, das Team noch am selben Tag über den neuen Ansatz in Kenntnis zu setzen, damit sie diesen in seiner Abwesenheit weiterentwickeln konnten. Alle anderen Ermittlungsansätze hatten sie ins Nirgendwo geführt: Maalul und Esthi Wahabe hatten die Vernehmung der Angehörigen des Vergewaltigers abgeschlossen und waren überzeugt, keiner von ihnen hätte etwas mit dem Mord zu tun. Und Adnan Gun, der palästinensische Bauarbeiter, den Schärfstein für vierundzwanzig Stunden festgesetzt hatte, verfügte über ein wasserdichtes Alibi. Am Tag des Mordes war er wegen des Sturms nicht zur Arbeit erschienen. Und obwohl Avraham ihn sich noch am Vortag in der Tür zur Wohnung seiner Mutter vorgestellt hatte, war er sich jetzt sicher, dass auch ihr Sohn nicht der Mann war, der sie angegriffen hatte, und dies nicht nur aufgrund der DNA-Proben, die ergeben hatten, dass ihr Angreifer kein Verwandter von Lea Jäger sein konnte.

Als er mit Schärfstein den Vernehmungsraum im zweiten Stock betrat, sah er ihn zum ersten Mal von nahem. Jäger stapfte von einer Seite des Raums zur anderen, ungelenk und sehr groß. Er trug einen dicken, karierten Pullover, der, ohne Jägers Wissen, zu einem Teil des Verhörplans wurde. Er folgte den beiden Polizisten mit den Augen, als sie sich auf ihre Plätze setzten, und ließ sich dann ihnen gegenüber nieder. Schärfstein breitete auf dem Tisch die Mitschrift seiner Vernehmung von vor zwei Tagen aus, und als er seine langen Finger darüber dehnte, wirkte er auf Avraham nervös, vielleicht, weil Eres Jäger ihn bei der vorangegangenen Vernehmung angelogen hatte, oder vielleicht wegen seiner eigenen Anwesenheit im Vernehmungsraum.

»Wissen Sie, warum ich Sie nochmals habe kommen lassen?«, begann Schärfstein. Avraham saß am Ende des Tisches und verfolgte Jägers Gesichtsausdruck.

»Sie haben gesagt, es tue sich was in der Ermittlung.«

Schärfstein schaute auf die vor ihm liegenden Papiere und nicht zu Eres Jäger, als er nickte. »In der Tat, es tut sich was«, sagte er. »Es gibt sogar wichtige Entwicklungen. Möchten Sie wissen, welche?«

Schärfstein lächelte wie zu sich selbst und drehte den goldenen Ring an seinem Finger, und Eres Jäger schaute ausgerechnet Avraham an. Erkannte er sein Gesicht von der Beerdigung wieder? Er hatte kein Wort gesagt, seit sie den Raum betreten hatten, hatte weder seinen Namen noch seinen Dienstgrad genannt.

»Ich werde Ihnen gleich von den Entwicklungen erzählen,

aber vorher gibt es etwas, das ich mit Ihnen klären möchte«, fuhr Schärfstein fort. »Bei der letzten Vernehmung haben Sie mir gesagt, in den letzten Monaten habe kein Kontakt zwischen Ihrer Mutter und Ihnen bestanden. Bestätigen Sie diese Aussage?«

»Ja.«

»Und Sie behaupten weiterhin, dass es keinen Kontakt zwischen Ihnen gab?«

Jägers Gesicht lief rot an, aber er nickte nur mit dem Kopf. Warum log er? Aus Erfahrung wusste Avraham, die meisten Vernehmungsopfer logen nicht, weil sie glaubten, es würde ihnen gelingen, die Ermittler hinters Licht zu führen, sondern weil sie sich dessen schämten, was sie zu verbergen versuchten.

»Kommen Sie, erklären Sie mir, warum kein Kontakt zwischen Ihnen bestand. Können Sie das?«, fragte Schärfstein, und Jäger antwortete: »Habe ich Ihnen doch schon gesagt. Ich wollte keinen Kontakt zu ihr.«

»Stimmt. Das haben Sie gesagt. Und das reichte mir auch bei der ersten Vernehmung. Jetzt aber, infolge der wichtigen, neuen Entwicklungen, genügt mir diese Antwort nicht mehr. Ich möchte, dass Sie mir die Gründe bitte näher erläutern.« Jäger antwortete nicht. Doch als Schärfstein sagte: »Sollen wir schreiben, dass Sie sich weigern, die Gründe für ihren Streit darzulegen?«, erwiderte der Sohn sofort: »Es gab keinen Streit zwischen uns.« Und sah erneut zu Avraham, der ihm mit der Hand bedeutete, seinen Blick zu dem verhörenden Polizeioffizier zu wenden.

»Worum ging es? Geld? Das Erbe Ihres Vaters?«

»Ich sage Ihnen, es hat keinen Streit zwischen uns gegeben.«

Im Vernehmungsraum war die Heizung ganz aufgedreht, und Jäger schwitzte in seinem karierten Pullover, unter dem er ein weißes T-Shirt trug. Sein Gesicht und seine Hände waren schweißnass. Als er darum bat, den überhitzten Raum doch zu lüften, erklärte ihm Schärfstein, das Fenster lasse sich nicht öffnen. Aber Eres Jäger war nicht der Mann, der mit seiner Mutter am Küchentisch gesessen, sie danach erwürgt und ihre Leiche auf dem Teppich zurückgelassen hatte, und erst in jenem Moment begriff Avraham plötzlich, warum er sich dessen sicher war: Wäre er der Täter gewesen, wäre der Tatort nicht so aufgeräumt gewesen, wie er ihn vorgefunden hatte. Lea Jäger hatte die Wohnung für eine förmliche Verabredung vorbereitet und nicht für eine Begegnung mit ihrem Sohn. Und es war unmöglich, dass sie niemandem von diesem Treffen erzählt hatte. Am Morgen hatte er ihre Tochter angerufen und gefragt, ob sie sich sicher sei, dass ihre Mutter nicht erzählt hatte, sie solle wegen der Vergewaltigung nochmals von der Polizei vernommen werden, doch ihre Tochter hatte gesagt, davon wisse sie nichts. Vielleicht wusste der Sohn etwas? Er wollte ihn auf der Stelle danach fragen, aber Schärfstein legte weiter seine Falle für Jäger aus und war über die neue Ermittlungsrichtung ja noch nicht im Bilde.

»Was heißt das schon, wenn Sie mir gesagt haben, es habe zwischen Ihnen keinen Streit gegeben«, fuhr Schärfstein leise fort. »Sie haben mir ja auch gesagt, Ihr letztes Gespräch sei vor ewig langer Zeit gewesen. Oder nicht?«

Jäger legte die Hand auf den Tisch, zog sie dann wieder zurück und wischte sich damit den Schweiß von der Stirn, schaute Avraham an, als er Schärfstein antwortete. »Das habe ich gesagt. Ja.«

»Sie machen sich über mich lustig, oder?«

»Nein.«

»Was meinst du, Avi. Macht er sich über uns lustig?«

Schärfstein stand abrupt auf, und Jäger folgte ihm mit den Augen, als er auf ihn zukam. Über ihn gebeugt, den Mund genau über Jägers Kopf, brach es aus ihm heraus, doch man konnte nicht wissen, ob es ein echter Wutausbruch oder nur Teil des Verhörplans war. »Hältst du mich für beschränkt, Eres? Oder hältst du vielleicht den Ermittler, der hier sitzt, für beschränkt? Du lügst mich an, als hätte ich nicht die Anrufprotokolle deiner Mutter und wüsste nicht, wann ihr das letzte Mal miteinander gesprochen habt.«

Jäger schaute abermals zu Avraham, als wollte er an dessen Gesichtsausdruck ablesen, ob das, was Schärfstein gerade gesagte hatte, stimmte. Und ausgerechnet da, als Jäger in die Falle getappt war, die Schärfstein ihm bereitet hatte, öffnete Avraham ihm eine Fluchttür daraus. »Eres, wir fragen, ob Sie mit Ihrer Mutter gesprochen haben, nicht, weil wir glauben, dass Sie mit dem Mord etwas zu tun haben«, sagte er. »Sondern weil wir wissen wollen, ob sie Ihnen erzählt hat, dass sie einen Befragungstermin durch die Polizei hatte.« Doch Jäger sagte: »Ich weiß nicht, wovon Sie reden.«

Schärfstein drehte sich um und schaute Avraham an, doch in seinen Augen war zunächst nur Unverständnis. Avraham wusste, dass sein Eingreifen Schärfsteins Verhörplan durcheinanderbrachte und dass er ihn im Vorhinein hätte instruieren müssen, aber erst in diesem Augenblick verstand er, was er von dem Sohn hören wollte. »Eine Befragung wegen ihrer Vergewaltigung. Den Anrufprotokollen zufolge haben Sie am Montag mit ihr telefoniert, vierundzwanzig Stunden vor dem Mord. Und mich interessiert nicht, warum Sie lügen, sondern nur, ob sie Sie bei ihrem Gespräch davon in Kenntnis gesetzt hat, dass am nächsten Tag ein Polizeibeamter für die Befragung zur ihr kommen sollte.«

»Sie hat mir nichts von einer Befragung gesagt«, sagte Jäger. Und setzte dann hinzu: »Weil ich nicht mit ihr gesprochen habe.«

Schärfstein steckte nicht auf. Er verharrte dort, wo er stand, über Jäger gebeugt, und sagte: »Kommen Sie, gehen wir noch einmal zurück zu dem Telefonat. Erklären Sie mir, warum Sie das verschwiegen haben. Und versuchen Sie, das Lügen sein zu lassen.« Avraham aber machte weiter mit seinen Fragen, als sei er der einzige Ermittler im Raum und als spräche Jäger nur zu ihm.

»Dann kommen Sie, sagen Sie mir etwas anderes, Eres. Wenn Ihre Mutter eine Verabredung oder einen Termin beim Arzt abmachte, wo hat sie sich das notiert?«

»Ich weiß nicht. Was wollen Sie überhaupt von mir? Ich hab Ihnen von Anfang an gesagt, dass wir keinen Kontakt hatten.«

»Wir haben ihren Computer überprüft und festgestellt, dass sie die Kalenderfunktion dort nicht genutzt hat. Aber sie hat doch sicher einen anderen Kalender gehabt, oder? Ältere Leute schreiben sich so was an einem festen Ort auf, weil sie dazu neigen, etwas zu vergessen.«

Das war der Augenblick, auf den er gewartet hatte. Jäger schwieg und sagte dann: »Sie hatte mal so einen Jahreskalender. In der Küche. Da schrieb sie Geburtstage und andere Sachen rein, aber ich weiß nicht, ob sie ihn noch immer hat.« Und Avraham versuchte, sich zu erinnern, ob er den Kalender am Tatort gesehen hatte.

»Sind Sie sich sicher, dass der Kalender in der Küche hing?«, fragte er, und Jäger sagte: »Ich glaube, ja.«

Schärfstein verließ den Vernehmungsraum und warf die Tür hinter sich zu, aber Avraham fragte weiter.

»Hatte sie außer diesem Kalender vielleicht noch einen Ort? Vielleicht einen Taschenkalender?«

Falls Lea Jäger einen Taschenkalender geführt hatte, war es möglich, dass er in der Handtasche gewesen war, die man ihr gestohlen hatte, aber vielleicht lag er auch woanders.

»Ich weiß nicht, ob sie einen Taschenkalender gehabt hat. Ich denke, ja. Vielleicht weiß meine Schwester es.«

»Und haben Sie eine Ahnung, wo sie ihren Taschenkalender aufbewahrt haben könnte? Hat sie ihn normalerweise in ihrer Handtasche gehabt?«

»Ich weiß nicht.«

»Dann versuchen Sie, sich zu erinnern.«

»Aber ich sage Ihnen doch, ich weiß es nicht. Haben Sie Orit nicht danach gefragt?«

Eine knappe Stunde später, als er in seinem Wagen unterwegs zum Tatort war, rief Avraham Orit Jäger an, die ihm bestätigte, ihre Mutter habe in der Küche einen Kalender gehabt, in den sie Termine und Verabredungen eintrug. Orit hatte ihn das letzte Mal vor zwei Wochen gesehen und sogar eigenhändig die Purimparty ihrer Tochter dort vermerkt. Auch einen Taschenkalender habe sie gehabt, mit Telefonnummern und Adressen, aber Orit Jäger wusste nicht, wo dieser Kalender sein könnte und ob es wahrscheinlich war, dass er sich in der Handtasche befunden hatte, die vom Tatort entfernt worden war.

Bevor Avraham die Tür öffnete, streifte er ein Paar dünne Latexhandschuhe über. Und kaum hatte er das Licht angeschaltet, sah er, dass der Kalender nicht an der Wand in der Küche hing. Die Wohnung war seit zwei Tagen nicht betreten worden. Warme, stickige Luft stand darin und auch die Stille des Abends, an dem die Leiche gefunden worden war. In den Räumen war nichts bewegt worden, und die Bilder kehrten zu Avraham zurück: die Vögelchen auf dem Teppich, die Lampe, das Bild mit den Frauen auf dem Feld, der für einen Besuch gedeckte Tisch. Lea Jäger hatte auf das Klopfen an der Tür gewartet, aber der Mann, der davorgestanden hatte, war nicht ihr Sohn, sondern ein Polizist gewesen. Und mit einem Mal begriff er, dass er nicht, wie er gespürt hatte, noch weiter ihren Leichnam betrachten musste, um Lea Jägers Tod zu verstehen, sondern über ihr Leben in dieser Wohnung nachzudenken hatte, bevor das Klopfen zu hören gewesen war.

Sie hatte ihrem Sohn nichts von dem Polizisten erzählt, der Kontakt zu ihr aufgenommen und sie gebeten hatte, sie noch einmal vernehmen zu dürfen, weil Funkstille zwischen ihnen geherrscht hatte. Und auch ihrer Tochter hatte sie nichts gesagt. Hatte sie jemand anderen an ihrem Leben teilhaben lassen? Am Kühlschrank in der Küche hing ein Foto von ihr mit ihrer Tochter und der Enkelin und daneben eine alte Aufnahme von Eres Jäger zusammen mit einem hochgewachsenen Mann, offensichtlich sein Vater.

Aber ihr Sohn hatte sie nicht besucht, aus Gründen, die er verschwieg. Und seine Kinder auch nicht, ihre Enkel. Es hatte einen festen Tag gegeben, an dem sie ihre Enkelin aus dem Kindergarten abholte und mit zu sich nahm, und freitags war sie immer zu ihrer Tochter zum Abendessen gegangen, die restliche Zeit aber war sie gezwungen gewesen, allein in der Wohnung zu sein, in der sie von David Danon vergewaltigt worden war, der Wohnung, in der ihr Mann an einem Herzinfarkt gestorben war. War dies der Grund, dass sie eingewilligt hatte, sich mit dem Polizisten zu treffen? Da außer ihm niemand etwas hatte hören wollen?

Avraham ließ sich für einen Moment auf dem Stuhl in der Küche nieder. Wie lange hatte es gedauert, bis sie verstand, dass etwas nicht stimmte? Im Wohnzimmer, neben dem Fernseher, lag ein schnurloses Telefon, aber das hätte Jäger nicht benutzt, weil der Polizist es bemerkt hätte. Avraham schritt den Flur ab. Warf einen Blick ins Schlafzimmer und ging dann weiter zum Arbeitszimmer, und dort sah er den Apparat. Auf dem Schreibtisch stand ein altes, graues Telefon, das nicht mit der Dose in der Wand verbunden war. Er rief umgehend Orit Jäger an und fragte, ob das Telefon im Arbeitszimmer sonst angeschlossen gewesen war. Sie fragte: »Welches Telefon?«, und bejahte dann.

»Wissen Sie, ob Ihre Mutter diesen Apparat benutzt hat? War das Kabel sonst immer in der Dose?«

Im Gegensatz zu seinem ersten Besuch am Tatort wusste er genau, wonach er suchen musste, aber diesmal war er auch nicht allein dort, denn Lea Jäger war diejenige, die ihn führte. Neben dem Telefonapparat, unter einem Stapel Papiere, fand er den Taschenkalender, den sie dort versteckt hatte. In dem Feld für den Tag, an dem sich der Mord ereignet hatte – Montag, 23.2. –, waren nur Ziffern notiert, in Rot und mit winziger Handschrift: *14:00.*

Das war nicht viel, aber alles, was er brauchte.

Er benötigte keine fünf Minuten, um aufs Revier zurückzukehren und Lital Levi zu bitten, alle zu einer dringlichen Besprechung zusammenzutrommeln. Saban kam als Erster in den Sitzungsraum, und als er fragte: »Wo ist ihr Sohn? Hast du ihn festgenommen?«, hatte Avraham keinen Zweifel, dass Schärfstein ihm Bericht erstattet hatte über die Vorkommnisse am Morgen. Avraham schüttelte den Kopf und sagte: »Geht gleich los«, weil er auf Eliyahu Maalul und Esthi Wahabe wartete, die kurz darauf den Raum betraten und am Tisch Platz nahmen. Maalul bemerkte das Phantombild, das mit Diana Goldins Hilfe angefertigt worden war und das Avraham neben den Regenschirm auf den Tisch gelegt hatte, und fragte: »War's das? Haben wir den Mörder?« Saban betrachtete die am Computer entstandene Zeichnung mit fassungslosem Erstaunen. Er bat Avraham, mit der Besprechung zu beginnen, da seine Zeit knapp bemessen sei und Schärfstein ihm mitgeteilt habe, er werde nicht kommen, worauf Avraham vor allem ihn ansah, als er anhob und sagte: »Wir haben eine neue Ermittlungsrichtung.«

Er war sich nur sehr weniger Fakten sicher und hatte auf die meisten Fragen, die ihm im Verlauf der Besprechung gestellt wurden, keine Antworten, aber das Gefühl, das ihn seit dem gestrigen Tag begleitet hatte und ihn seit den Morgenstunden in seinen Ermittlungen lenkte, war zu unumstößlicher Gewissheit geworden. Saban fragte: »Nicht der Sohn?«, und Avraham sagte: »Nein. Lea Jäger ist von einem Polizisten ermordet worden, der sich mit ihr verabredet hatte, um eine Befragung durchzuführen.«

Saban setzte sich sehr gerade auf seinem Stuhl zurecht und legte das Smartphone auf den Tisch. Avraham fuhr fort. »Gestern Abend habe ich eine neue Zeugenaussage erhalten und es noch nicht geschafft, euch davon zu erzählen, weil wir den Morgen mit dem Sohn im Vernehmungsraum verbracht haben. Ein anderes Vergewaltigungsopfer, Diana Goldin, hat ausgesagt, vor einigen Tag sei ein Mann bei ihr gewesen, der sich als ein für den Ayalon-Distrikt tätiger Polizeibeamter ausgegeben und sie zu ihrer Vergewaltigung vernommen hat. Laut Anfrage, die wir bisher bei allen Dezernaten des Distrikts durchgeführt haben, ist kein Beamter im Dienst zu ihr geschickt worden. Ich denke, das dürfte auch Lea Jäger passiert sein.«

Saban war sichtlich aufgewühlt von seinen Worten. »Aber worauf stützt du diese Behauptung?«, wollte er wissen. »Nur auf die Zeugenaussage von diesem Nachbarn, der gesehen haben will …« Er brach unvermittelt ab, und Avraham nutzte dies, um weiterzureden. »Wir haben die Zeugenaussage des Nachbarn, der einen Polizeibeamten im Haus gesehen hat, nach dem Mord. Und ich habe heute in der Wohnung der Ermordeten ihren Terminkalender gefunden, mit dem Eintrag für ein Treffen um die Uhrzeit, zu der sich der Mord ereignet hat. Und dann wäre natürlich noch die Tatsache, dass sie ebenfalls vergewaltigt worden ist. Wir haben zwei Polizisten, die wir nicht ausfindig machen können, an zwei Tatorten, die mit Vergewaltigungsopfern zu tun haben, wenige Kilometer auseinander gelegen und in einem zeitlichen Abstand von ein paar Tagen. Goldin ist von dem Polizisten nicht angegriffen worden, weil es ihm bis zuletzt gelungen ist, sie zu täuschen, aber ich glaube, Lea Jäger hatte begriffen, dass er nicht der war, als der er sich ausgab, weshalb sie versucht hat, die Zentrale anzurufen. Er hat das mitgekriegt, es ist zum Kampf zwischen ihnen gekommen, und am Ende wurde sie ermordet.«

Maalul deutete auf die Phantomzeichnung. »Das ist der Mann?«, fragte er, und Avraham nickte. Auch Esthi Wahabe betrachtete die Zeichnung, und ihr Blick war ernst. »Nach meiner Einschätzung«, fuhr Avraham fort, »ist die Vorgehensweise des Polizisten sehr raffiniert. Er vereinbart telefonisch mit den Vergewaltigungsopfern ein Treffen und stellt durch ein weiteres Telefonat sicher, dass sie keinen Verdacht gegen ihn hegen. Das hat er zumindest in Goldins Fall getan. Er schlägt ihnen vor, sich auf dem Revier zu treffen, um etwaiges Misstrauen zu zerstreuen. Ich gehe davon aus, dass, sollten sie Verdacht gegen ihn schöpfen oder am Telefon zu viele Fragen stellen, wer genau er ist und was der Grund der Vernehmung, er absagt oder einfach nicht erscheint. Zu dem Treffen kommt er in Uniform und bittet sie, ihre Vergewaltigung detailiert zu schildern, angeblich aus Gründen, die mit der Ermittlung oder dem Gerichtsverfahren in ihrem Fall zu tun haben. Bei dem Treffen mit Diana Goldin hat er sich Notizen gemacht und alles, was sie ihm erzählt hat, mit einem iPhone aufgenommen.«

Saban hielt sein Smartphone in der Hand, als Avraham mit seinen Ausführungen fertig war, und sagte dann: »Das hört sich für mich nach einer problematischen Richtung an, Avi. Außerdem, selbst mal angenommen, es gibt eine Verbindung zwischen den Fällen ... Wie, hast du vor, den Verdächtigen zu finden?«

Das mit Diana Goldins Hilfe erstellte Phantombild lag wieder auf dem Tisch. Und Avraham erklärte, der Polizist habe bei Goldin einen Regenschirm vergessen, sodass sie Fingerabdrücke hätten und diese mit den Funden vom Tatort vergleichen könnten. Möglich sei auch, die Liste der Telefonate von Lea Jäger mit der Liste der Anrufe zu vergleichen, die in den zurückliegenden Wochen bei Diana Goldin eingegangen waren. Zudem werde Goldin am Wochenende die Fotos aller Beamten des Distrikts durchgehen und – wenn nötig – sämtlicher Polizisten im ganzen Land. »Warum Polizisten? Glaubst du, er ist tatsächlich Polizist?«, fragte Maalul, und Avraham sagte: »Ich denke, ja. Oder ein aus dem Dienst entlassener Polizist. Andernfalls hätte er keinen Zugang zu den Unterlagen über Vergewaltigungsopfer haben können.« Zudem hatte sich Avraham vorgenommen, den Polizisten um jeden Preis auf den Bändern der Überwachungskameras in der näheren Umgebung des Tatorts ausfindig zu machen. Sich eine Kamera nach der anderen vorzunehmen und nach dem Polizisten zu suchen, der laut Aussage des Nachbarn in kein Fahrzeug gestiegen war, sondern sich zu Fuß vom Tatort entfernt hatte. Bis sie ihn gefunden hatten.

»Und was dann?«, fragte Saban.

Darüber hatte er noch nicht nachgedacht, er sagte zu Saban aber sofort, dann sei es möglich, das Phantombild oder die Aufnahme des Polizisten über die Medien zu verbreiten, worauf Maalul lächelte, Saban aber nicht. »Du schlägst vor, wir sollen ein Foto in die Zeitung setzen und sagen, der Mann auf dem Bild ist vielleicht ein Polizeibeamter, hat vielleicht Vergewaltigungsopfer belästigt und vielleicht eine Frau umgebracht, ohne dass wir uns sicher sind, dass dem wirklich so ist? Bist du auf den Kopf gefallen, Avi? Ist es das, was die Polizei jetzt braucht bei all dem Mist, der auch so schon hier los ist? Dass jeder Polizist im Land verdächtigt wird, Vergewaltigungsopfern auf die Pelle zu rücken? Oder vielleicht einen Mord begangen zu haben?«

Nach der Besprechung, als Avraham allein mit Maalul in seinem Büro zurückblieb, begriff er, dass er vielleicht einen Fehler gemacht hatte, aber als er vom Tatort zurückgekommen war, hatte er keinen strukturierten Plan für die weitere Ermittlungsarbeit gehabt, sondern bloß erste Gedanken hinsichtlich der nächsten Schritte. Er wusste kaum mehr über den Polizisten, als dass er die Person war, auf die Lea Jäger gewartet hatte. Und auch er hoffte, dass der Mann kein echter Polizist war, konnte sich aber die Tatsache nicht anders erklären, dass er über Informationen zu Frauen verfügte, die vergewaltigt worden waren, denn selbst innerhalb der Polizei hatten nur die Ermittler Zugang zu Vergewaltigungsakten, die unmittelbar damit befasst waren.

Saban verließ ohne ein Wort zu sagen den Raum und kam wieder, nachdem er mit jemandem telefoniert hatte. »Wir werden gar nichts rausgeben, Avi. Kein Phantombild. Kein Foto. Wir werden diese Richtung weiter prüfen, werden das aber sehr, sehr behutsam tun. Kannst du mir folgen? Und außerdem haben wir ja noch einen anderen Verdächtigen, den du gerade aus der Haft entlassen hast. Was beabsichtigst du, mit dem Sohn zu machen? Aus meiner Sicht ist er der Hauptverdächtige.« Avraham wollte schon antworten, als Esthi Wahabe sich einschaltete. »Vielleicht ist was möglich, ohne Fotos zu veröffentlichen«, sagte sie. »Wir können uns an andere Vergewaltigungsopfer wenden und klären, ob sie den Polizisten auch getroffen haben oder ob er Kontakt zu ihnen aufgenommen hat. Möglich, dass er das nicht nur zweimal, sondern öfter gemacht hat.«

Saban war auch gegen diesen Vorschlag, weil er unter den Opfern keine Panik wecken wollte und befürchtete, wenn zu viele Frauen vernommen würden, könnten die Medien am Ende davon Wind bekommen, aber es gab keinen anderen Weg, und Avraham gab nicht nach. Er schaute Saban von seinem Platz an der Stirnseite des Tisches aus an, dem Platz, auf dem Ilana Liss immer gesessen hatte, und sagte leise: »Das ist eine gute Idee, Esthi. Wir werden nach einer Aufnahme von ihm suchen, und auch wenn wir keine finden, können wir uns mit dem Phantombild an die Opfer wenden. Und Eres Jäger läuft uns nicht weg. Dafür werden wir sorgen. Auf jeden Fall vernehmen wir ihn Anfang der Woche noch einmal. Aber den Befunden nach ist der Täter kein Verwandter, und ich sage dir, er ist nicht der Mörder. Unser zentraler Fahndungsansatz von diesem Augenblick an ist der Polizist. Und wir alle werden ihn auch am Wochenende weiter bearbeiten.«

In jener Nacht blieb er bis weit nach Mitternacht in seinem Büro. Las mehrfach die Zusammenfassung der Aussage von Diana Goldin und untersuchte die Fotos vom Tatort im grellen Licht der Schreibtischlampe. Das Fenster stand offen, aber er verspürte keinen Drang nach einer Zigarette und steckte sich nicht einmal die ungestopfte Pfeife in den Mund. Das Bild von Lea Jäger lag vor ihm auf dem Tisch. Marianka hatte ihn im Laufe des Tages ein paarmal angerufen, aber erst um zehn nahm er ihren Anruf an. Sie hatte gehofft, er würde früh zurück sein, hatte aber, als er auf sich warten ließ, die Wohnung allein für den Besuch ihrer Eltern hergerichtet und erinnerte ihn jetzt daran, dass sie um halb fünf am nächsten Morgen am Flughafen sein sollten, in der Ankunftshalle, in der er sich vor ein paar Monaten vor ihr versteckt hatte. Danach stand er eine ganze Weile am Fenster und sah zu, wie die Autos auf der Straße vorbeirauschten.

Trotz aller Kontroversen mit Schärfstein und Saban dirigierte er seine erste eigene Mordermittlung in die richtige Richtung, und wenn er, ungeachtet der späten Stunde, dennoch Ilana Liss anrufen wollte, dann nicht, damit sie ihm den Rücken stärkte, sondern um Gedanken mit ihr auszutauschen über mögliche Motive des Polizisten, so, wie sie es immer getan hatten. Als er zuvor allein mit Maalul zurückgeblieben war, hatte Eliyahu zu ihm gesagt: »Das war eine Mörderbesprechung, Avi.« Und Avraham meinte plötzlich: »Du hattest recht mit dem, was du mir da gesagt hast, weißt du? Dass ich mich mit Nonsens beschäftige und dabei jemanden habe, auf den ich mich verlassen kann.«

Maalul wandte den Blick schon nicht mehr ab, und in seinen verhangenen Augen war ein Lächeln. »Lass gut sein, längst vergessen«, sagte er. Und vielleicht, weil sie sich wieder nah waren und er weder mit Ilana noch mit Marianka reden konnte, sagte er zu Eliyahu: »Ich war nicht unter Druck wegen Saban, sondern habe wirklich nicht gewusst, wie eine Morduntersuchung zu führen ist. Weiß es eigentlich noch immer nicht.«

»Wie jede andere Ermittlung auch, Avi, oder etwa nicht?«
»Nein, nicht unbedingt.«

Die Laborbefunde hatten ihm geholfen und auch die Aussagen, die bei den Vernehmungen herausgekommen waren, aber die Hauptsache war, dass er selbst Lea Jäger zurück ins Leben befördert hatte. Zum letzten Mal an jenem Tag sah er sie am Tisch in der Küche sitzen, als es an der Tür klopfte. Hätte sie ihrem Sohn oder ihrer Tochter erzählt, dass ein Polizist sie in ihrer Wohnung aufsuchen und vernehmen würde, wüsste er jetzt mit Sicherheit, dass er sich nicht irrte, aber ihr Sohn hatte den Kontakt zu ihr abgebrochen, und auch die Tochter stand ihr offenbar nicht nahe genug, als dass sie ihr davon erzählt hätte. Sie hatte sich auf das Treffen vorbereitet und die Wohnung aufgeräumt, weil sie nicht oft Besuch bekam. Und hatte keinen Verdacht gegen den Polizisten gehegt, bis ihm ein Fehler unterlaufen war. Sie hatte vorgehabt, ihm zu erzählen, wie sie vergewaltigt worden war, ja, hatte sich vielleicht sogar über seinen Besuch gefreut, weil sie endlich reden wollte. Als sie das Klopfen hörte, stand sie auf und eilte zur Tür, vor der der Polizist wartete, dass sie ihm aufmachte, und sich dabei mehrfach umschaute, um sicherzustellen, dass niemand ihn sah. Was hatte er bei Diana Goldin und bei Lea Jäger gesucht? Das verstand Avraham noch immer nicht, hatte noch nicht einmal die leiseste Vermutung, weshalb er sich sagte, er müsse mehr über ihn nachdenken und nicht nur über sie. War er überrascht gewesen, als sie ihm die Tür öffnete und er ihr Gesicht sah? Oder hatte er es bereits zuvor auf den Fotos der Ermittlungsakte betrachtet?

»Er wollte alles wissen. Verstehen Sie? Jede Einzelheit. Von Anfang an.«

»Warum hast du niemandem etwas erzählt?«, flüsterte er

wie zu sich selbst und versuchte dann, sich wieder auf den Polizisten zu konzentrieren, der vor der Tür stand. Einige Stunden später, als er mit Marianka auf dem leeren Flughafen wartete, war das die Frage, die noch immer in ihm nachhallte.

TEIL II
DER MÖRDER

9

Als sie am Freitagmorgen mit Bojan und Annika Milanic vom Flughafen zurückkamen, erkannte Avraham sein Zuhause nicht wieder. Überall in der Wohnung waren Deckchen ausgebreitet, von denen er nicht einmal wusste, dass er sie besaß, und darauf Vasen platziert, die er noch nie gesehen hatte, mit ausladenden Blumensträußen. Im Arbeitszimmer, das für drei Tage zum Schlafzimmer ihrer Eltern umfunktioniert worden war, hatte Marianka einen Korb mit Grapefruits hingestellt.

Avrahams Augen waren gerötet, weil er in der Nacht nicht geschlafen hatte, aber er sah ihre Aufregung, als sie auf dem Balkon frühstückten. Sein Telefon lag zu seinen Füßen auf dem Balkonboden, und er gab sich alle Mühe, nicht zu häufig nachzuschauen, ob neue Nachrichten gekommen waren. Marianka sagte ihren Eltern, er stecke mitten in einem Mordfall, und ihre Mutter tat so, als würde sie sich für die Ermittlung interessieren, aber er konnte ihnen nicht viel sagen, weil er auch Marianka die meisten Einzelheiten nicht verraten hatte. Und jedes Mal, wenn er den Blick abwandte oder in die Küche ging, um ihr mit dem Essen zu helfen, flüsterten sie auf Slowenisch.

Dennoch gelang es ihnen nicht, das Ziel ihres Besuchs vor ihm zu verbergen.

Bojan und Annika Milanic verabscheuten ihn, was er schon seit langem gewusst hatte.

Als sie sich während des Sommers, den er mit Marianka in Brüssel verbracht hatte, getroffen hatten, waren sie noch nett gewesen, aber sobald sie von ihrem Plan erfuhren, zu ihm nach Israel zu fahren, verschwand alle Herzlichkeit. Sie erzählte ihm nicht alles, was sie über ihn sagten, aber ihre Abneigung spürte Avraham in jedem Blick und bei jeder Begegnung. Sie telefonierte einmal in der Woche mit ihnen, in der Regel am Sonntag, und sagte ihm, sie hätten sich mit ihrer Reise abgefunden, aber er glaubte ihr nicht. Als er fragte: »Und wieso kommen sie jetzt plötzlich her?«, antwortete sie: »Um mit uns zusammen zu sein, was denn sonst? Und auch, um dich besser kennenzulernen.«

Aber warum saßen sie dann jetzt bedrückt auf dem Balkon seiner Wohnung und brachten so gut wie kein Wort raus?

Annika Milanic rührte das Omelett, das Marianka und er zubereitet hatten, nicht an und trank nur Kaffee mit Milch. Mit ihren fünfzig Jahren sah sie höchstens aus wie vierzig. In Slowenien war sie Lehrerin an der Musikakademie gewesen, und in Brüssel gab sie private Klavierstunden. Ihr Lieblingskomponist war Chopin, und besonders gern spielte sie dessen Mazurkas. Als Avraham zum ersten Mal in ihr Haus eingeladen war, hatte sie ihn gefragt, welche Mazurka er denn am liebsten habe. Sie war großgewachsen und gepflegt, und wenn niemand sie beobachtete, verzog sich ihr Lächeln zu einem abschätzigen Zucken. Marianka hatte ihm einmal erzählt, einer ihrer Schüler an der Akademie sei zu einem Pianisten von Weltruf geworden, und dass ihre Mutter versucht hatte, sie miteinander zu verkuppeln, obwohl er schwul war. Bojan Milanic, Träger des schwarzen Gürtels in Karate und Dozent am theologischen Seminar, saß neben Annika und blickte in den Himmel über Cholon. Er war kompakt, mit gestähltem Bauch und breiten Schultern, und Avraham war sich sicher, er wäre imstande, jeden Mann, und sei es Glenn Gould, der sich Marianka näherte, mit einem Yoko-Geri-Tritt zu töten. Er war dreiundfünfzig, und obwohl alle meinten, Marianka sei unbestreitbar seine Tochter, blieb Avraham dabei, die Ähnlichkeit nicht zu bemerken.

Nach dem Frühstück besorgte Avraham den Abwasch, um den dreien die Möglichkeit zu geben, für sich zu sein. Er hoffte, danach würde die Anspannung verflogen sein. Sie fuhren mit seinem Wagen nach Tel Aviv, und als sie den Rothschild-Boulevard hinuntergingen, vom »Habima«-Theater bis nach Neve Tzedek und zum Komplex der alten Bahnstation, strahlte der Himmel. Marianka zeigte ihnen Tel Aviv, als sei die Stadt schon ihr Zuhause, deutete auf Gebäude, die sie liebte, und erzählte von Restaurants, Cafés und dem Meer, aber Bojan marschierte im Stechschritt vor ihnen her, den Blick zu Boden geheftet, und Avraham sah, wie sich die Enttäuschung in ihr Gesicht stahl. Sie kehrten früh nach Cholon zurück, um noch ein wenig ausruhen zu können, und am Abend, als sie von ihrer Wohnung zu der seiner Eltern gingen, bemerkte Marianka, dies sei das Viertel, in dem er aufgewachsen sei. Als Annika sagte: »Sie müssen diesen Ort lieben, wenn sie wieder hergezogen sind«, bejahte Avraham erst und verneinte dann, versuchte, etwas anderes zu sagen, und geriet wegen seines Englischs ins Stocken. Cholon war sicher nicht so elegant wie Brüssel oder so pittoresk wie Koper, die slowenische Hafenstadt, in der Marianka geboren war und die er bisher nur in Bildbänden gesehen hatte, aber dennoch war es sein Zuhause.

Seine Mutter hatte sich größte Mühe gegeben, damit das

Abendessen ein feierliches würde. Sie trug die Sachen, die sie im Herbst anlässlich der Feierstunde zu seiner Beförderung gekauft hatte, und seinem Vater hatte sie ein weißes Hemd über das Unterhemd gestreift. Die ganze Wohnung war auf Hochglanz gebracht. Der Fernseher war abgeschaltet, alle Lampen brannten, und sogar die Wolldecke, auf der man sonst saß, damit das Sofa nicht dreckig wurde, war verschwunden. Erst bat sie alle ins Wohnzimmer, konnte aber die Anspannung nicht aushalten und drängte die Gäste, doch am Tisch in der Küche Platz zu nehmen, weil das Geflügel fertig sei. Sein Vater saß am Kopfende, die Augen stierend auf den leeren Teller vor sich gerichtet und eine Schürze um seinen Hemdkragen gebunden, aber als Avraham ihn anschaute, sah er einen anderen Menschen, der nicht dort saß. Er berührte ihn an der Schulter, wie er es sich in den letzten Monaten angewöhnt hatte, beugte sich dann hinunter und flüsterte ihm ins Ohr: »Wir haben Gäste. Die Eltern von Marianka.« Ein Lächeln erhellte die Augen seines Vaters, als er den Kopf schüttelte.

Marianka hatte ihren Eltern im Vorhinein nicht von dem Schlaganfall erzählt, den sein Vater erlitten hatte, und von seinem Zustand, der sich stetig verschlechterte. Dennoch meinte Avraham, Bojan und Annika betrachteten seinen Vater wie die Straßen und Häuser, die sie unterwegs gesehen hatten, spöttisch und mitleidig. Seine Mutter sagte, sein Vater spüre oder bekomme schon nichts mehr mit, aber Avraham wusste, dass sie sich täuschte. Sah er etwa nicht, wie schön Marianka in ihrem schwarzen Kleid war? Und warum versuchten alle, ihre Eltern bei Laune zu halten? Hörte sein Vater nicht, wie Marianka versuchte, ein Gespräch anzuknüpfen, jedes Mal, wenn sich Schweigen am Tisch breitmachte?

Den Ausdruck des Widerwillens auf den Gesichtern von

Bojan und Annika, während sie aßen, sah sein Vater nicht, wie Avraham hoffte. Die Fragen, die seine Mutter ihnen in zittrigem Englisch stellte, über Slowenien und den Umzug nach Belgien und danach zu klassischer Musik und den Grundlagen des christlichen Glaubens, beantworteten sie, wie man Kindern antwortet. In ihrem Haus wurden ganz andere Abendessen gegeben, laut und lebhaft, mit vielen Gästen, und am Ende setzte sich Annika an den Flügel, und Bojan nötigte Marianka, wenigstens eine Mazurka mit ihm zu tanzen, und Avraham musste sich eingestehen, dass der Groll, den er gegen sie empfand, auch damit zusammenhing, dass sie jünger als seine Eltern waren und voller Leben.

Bei den Gesellschaften in ihrem Haus wurden die Weinflaschen wie am Fließband entkorkt und eine nach der anderen geleert, während seine Mutter eine einzige Flasche am Tisch reichte, weiß und säuerlich, ein Wein, der vor Monaten zu seinem Geburtstagsessen geöffnet worden war und seitdem im Kühlschrank gestanden hatte. Als er ihr half, die Teller des Hauptgangs abzuräumen, sagte seine Mutter in der Küche: »Sie mögen das Essen nicht.«

»Warum das denn? Sie haben gesagt, dass alles sehr gut schmeckt.«

Bojan und Annika hatten ihr als Geschenk eine grüne Tischdecke und ein Paar Kerzenleuchter mitgebracht, und seine Mutter fragte ihn flüsternd: »Meinst du, sie hätten erwartet, dass ich die auf den Tisch stelle?«

An jenem Freitag hatte er das Gefühl, sollte er den Polizisten nicht innerhalb von Tagen finden, würde er niemals gefasst werden. Und dass schon bald außer ihm sich niemand mehr für den Mord an Lea Jäger interessieren würde.

In den Wochenendausgaben der Zeitungen war nicht ein

Bericht mehr über den Mord, der sich gerade mal vier Tage zuvor ereignet hatte, und auch nicht über das Unwetter, das vergessen schien, als hätte es nie stattgefunden. Die Zeitungen waren mehrheitlich mit den anstehenden Wahlen befasst. Wie an fast jedem Freitag seit Beginn des Winters flogen in den arabischen Vierteln Jerusalems Steine, und Kollegen aus dem Distrikt waren abgestellt, um die Polizeikräfte in Jerusalem bei dem Versuch zu unterstützen, Ausschreitungen nach dem Ende des Gebets in den Moscheen zu verhindern. Das Dienstbuch des Reviers wies, abgesehen von der Meldung über eine Messerstecherei in einem Nachtclub in Bat Jam, keine besonderen Vorkommnisse aus, und als Eliyahu Maalul und Esthi Wahabe sich daranmachten, die Aufnahmen der Überwachungs- und Verkehrskameras aus der Gegend, in der der Mord stattgefunden hatte, zu sichten, waren sie so gut wie allein auf dem Revier. Avraham rief sie in jedem freien Moment an, um sich zu erkundigen, was es Neues gäbe, auch während des Abendessens mit ihren Eltern, aus dem Zimmer, das mal seines gewesen war. Aber sie hatten ihm nichts zu sagen, und Maalul bat, er solle aufhören anzurufen. Maalul hatte von zu Hause belegte Brote und eine Thermoskanne mit schwarzem Kaffee mitgebracht, und sie sahen sich die Überwachungsvideos bis spät in die Nacht an, aber der Polizist, der die Treppe herabgekommen und verschwunden war, war auf keinem der Filme zu sehen. Auch Diana Goldin, die am Freitagnachmittag aufs Revier gekommen und gemeinsam mit Wahabe die Bilder der Polizisten des Distrikts durchgegangen war, hatte niemanden erkannt.

Auch am Sabbat tat sich bis mittags nichts. Avraham hatte gehofft, am Morgen, beim Genuss des ersten Kaffees, seine Aufzeichnungen noch einmal durchgehen zu können und weiter über den mysteriösen Polizisten nachzudenken, aber

Bojan und Annika waren vor ihm aufgestanden, und da Marianka noch schlief, machte er auch ihnen beiden Kaffee, den sie dann gemeinsam schweigend auf dem Balkon tranken. Trotz der Unruhen bestanden sie darauf, nach Jerusalem zu fahren und die heiligen Stätten zu besuchen. Maalul hatte im Voraus angekündigt, dass er am Sabbat zu Hause bleiben werde, und Esthi Wahabe war erst um zehn wieder auf dem Revier, um sich weiter die Filme anzuschauen. Avraham rief sie zweimal an, und sie vereinbarten, sollte sie keine Aufnahme von dem Polizisten finden, würde sie mit Ausklang des Sabbats damit beginnen, andere Vergewaltigungsopfer innerhalb des Distrikts zu kontaktieren und ihnen das am Computer erstellte Phantombild zu zeigen. Aber mittags um zwölf rief sie an.

Sie standen auf dem Platz vor der Grabeskirche, Avraham hörte das Klingeln in seiner Jackentasche, sah die Nummer und bat, sie sollten ohne ihn reingehen. Obgleich noch keine eindeutige Identifizierung vorlag, weil das Bild erst noch zu Diana Goldin geschickt und auch dem Nachbarn gezeigt werden musste, war Wahabe überzeugt, dass um 14:28 Uhr, also kurz nach dem Mord, der Polizist zu sehen war, wie er unweit des Tatorts in der Sokolov durch den Erfassungsbereich der Überwachungskameras der dortigen Bank Hapoalim lief. Avraham presste sein Telefon ans Ohr, weil auf dem Platz gerade ein Touristenführer seine Rede vor einer Pilgergruppe aus Polen hielt. Drei Polizisten sicherten den Eingang zur Kirche ab, aber keiner von ihnen erkannte ihn.

Der Polizist war vorsichtig gewesen und hatte an keinem Kiosk oder Supermarkt haltgemacht, um eine Packung Zigaretten zu kaufen oder sich vor dem Regen unterzustellen, wie Avraham gehofft hatte. Aber er hatte für den Bruchteil eines Augenblicks eine der Außenüberwachungskameras der Bank passiert und war aufgenommen worden. Und, aus seiner Sicht unglücklicherweise, war die Filiale jüngst erst umgebaut und modernisiert worden und hatte neue, hochauflösende Überwachungskameras bekommen, die sein Gesicht zwar im Profil, aber dafür gestochen scharf festgehalten hatten, sodass Diana Goldin sofort bestätigte, dass dies der Mann sei.

Sein blaues Hemd wurde von einer braunen Lederjacke verdeckt, sodass man nicht sehen konnte, ob Rangabzeichen daran waren. Avraham bat Wahabe, die Aufnahme umgehend an alle Dezernatsleiter im Distrikt zu schicken, damit sie versuchten, den Polizisten zu identifizieren, der schnell die Sokolov entlangging, ohne zur Seite zu blicken. Außerdem bat er sie, das Bild Aharon Faranji zu zeigen, dem Nachbarn aus dem zweiten Stock, aber Faranji ging nicht ans Telefon. Danach rief er Maalul an, um ihn zu informieren, die Aufnahme sei gefunden und von hervorragender Qualität. Maalul versprach, am Abend zu Wahabe zu stoßen, und fragte: »Was ist mit dir? Kommst du?« Und Avraham antwortete ohne zu zögern mit ja.

Seine Finger zitterten, als er versuchte, die Bilder zu vergrößern, die sein Telefon empfangen hatte, um das verschwommene Gesicht zu betrachten. Der Polizist war eher kleingewachsen und kompakt, so wie ihn Diana Goldin beschrieben hatte. In der rechten Hand hielt er eine Damenhandtasche. Avraham suchte auf dem Bild nach seinem Blick, als könnte er darin Antworten finden, aber der Polizist hatte nicht direkt in die Kamera geschaut. Er wusste nicht, wie lange sich Marianka und ihre Eltern in der Kirche aufgehalten hatten, aber als sie herauskamen, fragte ihn Marianka: »Warum bist du nicht nachgekommen?«, und merkte dann, dass etwas passiert war. Als er sagte, sie müssten schon eher zurück nach Cholon, fragte sie: »Jetzt?«

Sein Telefon steckte wieder in der Jackentasche, und er holte es nicht heraus. Mit dem Bild ließ sich im Augenblick ohnehin nicht mehr machen, als er schon getan hatte. Hätte er von Saban die Erlaubnis dazu gehabt, hätte er das Bild noch am selben Tag auf der Facebook-Seite der Polizei veröffentlicht oder dafür gesorgt, dass es in den Fernsehnachrichten gezeigt würde, um die Öffentlichkeit um Mithilfe bei der Suche zu bitten. Für einen Moment kam ihm der Gedanke, das Bild auch ohne Erlaubnis zu veröffentlichen. Denn alles, was sie brauchten, war ein einziger Mensch, der den Mann erkannte.

Wegen der Resignation in Mariankas Augen schlug Avraham vor, in der Altstadt im Restaurant »Marokko« Hummus zu essen, aber Annika probierte nur eine der warmen Kichererbsen und ließ dann die gesamte Portion auf ihrem Teller stehen. Doch da er wusste, dass er sich aufs Revier verabschieden würde, sobald sie zurück wären, gab sich Avraham alle Mühe, nett und gesprächig zu sein. Sie hatten nur noch einen gemeinsamen Tag, also ließ er Marianka zuliebe nichts unversucht. Fragte ihren Vater nach seiner Arbeit am theologischen Seminar und wann er mit Karate angefangen habe und auch nach der Übersiedlung nach Brüssel, aber Bojan antwortete nur einsilbig und wie genötigt. Und die ganze Zeit schien es, als wollte er etwas anderes sagen.

Marianka schwieg das gesamte Essen über, und als sie Mokka bestellten, war es ausgerechnet Annika, die sich an ihn wandte und sagte: »Habt ihr neue Entwicklungen in dem Mordfall?«

»Wie es aussieht, ja.«

»Dann möchtest du sicher zurück, oder? Ich spüre, dass du nicht bei uns bist.«

Bojan signalisierte dem Kellner, sie hätten gern die Rechnung. Avraham sah Marianka an und sagte: »Ich hab keine Wahl«, und Annika warf ein: »Polizisten haben im Grunde genommen ja nie frei.«

Er versuchte zu lächeln, als er sagte: »Na, manchmal schon.«

»Ich meine Zeit, in der du nicht an deine Arbeit denkst. Du nimmst deine Ermittlungen sicher mit nach Hause.«

Avraham hoffte, der Kellner würde endlich die Rechnung bringen, aber der marschierte mit fünf Tellern Hummus an ihnen vorbei, unterwegs zu einem anderen Tisch. »Warum machst du das überhaupt so gern?«, fragte Annika, und er versuchte zu verstehen, was sie meinte.

»Warum hast du dich entschieden, Kriminalpolizist zu werden? Du hättest bestimmt auch etwas anderes machen können.«

Avraham überlegte noch, wie er ihr antworten sollte, als er Marianka an seiner Stelle sagen hörte: »Avi muss dem Schmerz nahe sein.« Und dann sah er, wie ihr Vater nickte, ein Chefarzt, der die Diagnose seiner Stationsärztin bestätigt. Es stimmte nicht, aber er wusste, dass es das war, was Marianka dachte, weil sie hin und wieder darüber gesprochen hatten. Er hatte versucht, ihr zu erklären, dass er schon als Kind davon geträumt hatte, bei der Polizei zu sein, weil er süchtig nach Detektivromanen war und wegen seines Gefühls, er könne beweisen, dass die Ermittler irrten und die Menschen, die sie überführten, unschuldig waren. Niemand außer Marianka wusste, dass das der Grund gewesen war. Weder Maalul noch Ilana Liss und ganz gewiss nicht seine Eltern, denen er seinen Traum, zur Polizei zu gehen, verschwiegen hatte bis zu dem Tag, an dem er zum Polizeidienst angenommen wurde und ihnen mitteilte, er werde nicht Rechtsanwalt werden. Als er sagte: »Ich denke, um Menschen in Gefahr zu retten«, suchte

Avraham nach Mariankas Augen, aber sie schaute in eine andere Richtung, während auf Bojans Gesicht ein nachsichtiges Lächeln spielte, als sei seine Antwort falsch und peinlich pathetisch gewesen.

Im Grunde genommen gab es nicht viel, was er in jenen Stunden im Büro hätte tun können. Als der Sabbat ausklang, hatte Esthi Wahabe damit begonnen, das Bild des Polizisten anderen Vergewaltigungsopfern im Distrikt vorzulegen, und Maalul war noch nicht eingetroffen. Avraham versuchte, den Nachbarn aus dem zweiten Stock zu erreichen, aber der war nicht zu Hause. Danach sah er sich wieder und wieder das Überwachungsvideo an, auf dem der Polizist die Straße entlangging. Vielleicht, weil er allein im Büro war und den Polizisten jetzt schon so oft betrachtet hatte, ertappte sich Avraham plötzlich dabei, dass er in seinen Gedanken mit dem Polizisten in der zweiten Person sprach, als säße dieser vor ihm. *Wie sind Sie an die persönlichen Daten der Vergewaltigungsopfer gekommen? Und was wollten Sie von ihnen?* Er schrieb die Fragen mit Kugelschreiber auf ein sauberes Blatt. Und als er dann Ilana Liss eine kurze SMS schickte, *Vielleicht können wir uns ja trotzdem treffen?*, lud sie ihn am Montag zu sich nach Hause ein. Benny Saban hingegen klang, als sei er gerade aufgewacht, als er Avraham fragte: »Sag mal, von welchem Foto redest du?«

Er informierte Saban, es gäbe jetzt eine Aufnahme von dem Polizisten in brauchbarer Qualität, und schlug abermals vor, diese auf der polizeieigenen Facebook-Seite oder in den Medien zu veröffentlichen, und Saban bat, ihn zurückrufen zu dürfen. Als er wenige Minuten später wieder anrief, teilte er Avraham jedoch in noch schärferem Ton als bei der Besprechung am Donnerstag mit, es sei vollkommen ausgeschlossen, dass das Bild rausgegeben werde. Bevor sie sich verabschiedeten, fragte Saban: »Du hast doch ohnehin morgen frei, oder nicht?« Und Avraham sagte: »Ist noch nicht sicher. Die Gäste reisen morgen Nacht ab, aber ich werde auf jeden Fall den ganzen Tag erreichbar sein. Alle wissen, was sie zu tun haben, werden mich auf dem Laufenden halten, und wenn sie mich brauchen, bin ich da.« Esthi Wahabe und Eliyahu Maalul sollten so lange alle bekannten Vergewaltigungsopfer im Distrikt durchgehen, bis eine weitere Frau gefunden wäre, an die sich der Polizist gewandt hatte. Und sie sollten Avraham nach jeder durchgeführten Befragung ins Bild setzen. Tatsächlich riefen sie ihn alle ein, zwei Stunden an, aber bis zum Montagabend hatten sie nichts Neues zu vermelden. Keine der Frauen, denen sie die Aufnahme gezeigt hatten, hatte den Mann auf dem Bild wiedererkannt. Und keine war vernommen worden oder hatte eine Anfrage von einem Polizisten erhalten, den sie nicht kannte. Avraham verbrachte, weil er Marianka nicht hatte alleinlassen wollen, jene Stunden mit Bojan und Annika Milanic auf einer Besichtigungstour durch Kirchen und Klöster. Zunächst in Nazareth und danach am See Genezareth, wo Jesus angeblich übers Wasser gegangen ist. Sein Telefon klingelte fortwährend, und Marianka hatte es aufgegeben, alle in eine Unterhaltung einzubinden, sodass sie schweigend und mit verschlossener Miene von einer Stätte zur nächsten pilgerten, als gehörten sie einem traurigen Schweigeorden an, die Stunden zählend, die ihnen zusammen noch blieben. Gegen Abend, als sie nach Tel Aviv zurückgekehrt waren und in einem Restaurant an der Strandpromenade saßen, überlegte er sogar, das Klingeln des Telefons zu ignorieren, ging am Ende aber doch ran und hörte Maalul mit aufgeregter Stimme sagen: »Avi, bist du allein? Kannst du für einen Augenblick reden? Es ist sehr dringend!«

Marianka sah ihn an, als er sich aus dem Restaurant auf den Parkplatz stahl.

»Was ist passiert? Ist alles in Ordnung?«

»Ganz und gar nicht, Avi. Du glaubst nicht, was heute hier gelaufen ist, als wir nicht auf dem Revier waren.«

Durch die Fenster des Restaurants sah Avraham, dass Bojan auf Marianka einredete, die genau so aufgewühlt wirkte, wie Maalul sich anhörte.

»Was ist los?«

»Schärfstein hat Jägers Sohn für eine weitere Vernehmung einbestellt. Und ihn festgenommen. Wir sind gerade zurück aufs Revier gekommen, und Saban hat uns mitgeteilt, wir sollen das Bild des Polizisten nicht weiteren Opfern zeigen, da Eres Jäger verhaftet worden sei und die Ermittlungen sich auf ihn konzentrierten.«

Avraham war fassungslos. Dann fiel ihm ein, dass Saban ihn gestern gefragt hatte, ob er morgen Urlaub habe, ohne den Versuch zu unternehmen, ihn zu überreden, auf den freien Tag zu verzichten.

»Weswegen genau hat er Eres Jäger festnehmen lassen? Wir wissen doch, dass der Täter kein naher Verwandter sein kann.«

Er erhob sich und schob gedankenverloren die Hand in die Jackentasche, um die Zigaretten herauszuziehen, als Maalul sagte: »Das ist es ja, Avi, er ist gar nicht ihr Sohn. Er ist wohl adoptiert. Die Tochter hat Schärfstein das bei der Vernehmung am Morgen verraten, worauf er Jäger unter dringendem Tatverdacht zum Verhör vorgeladen und ihn sofort verhaftet hat. Sein Alibi ist auch nicht wasserdicht, denn er war ein paar Stunden vor dem Mord mit seinem Reservedienst fertig und hätte es locker bis nach Cholon schaffen können. Du hast nicht gewusst, dass er nicht ihr Sohn ist, oder? Im

Moment weigert er sich noch, einen Polygrafen- oder DNA-Test zu machen. Er hat sich einen Anwalt genommen und macht von seinem Recht zu schweigen Gebrauch.«

Avraham hielt das Telefon vom Mund weg, damit Maalul seinen Schock nicht mitbekam. Und er erinnerte sich an den Gedanken, der ihm auf der Beerdigung durch den Kopf gegangen war, als Eres Jäger sich auf den Grabhügel seiner Mutter hatte fallen lassen: Er sieht ihr überhaupt nicht ähnlich.

»Avi, kann ich dich was fragen?«

»Ja.« Er wusste, was Maalul fragen würde, noch ehe er die Worte hörte.

»Ich bin bei dir, was diesen Polizisten angeht, aber kann es nicht sein, dass wir uns irren?«

Er antwortete nicht sofort. Bevor Diana Goldin in sein Büro gekommen war, hatte er sich schließlich sehr wohl Eres Jäger vor der Tür stehend vorstellen können.

»Ich sage nicht, dass wir aufhören sollen, diese Richtung zu beackern«, fuhr Maalul fort, »aber der Sohn ist doch hinreichend verdächtig, meinst du nicht?«

Ein Treffen mit ihrem Sohn hätte sie aber nicht in den Wandkalender eingetragen, der vom Tatort entfernt worden war, und auch nicht in ihren Taschenkalender. Außerdem gab es noch die Zeugenaussage des Nachbarn über einen Polizeibeamten, der die Treppe heruntergekommen war, und eine Aufnahme von diesem Polizisten hatte sich auch gefunden. Und der Nachbar hatte niemanden sonst sich vom Tatort entfernen gesehen. Maalul hörte ihm zu und sagte dann: »Aber vielleicht gibt es dafür eine Erklärung, weißt du?« Avraham verstummte. »Der Sohn leistet seinen Reservedienst auf einer Versorgungsbasis der Luftwaffe, also kann es sein, dass der Nachbar die Polizeiuniform mit der verwechselt hat, die er trug, verstehst du?«

Marianka wirkte sonderbar auf ihn, als er zurück ins Restaurant kam. Ihre Augen waren gerötet, als hätte sie geweint und sich hinterher das Gesicht gewaschen. Und wieso brachte all dies seine Zuversicht nicht ins Wanken? Wäre er allein gewesen, hätte er sich jetzt in seinen Wagen gesetzt und wäre zum Revier gefahren, aber es war schon fast zehn, und er hatte Saban nicht einmal eine Nachricht hinterlassen, als dieser angerufen und keine Antwort erhalten hatte. Bevor sie ihr Gespräch beendet hatten, hatte er zu Maalul gesagt: »Alles kann sein, Eliyahu. Und sicher gibt es einen Grund dafür, dass der Sohn gelogen hat. Aber ich denke, sie wollen einfach nicht, dass die Ermittlung auf den Polizisten hinausläuft. Verstehst du? Auf jeden Fall möchte ich, dass ihr, du und Wahabe, morgen das Foto den Vergewaltigungsopfern zeigt, die noch übrig sind. Und falls notwendig, finde ich einen Weg, das Bild zu veröffentlichen, mit oder ohne Sabans Erlaubnis. Du wirst sehen.«

Als niemand ihn fragte, warum er so lange draußen gewesen war, wusste Avraham schon, dass etwas vorgefallen war. Die Kellnerin kam an ihren Tisch, doch Marianka wollte nichts bestellen und sagte dann: »Wollt ihr an dem, was ihr zu sagen habt, nicht auch Avi teilhaben lassen? Es hat ein Recht darauf zu hören, was ihr denkt.« Sowohl sie als auch Annika schauten ihren Vater an, und Bojan Milanic breitete seine Serviette über den Knien aus und begann tatsächlich zu reden.

Anfangs hörte Avraham ihm nicht richtig zu, weil er darüber nachdachte, was er tun musste, wenn er am nächsten Morgen aufs Revier käme. Dann aber gewannen die Worte in seinen Ohren an Schärfe, und er konnte nicht glauben, was er da hörte. Obgleich Bojans Worte an Avraham gerichtet waren, sah er, während er sprach, die ganze Zeit nur Marianka an.

»Wie du dir sicher vorstellen kannst und wie wir Marianka bereits gesagt haben, sind wir nicht grundlos hergekommen«, begann er. »Wir haben sie vermisst, haben uns auch gefreut, deine Eltern zu treffen und Orte zu besuchen, von denen wir bislang nur gelesen hatten, aber der eigentliche Grund, weshalb wir hier sind, ist der Versuch, Marianka zu überreden, nach Hause zu kommen. Wir hatten Bedenken, bevor wir gekommen sind, aber jetzt sind wir uns sicher, dass es das ist, was sie tun sollte. Wir haben keinerlei Absicht, irgendetwas vor dir zu verbergen, weshalb wir dies auch dir jetzt sagen wollen.«

Neben seinem Teller stand ein Glas Rotwein, das er nicht bestellt hatte, von dem er aber einen Schluck nahm, dann wartete er. Marianka saß neben ihm und spielte mit ihrer Gabel, sah ihn aber nicht an. »Warum wollt ihr sie überreden zurückzukommen?«, fragte Avraham, und Bojan erwiderte: »Weil sie einen Fehler gemacht hat, als sie hergekommen ist. Wir haben ihr vorher unsere Meinung gesagt und jetzt noch einmal. Sie hat hier nichts zu tun. Wir alle haben angefangen, uns in Brüssel ein neues Leben aufzubauen. Sie hatte einen guten Job bei der Polizei und alle Chancen voranzukommen, und hier in Israel ist sie allein und weit weg von den Menschen, die sich wirklich um sie kümmern.« Bojan brach für einen Moment ab, schaute Marianka an und fuhr dann fort. »Wir wissen, du würdest das vor uns nicht zugeben«, sagte er. »Aber wir fühlen, dass du hier sehr unglücklich bist. Du wirfst dein Leben weg, und wir denken, du weißt das, weshalb wir auch Avi bitten möchten, dir zu helfen, die richtige Entscheidung zu treffen. Uns ist wichtig zu sagen, dass wir nicht gegen eure Verbindung sind, aber so, wie wir es verstehen, besteht kaum eine Chance, dass Avi seinen Job aufgibt und zu uns nach Brüssel zieht.«

Er sagte kein Wort. Marianka hob die Augen vom Tisch und schaute ihre Mutter an, als sie leise fragte: »Ihr denkt wirklich, dass ich hier unglücklich bin?« Und Bojan lächelte.

»Wirke ich unglücklich auf euch?«, fragte sie ihre Mutter abermals, aber Annika antwortete nicht.

»Absolut. Du bist unglücklich, weil du allein und weit weg von deiner Familie und dem Leben bist, das du dir aufgebaut hast und das wir dir geholfen haben aufzubauen«, bekräftigte Bojan. »Und wir sehen das, obwohl du versuchst, uns etwas vorzuspielen. Du vergeudest deine Begabungen und dein Leben an einem Ort, an dem du niemanden hast. Avi hat seine Arbeit und seine Familie und kann sich nicht um dich kümmern. Und du wirst keinen dir angemessenen Job finden, ohne die Sprache zu können und Jüdin zu werden.«

Er hätte sich einmischen und die anderen unterbrechen müssen, aber Marianka und ihr Vater sahen nur einander an, als säßen Annika und er gar nicht mit am Tisch. »Aber ich bin doch glücklich, siehst du das nicht? Ich liebe Avi, und wir haben ein Zuhause. Zum ersten Mal habe ich ein eigenes Zuhause. Es stimmt, dass ich noch nicht weiß, was ich mit mir anfangen soll, aber ich werde etwas finden.« »Und wenn du nichts findest?«, fragte Annika unvermittelt, und Bojan signalisierte ihr, er wolle weiterreden. »Uns ist wichtig, dass du dies hörst, weil niemand sonst dich genug liebt, um dir das zu sagen. Und ich weiß nicht, was du damit meinst, wenn du sagst, du liebst Avi, aber ich meine, du hast vor ihm auch schon andere Männer geliebt, oder etwa nicht? Und irgendwann war es vorbei. Wie auch immer, unsere Pflicht als deine Eltern ist es, dir mitzuteilen, dass wir dein Leben hier nicht unterstützen werden. Wir werden dich hier auch nicht noch einmal besuchen können, denn das wäre Ausdruck unseres Einverständnisses mit deiner Entscheidung. Und uns ist wichtig zu betonen, dass wir nichts gegen Avi haben, im Gegenteil. Wir schätzen ihn, und gerade deshalb hoffen wir, dass er uns versteht und dir helfen wird zu gehen.«

Er hätte etwas sagen müssen, wenn schon nicht für sich, dann wenigstens für Marianka. Und vielleicht hätte er sie einfach bei der Hand nehmen und mit ihr verschwinden sollen. Er versuchte zu lächeln, als er sagte: »Ich verstehe eure Sorge um Marianka, aber ich möchte, dass ihr wisst, sie ist in guten Händen. Wir denken über unsere gemeinsame Zukunft nach. Noch haben wir keine Entscheidungen getroffen, und wenn es schwierig wird für Marianka, werden wir gemeinsam überlegen, was sich machen lässt. Ich kann euch versichern, dass ich für sie nur das Beste will.« Alle schwiegen, als er fertig war, so als hätte er gar nichts gesagt.

Bojan schaute weiterhin nur Marianka an. Die Kellnerin servierte die Vorspeisen, und auf dem Tisch brannte ein Kerzenstummel. »Ich weiß nicht, ob du ein gläubiger Mensch bist, Avi«, sagte er. »Wir sind es. Und einen Tag, bevor wir hergekommen sind, habe ich aus dem Fenster meines Arbeitszimmers ein Schauspiel gesehen, das für mich ein Zeichen war, dass wir das Richtige tun. Auf der Straße vor dem Fenster lag eine überfahrene Taube. Und plötzlich sehe ich, wie eine andere Taube neben ihr landet. Und anfängt, an dem Kadaver herumzupicken. Ich habe versucht zu verstehen, was ich da sehe, bis ich begriff: dass sich unmöglich wissen lässt, ob sie sie küsst oder Abschied von ihr nimmt oder vielleicht gar von ihrem Fleisch frisst. Verstehst du, worauf ich hinauswill?«

Avraham verstand überhaupt nichts, aber Marianka sehr wohl. Doch er konnte nicht anders, als an die Vögelchen zu denken, auf denen er Lea Jägers Leiche gefunden hatte. Hätte das Gespräch zu einem anderen Zeitpunkt stattgefunden und nicht wenige Minuten, nachdem Maalul ihm mitgeteilt hatte, Saban und Schärfstein seien dabei, ihm die Kontrolle über die Ermittlung aus der Hand zu nehmen, hätte er vielleicht anders reagiert, besonders, als Marianka ihr Weinglas absetzte, ihren Vater anlächelte und sagte: »Du bist so ein Idiot, weißt du das? Jetzt verstehe ich endlich, was für ein Idiot du bist.«

»Ich versuche, dir zu sagen, dass deine guten Absichten nichts an der Situation ändern, Avi«, fuhr Bojan ungerührt fort. »Ich glaube dir, dass du für Marianka nur das Beste willst, wie du sagst, aber sie ist es, die jetzt überfahren auf der Straße liegt, und du hackst in ihr Fleisch, auch wenn du meinst, es seien Küsse.«

Annika berührte Bojans Hand, wie um ihm zu bedeuten, dass er zu weit gegangen war. Oder tat sie es im Gegenteil vielleicht, um ihn zu unterstützen? Marianka war diejenige, die als Erste aufstand und das Restaurant verließ, und Avraham tat es ihr einfach nach. Und erst später, als sie zurück in ihrer Wohnung waren, sollte er sie fragen: »Was sollte eigentlich dieses abgeschmackte Gleichnis mit den toten Vögeln?«

Marianka bat ihn, den Wagen aufzuschließen, stieg ein, setzte sich auf den Beifahrersitz und brach in Gelächter aus. »Komm, lass uns fahren«, meinte sie kurz darauf zu ihm, und als er fragte, was denn ihre Eltern machen würden, erwiderte sie: »Egal. Sollen sie zu Fuß gehen.«

Sie hielten auf einem Parkplatz ganz in der Nähe, weil Marianka runter zum Strand wollte, und als sie vor den dunklen Wellen saßen, sagte sie nur zu ihm: »Es tut mir leid.«

»Was denn?«

»Dass du dir all das anhören musstest. Ich hätte wissen müssen, dass so etwas passieren würde. Du hattest recht.«

Warum dann hatte er das Gefühl, er müsse sich bei ihr entschuldigen? Dafür, dass er sie nach Cholon gebracht hatte, dafür, dass er ihrem Vater nicht Paroli geboten hatte, und vor allem dafür, dass er ihr verschwiegen hatte, was er durchmachte, seit dieser Fall begonnen und er sie ja tatsächlich allein gelassen hatte. Sie sprachen so gut wie gar nicht über ihre Eltern in jener Nacht, nur über sich, über sie beide, und er schaffte es, ihr all das zu sagen, was er in den letzten Tagen nicht gesagt hatte. Erzählte ihr von dem Gespräch mit Maalul und von Eres Jäger, der nicht der Sohn seiner Mutter war, und davon, dass die in ihrer Wohnung von einem Mann vergewaltigt worden war, den sie kannte, und von dem Polizisten, von dem er sich sicher war, dass er sie aus Gründen, die er noch nicht verstand, hatte vernehmen wollen. Als sie ihn fragte, warum er sie nicht schon früher an all dem beteiligt hatte, gestand er die Wahrheit. Dass er keine Ahnung hatte, warum. Und fügt dann hinzu: »Vielleicht, um dich vor irgendetwas zu schützen.«

»Mich schützen? Vor was denn? Und warum denkst du, dass ich mich nicht selber schützen kann?«

Am nächsten Tag, um vier Uhr morgens, verabschiedeten sie sich auf der Straße und in Gegenwart des Taxifahrers, der gekommen war, um sie zum Flughafen zu bringen, von Bojan und Annika. Ohne Umarmungen.

Avraham konnte nicht weiterschlafen, und obgleich er den ganzen Tag mit Marianka hätte zusammen sein wollen, machte er sich schon früh auf zum Revier. Als Esthi Wahabe ihn gegen Mittag anrief, saß er in seinem Wagen, war unterwegs zu Ilana Liss, die ihm raten sollte, wie er trotz allem das Foto des Polizisten veröffentlicht bekam, der die Treppe heruntergekommen und verschwunden war, aber Wahabe sagte, sie denke, es gäbe eine Frau, die vielleicht etwas über den Polizisten wisse.

Er verlangsamte seine Fahrt und fragte: »Was?« Und Wahabe sagte: »Nein, sie hat nichts gesagt, aber sie hat sich sehr erschrocken, als ich ihr das Bild gezeigt hab, denke ich. Und ich hab das Gefühl, sie hat nicht alles gesagt, was sie weiß.«

Es war das erste Mal, dass er den Namen Bengtson hörte.

10

Die Polizistin rief sie am Montagmorgen an.

Mali hatte einen Termin mit einem neuen Kunden, als auf dem Display ihres Smartphones eine Nummer aufleuchtete, die sie nicht kannte, weshalb sie beim ersten Mal nicht ranging. Aber beim zweiten Mal bat sie um Entschuldigung und steckte sich einen Ohrhörer ins rechts Ohr. Sie hatte keinen Zweifel, dass es ihre Schuld war. Als sie die Stimme am anderen Ende der Leitung hörte, schob sie sich auch den anderen Ohrhörer ins linke Ohr. Eine Frau bat, mit Mali Bengtson zu sprechen, und sie sagte: »Am Apparat.« Sie war sich sicher, dass die Polizistin wegen ihres Anrufs in der Krankenhausaufnahme auf sie gekommen war. Die Polizistin fragte, ob sie sich treffen könnten, und als sie sagte, sie sei bei der Arbeit, fragte die Polizistin, wo sie denn arbeite. Mali war sich sicher, sie wusste, wo, da der Anruf beim Krankenhaus vom Büro aus erfolgt war, und deshalb sagte sie: »In Cholon. In der Shenker-Straße.«

»Ich kann gleich zu Ihnen kommen«, sagte die Polizistin. »Und es dauert nicht länger als fünf, zehn Minuten.«

Sie fragte Aviva, ob sie den Kunden für sie übernehmen könnte, und ging dann sofort zur Damentoilette. Eine Putzfrau wischte den Boden, und Mali wartete, bis sie weg war, ehe sie sich in einer der Kabinen einschloss und Coby anrief.

Beide hatten sie in den zurückliegenden Tagen so viele Gelegenheiten gehabt, den Versuch zu unternehmen, ihr Schicksal noch zu ändern, aber sie taten es nicht.

Sie fragte sich später unzählige Male, was Coby getan hätte, wäre er wach gewesen und ans Telefon gegangen und sie hätte ihm erzählt, die Polizei sei unterwegs zu ihr, um sie wegen des Unfalls zu vernehmen. Hätte er ihr dann die Wahrheit gesagt? Am Wochenende hatten sie beide noch gehofft, alles überstanden zu haben, oder hatten zumindest versucht, dies zu hoffen, und vielleicht deshalb war sie so gar nicht auf das vorbereitet, was dann geschah. Coby tat so, als sei er in bester Verfassung, aber sie sah, dass er weiterhin heftig Luft holte, als müsste er ersticken. Das Wetter war besser geworden, und am Sabbat schlug er vor, mit den Mädchen einen Ausflug in den Lunapark in Tel Aviv zu machen, wie sie es ihnen seit Beginn des Winters versprochen hatten. Sie wäre lieber zu Hause geblieben, weil sie noch immer Angst hatte, vor die Tür zu gehen, aber nachdem Daniela und Noy einmal von dem Plan gehört hatten, bestand keine Chance mehr, sie davon abzubringen. Coby war früh wach gewesen und aufs Dach gegangen, um zu trainieren. Während sie in der Küche Pancakes zubereitete, näherte er sich ihr von hinten, schlang die Arme um ihren Bauch und flüsterte: »Kommst du mit, oder bleibst du hier?« Sie konnte ihm nicht erzählen, warum sie nicht in die Achterbahn und die anderen Fahrgeschäfte gehen würde, aber vielleicht genügte ihre Andeutung, als sie sagte, ihr sei ein bisschen übel, außerdem habe sie Kopfschmerzen und Angst, sich übergeben zu müssen. Vor den meisten Fahrgeschäften standen keine Schlangen, und Coby nahm Daniela und Noy mit in die Geisterbahn, die sie enttäuschte, danach zur Achterbahn und den Autoscootern und lief schließlich mit ihnen immer wieder durch die Riesenkrake, deren Stahlarme sich über den Baumwipfeln wanden. Mali betrachtete sie von unten. Die Lach- und Schreckgrimassen auf den Gesichtern der Mädchen. Wie sie seine Hände umklammert hielten. Und sie machte Fotos von ihnen mit ihrem Handy, weil Coby sie darum gebeten hatte. Dennoch dachte sie im Verlauf des Wochenendes wiederholt an die Frau, die er mit seinem Wagen angefahren hatte. Den Anruf beim Krankenhaus bedauerte sie bereits und hoffte, sie würden nicht zurückrufen, wie sie versprochen hatten. Andererseits wollte sie, dass sie anriefen, um ihr mitzuteilen, die Frau sei längst entlassen und wieder zu Hause. Und nicht einen Augenblick lang kam ihr in den Sinn, er könnte sie angelogen haben.

Die Fotos von jenem Tag sollte sie sich erst sehr viel später anschauen, und dann konnte sie nicht aufhören, sie zu betrachten. Vor allem das Bild, das sie gemacht hatte, als die drei in der Achterbahn waren: Daniela und Noy umschlungen von seinen Armen in einem grünen Waggon, der auf den Scheitelpunkt der Bahn zurast. Im Moment vor dem freien Fall.

In den darauffolgenden Wochen traf sie viele Male mit der Polizistin zusammen, aber an jenem Morgen wusste Mali nicht, dass ihr Name Esthi Wahabe war. Wahabe war beinahe kleinwüchsig, jünger als sie und rauchte während ihres Gesprächs. Sie bat Mali um ihren Personalausweis, schlug dann ihre kräftigen Beine übereinander, legte ein Plastikklemmbrett darauf und saß vornübergebeugt, als sie die Formulare ausfüllte. Wadim, der Wachmann, hatte ihnen nachgesehen, als sie sich von der Filiale entfernten und auf einer Bank Platz nahmen. Die Polizistin stellte einen Pappbecher darauf ab, aus dem sie einen Schluck nahm und sich dabei etwas Kaffee über die Fingerspitzen goss.

Mali schaute auf die Autos, die vorbeifuhren, als könnte

Coby in einem davon sitzen. Und sie musste an die Polizistin denken, die sie in Eilat vernommen hatte. Sie war älter als Esthi Wahabe gewesen und gutaussehend, hatte auf ihren Computerbildschirm geschaut, während sie ihr endlos Fragen gestellt hatte, zu dem Wein, den sie auf der Feier getrunken hatte, zu ihrem Verhältnis zu Coby, und ob sie sich auch wirklich einhundertprozentig sicher sei, dass sie keinen Mann auf ihr Zimmer eingeladen hatte. Als Wahabe fragte: »Sie wurden vor einigen Jahren in Eilat angegriffen, ist das richtig, Frau Bengtson?«, verstand Mali nicht, warum sie das erwähnte und wie das mit dem Unfall zusammenhing. Der Zigarettenrauch störte sie wegen der Schwangerschaft. Aber dann sagte Wahabe: »Ich möchte Sie bitten, das, was ich Ihnen jetzt erzählen werde, für sich zu behalten, weil es sich dabei um vertrauliche Einzelheiten einer Ermittlung handelt, die noch im Anfangsstadium steckt und bei der wir uns überhaupt nicht sicher sind, in Ordnung?« Und erst, nachdem Mali genickt hatte, fuhr sie fort. »Wir haben den begründeten Verdacht, dass hier in der Gegend ein Polizist oder Straftäter, der sich als Polizist ausgibt, Frauen belästigt, die Opfer einer Vergewaltigung geworden sind. Was ich von Ihnen wissen möchte: Hat ein solcher Mann Kontakt zu Ihnen aufgenommen, oder ist er bei Ihnen gewesen?«

Mali sagte sofort: »Nein«, und im ersten Augenblick war da nur Erleichterung. Die Polizistin drückte ihre Zigarette an der Kante der Bank aus, als spürte sie, dass der Rauch ihr unangenehm war. »Sind Sie sich sicher?«, fragte sie, und Mali bejahte.

»Erinnern Sie sich, wann das letzte Mal war, dass Sie eine Aussage gemacht haben?«

Sie brauchte einige Zeit für die Antwort, weil sie es nicht mehr wusste. Und während sie versuchte, sich zu erinnern, hörte sie plötzlich die Worte, die Augenblicke zuvor gefallen waren: »Ein Straftäter, der sich als Polizist ausgibt.«

»Ich erinnere mich nicht genau, wann. Es ist schon länger her. Vor einem Jahr vielleicht.«

»Und von der Polizei hat niemand seither versucht, Kontakt zu Ihnen aufzunehmen? In den letzten Wochen? Auch nicht telefonisch?«

»Nein.«

»Und stehen Sie vielleicht in Kontakt zu anderen Frauen, die missbraucht wurden, und wissen, ob diese in letzter Zeit eine solche Anfrage hatten?«

Wusste Mali es da schon? Im Gegensatz zu der Ermittlerin, die in Eilat ihre Aussage aufgenommen hatte, schaute Wahabe sie die ganze Zeit an, während sie sprach. Ihre Augen waren groß und weit aufgerissen, beinahe affektiert. Und auf ihrer Stirn, über dem linken Auge, war eine Narbe. Sie ließ sich Zeit, ehe sie sich wieder über ihr Klemmbrett beugte und in dem Formular einige Zeilen ausfüllte. Und sie blieb noch immer sitzen, als sie zu Mali sagte: »In dieser Ermittlung wurde eine Nachrichtensperre verhängt, um unter den betroffenen Frauen nicht für Panik zu sorgen, und daher möchte ich Sie bitten, die Einzelheiten, die ich Ihnen gegenüber erwähnt habe, vertraulich zu behandeln, okay? Und sollte ein Mann, der sich als Polizeibeamter ausweist, Kontakt zu Ihnen aufnehmen und eine Aussage von Ihnen aufnehmen wollen, oder falls Ihnen doch noch einfällt, dass dies schon der Fall gewesen ist, oder Sie von einer Frau hören, der solches passiert ist, dann lassen Sie mich das gleich wissen? Wir befürchten, er hat das bei mehreren Frauen gemacht und wird es wieder versuchen.«

Sie steckte die Visitenkarte der Polizistin in ihre Jackentasche, ohne einen Blick darauf zu werfen, und als sie von der

Bank aufstand, spürte sie etwas tief unten in ihrem Bauch sich überschlagen und verkrampfen. Zu ihr würde niemand Kontakt aufnehmen. Das, was die Polizistin gesagt hatte, über die Panik unter den Frauen, die angegriffen worden waren, und dass er es mehrfach getan hatte, war es, was sie mit Gewissheit begreifen ließ.

»Wissen Sie, wer dieser Mann ist?« Mali hätte nicht fragen sollen, aber sie musste es wissen.

Die Polizistin saß noch immer auf der Bank, als fiele es ihr schwer aufzustehen. »Wir wissen nicht, wie er heißt, aber wir haben eine ziemlich gute Aufnahme von ihm und werden ihn bald gefunden haben«, sagte sie, worauf Mali sie bat, das Bild trotz allem sehen zu dürfen.

Wahabe fixierte sie mit ihren großen Augen und holte dann das Foto aus einem grauen Aktendeckel, der auf ihren Knien gelegen hatte.

Mali schaute flüchtig auf das Bild, nicht länger als eine Sekunde, bevor alles dunkel wurde.

»Von wann ist das Bild?«, fragte sie, denn das war ihre letzte Hoffnung, aber die Polizistin erwiderte: »Von letzter Woche.«

Daniela und Noy waren im Kindergarten und in der Schule, und in den ersten Minuten wusste sie nicht, was sie nach Schulschluss mit ihnen machen sollte. Um elf hatte sie einen weiteren Termin und saß dem Kunden gegenüber, als sei nichts geschehen. Erklärte ihm, warum die Bank es ablehne, ihm das Darlehen zu gewähren, um das er gebeten hatte, worauf er laut wurde. Wie viel Zeit verstrich, bis sie begriff, dass es keinen Unfall gegeben hatte? Sie sah sich plötzlich im Kreißsaal, ohne Coby und ohne jemanden sonst an ihrer Seite. Die Kontraktionen im Unterbauch wurden zu Übelkeit, und als sie auf die Toilette ging und versuchte, sich zu übergeben, dachten alle in der Bank, der Grund sei die Konfrontation mit dem Kunden.

Zum zweiten Mal innerhalb weniger Tage musste sie sich alles neu erklären: das Bewerbungsgespräch und das, was an ihrem Hochzeitstag passiert war, Cobys Verschwinden in den Tagen danach, die Nachricht, die er seinem Vater auf der Mobilbox hinterlassen hatte, und der Wagen, der nicht auf seinem Parkplatz war. Jetzt gab es vielleicht auch eine Erklärung für den Regenschirm und Cobys verzweifelte Suche danach. Und vielleicht auch für das Nachrichtenschauen und Zeitunglesen. Er hatte nicht gelogen, als er sagte, die Polizei suche nach ihm, wohl aber hinsichtlich der Gründe. Und sie hatte ihn noch nie angelogen. Niemals. Obwohl es keinen Unfall gegeben hatte, lag die junge Frau, die er mit seinem Wagen angefahren hatte, noch immer blutend auf der Straße, und niemand kam ihr zu Hilfe.

Als Coby aufwachte, versuchte er sie zu erreichen, weil er sah, dass sie ihn mehrfach angerufen hatte, bevor die Polizistin da war, aber sie nahm nicht ab, weil sie noch nicht wusste, was sie sagen sollte. Er schickte ihr eine SMS, *Alles okay?*, und sie antwortete mit *Ja, bin in einer Besprechung*. Und vielleicht war es diese erste Lüge, die sie auf die Idee brachte? Die Visitenkarte der Polizistin steckte in ihrer Tasche, und sie überlegte, sie anzurufen. Sie hätte auch Gila anrufen und sich mit ihr verabreden können, aber als sie Daniela und Noy aus dem Kindergarten und von der Schule abholte, hatte sie bereits beschlossen, sie würde nach Hause fahren. Und auch, dass sie Coby fürs Erste nichts sagen würde. Noy summte das Lied, das sie in der Klasse für die Purimparty eingeübt hatten. Als sie Cobys Wagen auf dem Parkplatz stehen sah, musste sie sofort an vergangenen Montag denken. Der Tag, an dem er offenbar aufgeflogen war. Der Wagen hatte nicht dort gestanden, als sie nach Hause gekommen waren, aber sie hatte sein Aftershave im Fahrstuhl gerochen und festgestellt, dass die Wohnungstür nicht abgeschlossen war, und als sie reingekommen waren, hatte sie ihn duschen gehört. Seine Sachen hatten verstreut auf dem Boden im Schlafzimmer gelegen, aber die Polizeiuniform hatte sie nicht gesehen.

Der Tisch war fürs Mittagessen gedeckt, als sie in die Wohnung kamen, und auf dem Herd kochten Ravioli. Als Coby ihnen die Tür öffnete, fragte er sofort: »Warum bist du nach dem Termin nicht rangegangen? Ich hab's mehrfach bei dir versucht.« Und Mali antwortete, sie habe viel zu tun gehabt, einen Termin nach dem nächsten, und dass sie ihn am Morgen angerufen hatte, weil sie befürchtete, nicht früh genug loszukommen, um die Mädchen abzuholen, dass am Ende aber alles geklappt habe. Ihre Augen mieden die seinen, aber sonderbarerweise war sie nicht so panisch wie vor der Begegnung mit der Polizistin, nur verwirrt. Und das Essen rührte sie nicht an. Noy erzählte Coby von den Vorbereitungen für die Purimparty in der Schule, aber Daniela schwieg noch immer und aß nichts, wie sie. Doch Mali spürte, dass etwas in ihr an Stärke oder Härte gewann, vielleicht wegen der Wut. Nach Eilat war es gewesen, als hätte sie ihren Körper verlassen, und auch wenn sie zu ihm zurückfand, dann war es immer nur eine partielle Rückkehr gewesen. Doch während dieser Stunden zu Hause, nach dem Gespräch mit der Polizistin, meinte sie, dass Teile, die auseinandergebrochen waren, sich wieder zusammenfügten.

»Wie war's bei der Arbeit?«, fragte Coby, und Mali sagte: »Gut.« Bis zu diesem Tag wäre sie niemals fähig gewesen, ihn derart anzulügen. Sie ging zur Toilette, kniete sich vor die Kloschüssel und schaffte es, sich zu übergeben. Coby war ihr nachgeeilt und hatte vor der Tür gewartet, und als sie rauskam, fragt er: »Hast du dich übergeben?« Sie sagte, sie hätte sich im Büro offenbar mit irgendetwas den Magen verdorben, fühle sich jetzt aber schon viel besser. Da sie nicht mit ihm allein sein oder ihn bei den Mädchen lassen wollte, ging sie nicht ins Schlafzimmer, machte mit Noy Hausaufgaben und ließ Daniela fernsehen. Und als die auf dem Sofa eingeschlafen war, setzte sich Mali neben sie und streichelte ihr Haar. Um fünf fragte er sie, ob sie sich gut fühle und er zum Training gehen könne, und sie sagte, ja. Und vielleicht hätte sie ihn bloß fragen müssen: »Warum hast du wieder damit angefangen?«, und er hätte es ihr gesagt. Erst als sie seinen Wagen vom Parkplatz rollen und sich entfernen sah, hastete sie ins Schlafzimmer und fing an zu suchen. Sie suchte die Uniform unter den Wintersachen auf den unteren Ablagen und danach unter den Sommersachen oben im Schrank und in der Verkleidungskiste, aber sie war weder im Schlafzimmer noch in der Abstellkammer auf dem Dach, auch nicht in seinen Schubladen, die sie als Erstes öffnete.

Die Übelkeit war verschwunden, und sie hörte nicht auf zu suchen, obgleich sie nicht wusste, was sie mit der Polizeiuniform machen sollte, wenn sie sie fände.

Das erste Mal, dass Mali sie gesehen hatte, war, als sie im Bett gelegen hatte. Und versucht hatte einzuschlafen.

Coby war ins Schlafzimmer gekommen und hatte das Deckenlicht angeschaltet. Seine Augen waren gerötet, als hätte er geweint. Sie hatte gefragt: »Was soll das?« Und er hatte sich schweigend aufs Fußende des Bettes gesetzt. »Coby, warum hast du diese Sachen an? Du machst mir Angst.«

Das war ein paar Wochen nach Eilat gewesen.

Der Schnitt am Hals war noch nicht vollständig verheilt, oder zumindest empfand sie es so, obwohl niemand außer ihr davon noch etwas bemerkte. Auch die Handgelenke taten ihr manchmal noch weh wie am Morgen danach. Und im Spiegel war sie noch immer die andere Frau. Coby aber war der Mensch, dank dem sie sich zuweilen erinnerte, wer sie war. Er erklärte ihr nicht, warum er die Uniform trug, und begann erst zu reden, nachdem sie aufgehört hatte zu weinen. Aber als er redete, brach sie erneut in Tränen aus, sodass er sie in den Arm nahm und abbrach. Alles schmerzte damals wie frisch gehäutetes Fleisch, und sie versuchte sich zu sagen, dass auch er blutete und dass es, wenn sie nur die Hand auf seine Wunde legte, vorbeigehen würde. Als er sie bat, mit ihm in die Küche zu kommen und sich ihm gegenüber an den Küchentisch zu setzen, willigte sie ein, weil sie keine andere Wahl hatte. Auf dem Tisch lagen sein Telefon, ein gelber Schreibblock und ein Stift.

Am frühen Abend durchsuchte Mali die schmutzigen Sachen ganz unten im Wäschekorb nach der Uniform, suchte sogar in den Zimmern der Mädchen, obwohl ihr längst klar war, dass sie nichts finden würde. Als sie ins Schlafzimmer zurückkehrte, um in der Bettwäschekiste unter dem Bett zu suchen, sah sie ihr Bild an der Wand und wollte das Glas einschlagen und das Foto in Stücke reißen. Nichts von dem, was sie tun würde, war in jenen Stunden schon in ihrem Kopf, dafür aber sah sie sich selbst erneut im Kreißsaal, ohne ihn, ohne zu wissen, wo er sich befand, und danach tauchte in ihren Gedanken auch ein Bild von ihnen vieren im Auto auf: Sie fährt, Daniela und Noy sitzen auf der Rückbank, und neben ihnen liegt das Baby in einer Sicherheitsschale. Der Beifahrersitz aber ist frei.

Um halb sieben, als laut und vernehmlich an die Tür geklopft wurde, war sie auf dem Dach. Sie dachte, Coby sei verfrüht nach Hause gekommen und hätte vergessen, seinen

Schlüssel mitzunehmen, und da sie ihn nicht sehen wollte, ging sie nicht sofort nach unten. Aber Daniela rief von unten: »Mama, es ist für dich.« Als sie die Treppen hinabstieg, sah sie die Polizistin, die sie am Morgen befragt hatte, und spürte, wie ihre Knie weich wurden.

Hinter Esthi Wahabe stand ein weiterer Polizist, den Mali zu dem Zeitpunkt noch nicht kannte.

11

Erst gegen Ende der Befragung von Masal Bengtson, in buchstäblich letzter Sekunde, bekam Avraham wieder die Zügel der Ermittlung in die Hand.

Zuvor hatte er über Stunden das Gefühl gehabt, erneut so zögerlich zu sein, wie er es am ersten Tag der Ermittlung gewesen war. Hatte zugesehen, wie Schärfstein Eres Jäger in den Vernehmungsraum führte, und war auch nicht eingeschritten, als Schärfstein den Versuch unternahm, Jäger dazu zu bringen, den Mord an seiner Mutter zu gestehen. Hatte stumm den Worten gelauscht, die Ilana Liss ihm vorhielt, ohne etwas zu erwidern. Und bis fast zum allerletzten Moment hatte er auch im leeren Wohnzimmer von Masal Bengtson gesessen und so gut wie nicht in das Gespräch eingegriffen. Bengtson sagte mehrfach, kein Polizist habe mit ihr Kontakt aufgenommen, und Esthi Wahabes Gefühl, sie hätte bei der ersten Befragung nicht alles erzählt, erschien ihm höchst dürftig.

Die Wohnung lag im siebten Stock eines alten Wohnturms in Kiryat Ben-Gurion, in der Uri-Zvi-Greenberg-Straße 8.

Die Eingangstür stand offen, als sie um kurz vor halb sieben das Gebäude betraten, und das Treppenhaus blieb dunkel, auch nachdem sie auf den Lichtschalter gedrückt hatten. Im engen Fahrstuhl roch es nach Zigarettenrauch und Tieren, vielleicht Katzen. Avraham sah sich gezwungen, dicht an Esthi Wahabe gedrängt zu stehen. Auf dem Spiegel waren zwei Aufkleber, einer mit der Telefonnummer eines Klempners und der zweite mit der eines Kammerjägers. Er studierte beide aufmerksam, um sich nicht selbst im Spiegel zu betrachten und zu sehen, was Ilana Liss gesehen hatte.

Wahabe klopfte zweimal an die Wohnungstür, ehe sie klingelte. Ein Mädchen von vier oder fünf Jahren mit hellem Haar und blauen Augen entriegelte zwei Schlösser, öffnete ihnen und rief dann sofort nach seiner Mutter, die vollkommen anders aussah.

Masal Bengtson war großgewachsen, dunkel und hatte pechschwarze Haare. Sie war vielleicht fünfunddreißig. Trug eine dünne, graue Fleecejacke und hatte Hausschuhe an, weshalb Avraham meinte, sie hätten sie beim Putzen gestört. Sie fragte nicht, weshalb sie da seien, was ihn hätte stutzig machen müssen, aber in jenen Augenblicken waren seine Gedanken noch immer in der Wohnung von Ilana.

Das Mädchen, das ihnen geöffnet hatte, blieb in der Tür seines Zimmers stehen und beobachtete sie das ganze Gespräch über von dort, wie um auf die Mutter aufzupassen. Bengtson führte sie ins Wohnzimmer, bot ihnen Kaffee oder Tee an und ging in die Küche, um Wasser aufzusetzen, wie es zu Vernehmende, bei denen die Polizei unangekündigt auftaucht, manchmal machen, um sich zu beruhigen und die eigenen Nerven in den Griff zu bekommen. Später in jener Nacht, als er an das Gespräch mit ihr denken musste, sollte Avraham sich sagen, wie wenig ähnlich Masal Bengtson ihren Töchtern sah. Wie Eres Jäger der Frau, die nicht seine Mutter gewesen war. Er betrachtete die Wohnung, während sie auf sie warteten. Die Sonnenblenden vor dem Fenster zur Straße waren geschlossen, und das leere Wohnzimmer vermittelte ein klaustrophobisches Gefühl. In der Mitte des Zimmers standen zwei schwarze Ledersofas und ein kleiner Glastisch, und davor hing ein Fernsehbildschirm an der Wand. Alle anderen Wände waren nackt, bis auf eine kleine Landschaftsaufnahme, die – wie zufällig – an der Wand hing. Beide saßen sie auf dem Sofa, als Masal Bengtson ihre Kaffeetassen auf dem Glastischchen abstellte und sich ihnen gegenüber auf einem Hocker niederließ. Und für fast die gesamte Dauer ihres Gesprächs starrte Avraham auf das Foto des Hirsches, der durch einen dichten Wald setzt, auf der Flucht vor den Gewehren der Jäger oder der Kamera. Neben der Aufnahme stand ein kleines Regal mit zwei Reihen Büchern, hauptsächlich auf Englisch, was ebenfalls seine Aufmerksamkeit hätte wecken müssen, aber zu dem Zeitpunkt erinnerte er sich nicht mehr an den englischen Akzent des Polizisten, der Diana Goldin vernommen hatte, und selbst wenn, hätte er beides wahrscheinlich nicht zusammengebracht. Über dem Sofa lag, wie in der Wohnung seiner Eltern, eine Pikee-Decke ausgebreitet, und etwas daran und an den nackten Wänden ließ ihn vermuten, dass sie noch nicht lange in dieser Wohnung wohnten oder es sich dabei um eine Art vorübergehenden Unterschlupf handelte, den sie vorhatten, bald schon wieder zu verlassen.

Im Grunde genommen hatte er gar nicht dort sein wollen. Hatte sich Esthi Wahabe nur angeschlossen, weil dies der einzige Weg war, seine Ermittlungsrichtung weiterzuverfolgen, und auch, weil er nicht wusste, was er mit sich anfangen sollte, als er nach dem furchtbaren Besuch bei Ilana Liss wieder in seinem Büro war.

Seit den Morgenstunden hatte alles gegen ihn gearbeitet. Er hatte gehofft, Jäger würde, gegen den Rat, den er von seinem Rechtsanwalt bekommen hatte, zustimmen, sich einer Befragung am Polygrafen zu unterziehen, und eine DNA-Probe abgeben, um zu beweisen, dass er nicht der Täter war, aber Jäger hatte sich geweigert und zu Schärfstein im Vernehmungsraum kein weiteres Wort mehr gesagt. Hatte weder erklärt, warum er den Ermittlern verschwiegen hatte, der Adoptivsohn zu sein, noch Angaben zu dem Telefongespräch mit seiner Mutter am Tag vor dem Mord gemacht. Durch die Beobachtungsscheibe des Vernehmungsraums hörte Avraham, wie Schärfstein dem mit Handschellen gefesselten Jäger drohte, wenn er dem Lügendetektortest und den Proben nicht zustimmte, würde die Polizei eine Meldung herausgeben, ein naher Verwandter sei unter dem Verdacht der Verwicklung in den Mord verhaftet worden. Avraham nahm an, das sei bloß ein Verhörtrick, aber als er zu Mittag aß, teilte ihm Maalul am Telefon mit, auf der Internetseite von *Ynet* finde sich die Meldung, die Polizei stehe unmittelbar vor der Lösung des Falls.

Die Seite brauchte eine Weile, bis sie sich aufgebaut hatte, weil die Internetverbindung auf dem Revier so langsam war, und als Avraham die Meldung überflog, konnte er es nicht glauben.

Die Überschrift verkündete: *Polizei unmittelbar vor Aufklärung des Mords in Cholon*, und in der Meldung selbst hieß es, innerhalb nicht einmal einer Woche sei es dem Ermittlungsteam gelungen, einen Verdächtigen im Mordfall Lea Jäger zu verhaften, einen Verwandten des Opfers. In den nächsten Tagen würde Anklage gegen den Mann erhoben und die Nachrichtensperre vollständig aufgehoben werden.

Avraham rief sofort Benny Saban an, der aber nicht ans

Telefon ging. Woraufhin er zu seinem Büro eilte, nur um festzustellen, dass Saban gar nicht auf dem Revier war. Und als dann Wahabe hereinkam, um ihn über die Aussagen zu informieren, die sie von den Vergewaltigungsopfern eingeholt hatte, wirkte dies für einen Moment beinahe absurd, da die Ermittlung ja so gut wie abgeschlossen war. Auch Wahabe sah die Meldung auf der *Ynet*-Seite zum ersten Mal in seinem Büro. Sie war sich nicht sicher, ob eine nochmalige Befragung von Masal Bengtson zusätzliche Informationen bringen würde, meinte aber, Bengtson sei unter den Frauen, mit denen sie gesprochen hatte, die einzige gewesen, die vielleicht mehr wusste, als sie ihr gesagt hatte. Bengtsons Vergewaltigung war im Distrikt Eilat bearbeitet worden, doch Wahabe erklärte Avraham, sie habe auf eigene Faust entschieden, sich auch an Frauen zu wenden, die nicht in ihrem Distrikt angegriffen worden waren, aber dort wohnten, und Avraham schenkte ihr einen anerkennenden Blick und bat, einen Blick in die Akte werfen zu dürfen. »Aber warum sollte sie etwas verschweigen wollen?«, fragte er dann, und Wahabe erwiderte: »Ich habe keine Ahnung. Aber sie hat mich gebeten, das Foto sehen zu dürfen, und ich glaube, sie war sehr erschrocken, als sie den Polizisten auf dem Bild gesehen hat.«
Auch das weißblonde Mädchen, das in der Tür zu seinem Zimmer stand, beäugte sie mit furchtsamem Blick, als Avraham zu Masal Bengtson sagte: »Mein Name ist Oberinspektor Avraham, ich leite das Ermittlungsdezernat im Distrikt Ayalon. Wie Esthi Ihnen heute ja bereits gesagt hat: Wir befinden uns mitten in einer äußerst diskreten Ermittlung im Zusammenhang mit einem Polizisten oder einem Mann, der sich als Polizeibeamter ausgibt und Aussagen von Vergewaltigungsopfern sammelt. Und wir wollten Sie noch über ein paar weitere Einzelheiten der Ermittlung in Kenntnis setzen,

die Ihnen vielleicht helfen werden, sich zu erinnern, ob Sie diesem Polizisten in letzter Zeit begegnet sind.«

Masal Bengtsons Blick wanderte zwischen ihm und Esthi Wahabe hin und her, und sie hörte auch nicht auf, dem Mädchen, das an der Tür stand, flüchtige Blicke zuzuwerfen, aber Avraham maß dem keine Bedeutung bei.

»Wäre es möglich, Ihnen einige Fragen vorweg zu stellen? Wie Esthi mir gesagt hat, wurden Sie vor ungefähr drei Jahren angegriffen, ist das richtig?«

»Ja.«

»In Eilat?«

»Ja. In einem Hotel.«

Er erinnerte sich nicht, ob in der Vergewaltigungsakte, die er zuvor in seinem Büro gelesen hatte, stand, Bengtson sei verheiratet oder geschieden. Auch hatte er an der Wohnungstür kein Namensschild bemerkt, hatte aber das Gefühl, sie wollte, dass sie bald wieder gingen, damit sie weiter aufräumen konnte. Und vielleicht wollte sie auch nicht auf ihre Vergewaltigung zu sprechen kommen, die sie bestimmt versucht hatte zu vergessen. Avraham schlug seinen Notizblock auf und suchte seine Taschen nach einem Stift ab, bat, als er keinen fand, Wahabe um einen. »Sie haben heute zu Esthi gesagt, Sie erinnern sich nicht mehr, wann Sie das letzte Mal bei der Polizei ausgesagt haben. Bei uns steht, Sie seien 2013 vernommen worden. Trifft das zu?«

»Kann sein. Wenn das bei Ihnen so steht.«

»Und erinnern Sie sich, wer Sie vernommen hat?«

»Immer dieselbe Beamtin.«

»Yif'at Assayag von der Polizei Eilat?«

»Ja.«

Was sollte er sie eigentlich fragen? Und wozu? Dachte er ernsthaft, sie würde ihm plötzlich sagen, der Polizist sei bei ihr gewesen und habe ihr, bevor er wieder verschwunden war, seinen vollen Namen und seine Telefonnummer dagelassen? Zumal ihm in jenen Stunden nicht einmal klar war, ob es überhaupt einen Polizisten gegeben hatte. Er versuchte, die Zweifel beiseitezuschieben, die nach dem Treffen mit Ilana Liss bei ihm erwacht waren, und sich auf die Frau zu konzentrieren, die vor ihm saß. Dennoch war es, als hätte er sie bis zu jenem buchstäblich letzten Augenblick gar nicht richtig wahrgenommen. Masal Bengtson war eine gutaussehende Frau, was er aber nicht bemerkte, wegen der Fleecejacke, die sie trug, oder unter dem Eindruck des tristen Wohnzimmers, und erst, als er sie wiedertraf, würde er dies erkennen. Am Ringfinger ihrer linken Hand steckte ein Ehering und an dem der anderen Hand ein weiterer Ring. Avraham musste daran denken, was er über die Nacht gelesen hatte, in der sie in Eilat missbraucht worden war.

Sie war allein dort gewesen, im Rahmen einer beruflichen Tagung. Der Mann, der sie vergewaltigt hatte, war nie gefasst worden.

Eine Theorie des Ermittlerteams war, der Angreifer sei ein Tourist gewesen, der sich im Hotel aufgehalten und noch in derselben Nacht das Land fluchtartig verlassen hatte, oder aber ein Flüchtling, der wenige Tage zuvor über die Sinaihalbinsel nach Israel gekommen war. Die andere Vermutung jedoch lautete, Bengtson habe einen Mann, den sie auf einer Party im Hotel getroffen hatte, in ihr Zimmer mitgenommen und weigerte sich, dies zuzugeben. Was die Ermittler in Eilat störte, war, dass auf den Kleidungsstücken, die sie trug, als sie in jener Nacht vernommen wurde, keinerlei Spuren zu finden waren, die der Angreifer darauf hinterlassen hatte. Und erst, als man ihr dies sagte, hatte Bengtson berichtet, nach der Vergewaltigung und bevor sie das Zimmer verlassen hatte, habe sie den Pyjama aus- und die Sachen, die sie auf der Party getragen hatte, wieder angezogen.

Wie alt war ihre Tochter da gewesen, die sie jetzt von der Tür aus beobachtete? Trotz aller Versuche, sich zu konzentrieren, drifteten seine Gedanken immer wieder ab zu dem Gespräch mit Ilana. Er hörte sich selbst zu Bengtson sagen: »Eine der Einzelheiten, die wir herausgefunden haben, ist, dass der Polizist nicht gleich bei den Opfern zu Hause auftaucht, sondern sich zunächst telefonisch mit ihnen in Kontakt setzt und in einem weiteren Gespräch sicherstellt, dass sie keinen Verdacht gegen ihn hegen, ehe er ein Treffen mit ihnen vereinbart. Vielleicht ist Ihnen so etwas erinnerlich? Jemand, der versucht hat, einen Termin mit Ihnen zu vereinbaren?« Bengtson dachte einige Sekunden lang nach, bevor sie verneinte.

»Das heißt, Sie sind sich sicher, dass seit 2013 niemand, der sich als Polizeiermittler ausgegeben hat, zu Ihnen Kontakt aufgenommen hat, nicht einmal telefonisch? Vielleicht möchten Sie das Bild noch einmal sehen?«

Das alles war dermaßen überflüssig.

Avraham verstummte, griff nach dem warmen Kaffee und sah Esthi Wahabe an, die neben ihm saß. Als sich das Mädchen ihnen auf Zehenspitzen näherte, offenbar, damit sie es nicht bemerkten, meinte Bengtson zu ihrer Tochter: »Daniela, geh zurück in dein Zimmer, ja, Süße? Wir sind hier gleich fertig, nicht wahr?« Und Avraham nickte.

Erst, als Ilana ihm die Tür öffnete, dachte er daran, dass es überhaupt erst das zweite Mal war, dass er sie zu Hause besuchte. Und dass sie noch nie in seiner Wohnung gewesen war.

Das erste Mal war während der Trauerwoche für ihren

Sohn gewesen, der bei einem Manöverunfall ums Leben gekommen war. Er war damals nicht allein, sondern mit einer Gesandtschaft von Polizisten des Reviers da gewesen, und sie waren keine Stunde geblieben, da die Wohnung überfüllt von Trauergästen war. Aber er erinnerte sich an alles. An das geschmackvoll ausgeleuchtete Wohnzimmer mit seinen übervollen Bücherregalen und vor allem an die sonderbaren Kunstgegenstände, dunkle Tonmasken, farbenfrohe Gemälde, auf denen nichts klar erkennbar war, und Holzstatuen, die Ilana und ihr Mann von ihren Reisen rund um die Welt mitgebracht hatten und die überall in der Wohnung verstreut standen. Und auch Ilana wirkte unverändert, zumindest auf den ersten Blick. Sie trug ein weites Kleid, als sie ihm die Tür öffnete, und um ihr langes, rötliches Haar hatte sie ein Kopftuch gebunden, aber ihre blauen Augen schauten ihn mit genau demselben Blick an, in dem Avraham zumindest zu Beginn ihres Wiedersehens meinte, Sympathie zu spüren. Sie umarmten sich nicht, gaben sich nur die Hand. Und als er fragte: »Wie geht's dir?«, erwiderte sie: »Du siehst, alles in Ordnung. Bin noch am Leben.«

Begriff Avraham da erst, wie sehr sie ihm gefehlt hatte? Wie sehr er ihre Anwesenheit bei den Besprechungen des Ermittlungsteams vermisste? Von dem Moment an, da er den Tatort das erste Mal verlassen hatte, hatte er mit ihr reden wollen, denn sie hatte beinahe seit seinem ersten Tag bei der Polizei jeden Fall begleitet, in dem er ermittelte. Und in jeder der Besprechungsrunden, die er seit dem Mord geleitet hatte, hatte es wenigstens eine Sekunde gegeben, in der er überlegt hatte, was sie wohl tun würde, säße sie an seiner Stelle. In der Wohnung war es vollkommen still, selbst Geräusche von draußen waren nicht zu hören, und er wollte sie schon fragen, was sie tue, bevor ihr Mann von der Arbeit kam, als Ilana leichthin sagte: »Endlich habe ich mal frei. Ich nutze die Zeit, um Bücher zu lesen, die liegengeblieben sind«, so als könnte sie seine Gedanken tatsächlich hören. Auf dem riesigen Massivholztisch in der Essecke, neben einem Teller Datteln, sah er das Buch »Der Mann, der seine Frau mit einem Hut verwechselte«, aufgeschlagen und mit dem Rücken nach oben, und aus irgendeinem Grund dachte er, sie habe es extra für ihn dort hingelegt und zuvor gar nicht darin gelesen. Hatte sie ihm nicht mal, vor vielen Jahren, erzählt, sie lese dieses Buch? Er wusste nicht, ob und wie er sie nach ihrer Krankheit und der Behandlung fragen sollte. Als sie am Tisch Platz nahmen, meinte er, in ihrem blassen Gesicht Anzeichen der Erkrankung zu bemerken, und dass sie ihm nicht alles erzählte. Sie hatte abgenommen, und als sie ihn ins Wohnzimmer führte, bereitete ihr das Gehen offensichtlich Mühe. Am Ende fragte er: »Wie fühlst du dich?«, und Ilana sagte: »Hervorragend. Die Operation war erfolgreich, ich habe noch zwei Therapiezyklen, und danach fange ich wieder an zu arbeiten.« Auf ihn aber wirkte sie nicht wie jemand, der schon bald wieder würde arbeiten können. Als sie ihn fragte: »Und was ist mit dir?«, befiel ihn der starke Wunsch, ihr von Marianka zu erzählen, von dem Besuch ihrer Eltern und seinem Vater, der immer mehr abbaute, und gleichzeitig spürte er die Müdigkeit, die sich in den letzten Tagen in ihm angestaut hatte, und dachte, wenn er seinen Körper auf die dicken Kissen sinken ließe, die auf dem Sofa lagen, wäre er im Nu eingeschlafen.

»Alles in bester Ordnung«, sagte er.

»Und wie geht's deiner Freundin? Kommt sie klar hier?«

Das war so, seitdem er ihr das erste Mal von Marianka erzählt hatte. Ilana schien sich zu weigern, ihren Namen auszusprechen.

»Ja. Eigentlich ziemlich gut.«

»Was macht sie? Arbeitet sie?«

»Sie hat einen Job im Fitnessstudio gefunden. Gibt Karateunterricht. Aber sie sucht noch nach anderen Sachen.«

»Ist sie dort nicht Polizistin gewesen?«

»Ja, war sie. Aber sie ist auch Karatelehrerin.«

Man sehe ihm nicht an, dass seine Freundin Fitnesstrainerin sei, meinte Ilana irgendwann, und Avraham musste lachen. Er war sich jetzt sicher, sie hätte ihre Meinung geändert und würde es nicht ablehnen, ihm zu helfen, wenn er sie an seinen Zweifeln teilhaben ließe, und als sie ihn nach der Zusammenarbeit mit Saban fragte, meinte er, recht zu haben. »In welcher Sache wolltest du einen Rat?«, fragte Ilana schließlich, und Avraham sagte, alles sei anders geworden. »Wir haben einen heiklen Fall. Sicher hast du schon davon gehört«, begann er, und sie schwieg für einen Moment, bevor sie fragte: »Du meinst den in der Krause? Ich dachte, ich hätte im Radio gehört, der sei abgeschlossen.«

»Sie haben den Falschen verhaftet«, gab er sofort zurück, und sie fragte: »Wer hat wen verhaftet?«

»Saban. Und Schärfstein hat mitgemacht.«

»Und warum den Falschen?«

»Weil es jemand anderes ist. Es ist nicht ihr Sohn.«

Täuschte er sich wirklich, als er wähnte, sie höre ihm mit gesteigertem Interesse zu? Er setzte sie ins Bild über Einzelheiten der Ermittlung, die sie nicht kannte, erzählte, Jäger sei in der Vergangenheit Opfer einer Vergewaltigung geworden, und berichtete dann von der Zeugenaussage des Nachbarn und der von Diana Goldin und über die Aufnahme des Polizisten. Ilana unterbrach ihn nicht ein einziges Mal. Er war jetzt Leiter des Ermittlungsdezernats und Ilana beurlaubt, und sie waren bei ihr zu Hause und nicht auf dem Revier, aber es fühlte sich genau so an wie ihre Gespräche früher, zumal als sie das Wohnzimmer verließ und mit einem Aschenbecher und einer Schachtel Marlboro Lights zurückkam. Avraham zögerte, ehe er sagte: »Nein, danke, Ilana. Ich habe aufgehört.« Sie sah ihn überrascht an.

»Bist du dir sicher? Wegen der Freundin?«

Er fühlte sich besser, als er fertig war und Ilana ihn fragte: »Und wie genau soll ich dir dabei helfen?«

»Ich weiß nicht. Sag du es mir. Ich will Saban überreden, das Foto des Polizisten zu veröffentlichen, und ich weiß nicht, wie. Er hat Angst vor dem Schaden, den das anrichten könnte, und du kannst dir vorstellen, dass das zur Zeit das Letzte ist, was der Polizei noch fehlt, aber ich habe keinen anderen Weg, um an den Mann ranzukommen. Hast du vielleicht eine Idee, wie ich mit Saban reden soll? Oder kann ich vielleicht mit irgendjemandem über ihn sprechen?«

Ilana blies ihm den Rauch fast ins Gesicht. Und sagte: »Ich denke, in dieser Angelegenheit hat er recht. Ein solches Foto zu veröffentlichen, wenn du so wenig über den Verdächtigen und seine mögliche Beteiligung weißt, wäre unverantwortlich. Und ich stimme ihm auch zu, was den möglichen Schaden angeht, den das verursachen könnte. Du musst verstehen, Avi, du hast diese Ermittlung vor Augen, aber diejenigen, die über dir stehen, müssen größere Zusammenhänge sehen. Es gibt noch andere Ermittlungen, und außerdem hat die Polizei noch mehr Aufgaben, als einen Mord aufzuklären. Das genau ist die Verantwortlichkeit eines Distriktkommandanten.«

»Aber ich habe keinen anderen Weg, an den Polizisten ranzukommen, Ilana. Und ich denke, ich irre mich nicht, dass er es ist. Wenn wir erst wissen, wer es ist, können wir das mit den Funden vom Tatort abgleichen. Stimmst du mir wenigstens zu, dass alles auf ihn hindeutet?«

Ilana legte die Zigarette im Aschenbecher ab, und Avraham hätte fast die Hand danach ausgestreckt.

»Wie soll ich das wissen? Ich habe ja kein Ermittlungsmaterial gesehen und die Zeugenaussagen nicht gelesen, habe also nicht mal einen Ansatz, dir dabei zu helfen. Ich habe keine Ahnung, wie verlässlich dein Zeuge ist und ob deine Zeugin glaubwürdig ist, und vor allem habe ich den Sohn nicht vernommen. Es klingt so, als könnte es sein, dass du recht hast, aber ich bin mir sicher, du kriegst ihn, auch ohne das Bild an die Presse zu geben. Ich vertraue auf dich.«

Er legte die Handtasche, die zu seinen Füßen gestanden hatte, auf den Tisch und sagte: »Ich hab alles hier, Ilana. Das Material ist hier.« Er hätte die Tasche gar nicht vom Revier mitbringen dürfen, hatte aber nicht anders gekonnt. Ilana drückte die Zigarette aus und fragte unverwandt: »Avi, was willst du?«

In ihrem Blick lag mit einem Mal Ärger, und er verstand nicht, warum.

»Du weißt, dass du mir gar keinen Einblick in den Fall geben darfst, weil ich im Moment keine offizielle Funktion bei der Polizei habe und froh darüber bin. Und ich habe dich gebeten, mich in keine Ermittlung reinzuziehen. Das hilft mir nicht, mich gut zu fühlen, und es tröstet mich auch nicht, glaub mir. Ich will Abstand. Und du brauchst mich nicht.«

»Weshalb sollte ich dich trösten wollen, Ilana?« Er verstand nicht. »Und ich sage dir, ich brauche deine Hilfe. Saban ist nur damit beschäftigt, wie er und die Polizei dastehen, und auch über ihm ist man offenbar alles andere als begeistert, dass ich nach einem Polizisten suche.« Doch Ilana unterbrach ihn: »Ich kenne dich jetzt lange genug und denke, du machst das, weil du meinst, wenn du mich daran teilhaben lässt, fühle ich mich besser. Aber lass mich selbst entscheiden, was gut für mich ist, okay? Und hilf mir nicht, Avi. Zumindest nicht so.«

Das war nicht der Grund, warum er da war, und er sagte noch einmal, er brauche ihre Hilfe.

»Ich habe dir gesagt, ich kann dir nicht helfen.«

»Ich denke, das kannst du sehr wohl.«

»Wie?«

»Überleg dir einen Weg mit mir, um an ihn heranzukommen. Wenn nicht mithilfe des Fotos, dann auf andere Weise. Und auch über seine Motive. Warum sollte ein Polizist so etwas tun?«

Für einen Moment schaute ihn Ilana interessiert an. Und Avraham kannte dieses Aufblitzen in ihren Augen, wenn ein bestimmtes Detail der Ermittlung ihre Phantasie entzündete. Es war genau so wie vor ihrer Erkrankung, in ihrem alten Büro auf dem Revier des Ayalon-Distrikts oder dem neuen im Kommissariat von Tel Aviv. Sie und er und eine brennende Zigarette im Aschenbecher zwischen ihnen, deren Rauch zum offenen Fenster wehte. Die Nähe zwischen zwei Ermittlern, die wissen, dass in der Vergangenheit dank ihrer Zusammenarbeit schon unzählige Fälle aufgeklärt worden sind. »Du hast kein Motiv?«, fragte Ilana.

»Nur Vermutungen.«

»Was denn zum Beispiel?«

»Vielleicht Rache. Er will sich für irgendwas an der Polizei rächen. Wenn er noch Polizist ist, dann ist er vielleicht frustriert. Oder es ist jemand, der aus dem Dienst entlassen wurde.«

»Kann sein«, meinte Ilana und ging in die Küche, um den Aschenbecher im Mülleimer zu entleeren, und Avraham dachte, dies sei ein Zeichen, dass sie sich das Material doch noch ansehen würde, aber als sie zurückkam, war alle Nähe verflogen, und sie weigerte sich erneut, den Fall mit ihm zu erörtern. Doch er blieb hartnäckig, bis sie ihn plötzlich fragte: »Willst du hören, was ich wirklich denke?«, und sich eine weitere Zigarette ansteckte. Er dachte, er wollte es.

»Also, ich denke, dass Saban recht hat.«

»Womit recht hat?«

»Dieses Foto kann man, wie ich dir schon gesagt habe, unmöglich rausgeben. Punktum. Und parallel zur Ermittlung gegen den Sohn kann man die Sache mit dem Polizisten weiterverfolgen, warum eigentlich nicht? Erinnerst du dich, was wir immer gesagt haben? Dass man gleichzeitig auf alle Geschichten hören muss? Und dass der schlimmste Fehler, den wir machen können, darin besteht, uns auf eine Geschichte einzuschießen, nur weil sie uns passt, und nicht mehr auf die anderen Geschichten zu lauschen?«

Er hörte den Fingerzeig in dem, was sie sagte, auch wenn sie ihn versteckte.

»Du meinst, ich hätte mich auf diese Geschichte eingeschossen, weil sie mir genehm ist?«

»Das habe ich nicht gesagt, Avi. Ich habe gesagt, dass …«

»Aber ist es das, was du denkst?«

»Ich habe dir gesagt, ich denke, du hast die Richtung. Aber es schadet nicht, parallel auch noch andere Richtungen abzuchecken.«

»Warum, denkst du, ist mir diese Geschichte genehm?«

Ilana schwieg. Und drückte die gerade erst angezündete Zigarette wieder aus. Und erst, als er sie erneut fragte, stieß sie mit einem Mal erbost aus: »Vielleicht, weil du diesem Polizisten ein bisschen ähnelst, oder etwa nicht?«

Er dachte, sie scherze, aber in Ilanas Augen war etwas, was er nicht kannte, als sie weiterredete. »Sei nicht beleidigt, bitte. Ich meine, dass Polizisten alles unternehmen, um Menschen, die das Gesetz übertreten haben, zu fassen und ins Gefängnis zu bringen. Das ist unser Ziel, stimmst du mir da zu? Aber dich treibt etwas anderes, genau wie diesen Polizisten. Er vernimmt die Frauen nicht, um ihre Vergewaltiger zu fassen, oder? Er macht das aus anderen Gründen. Aus *seinen eigenen* Beweggründen. Und du bist auch so. Ich bin mir nicht sicher, ob ich verstehe, was dich leitet, wonach genau du suchst, aber die Wahrheit ist, ich war immer schon der Ansicht, dass es das ist, was dich daran hindert, der exzellente Ermittler zu sein, der du sein könntest. Doch vielleicht ist es noch nicht zu spät, dich zu ändern.«

Als er auf dem Weg zurück zum Revier war und in seinem Kopf immer wieder die Worte nachhallten, die Ilana zu ihm gesagt hatte, begriff Avraham, dass sie ihn nicht hatte verletzen wollen und einfach die Wut an ihm ausgelassen hatte, die sich über Wochen in ihr angestaut hatte, auf die Krankheit, die von ihrem Körper Besitz ergriffen und sie gezwungen hatte, die Position, die sie so sehr liebte, aufzugeben, und auch, weil sie nicht einmal sich selbst gegenüber einzugestehen wagte, dass sie nicht zurückkehren würde. Und er musste daran denken, was Marianka zu ihren Eltern gesagt hatte, dass er Polizeibeamter war, weil er dem Schmerz nah sein musste. Aber als er Ilanas Worte zum ersten Mal hörte, erstarrte er und erwiderte nichts, stand auf und packte die Fahndungsunterlagen in die Tasche. »Bist du also doch beleidigt? Aber du wolltest die Wahrheit hören«, meinte Ilana, und Avraham erwiderte leise: »Das ist nicht der Grund, warum mir die Geschichte passt, Ilana. Die Geschichte ist mir genehm, weil es aufgrund der Beweislage die einzig mögliche Geschichte ist und alle anderen Geschichten keinen Sinn ergeben. Aber Danke für die Hilfe.«

Er wartete nicht, dass sie ihn hinausgeleitete, und als er

sich in Richtung Tür wandte, hörte er sie ihm nachrufen: »Bist du hergekommen, damit ich zu allem, was du sagst, ja und Amen sage, Avi?« Er versuchte zu lächeln, als er sich umdrehte und sagte: »Deshalb bin ich nicht gekommen, Ilana. Ich bin gekommen, um zu sehen, wie es dir geht.«

Er hatte keine weiteren Fragen mehr an Masal Bengtson und wartete nur darauf, dass Esthi Wahabe auch fertig würde, damit er endlich nach Hause könnte. Wahabe beugte sich über das Glastischchen und sagte beinahe im Flüsterton zu Bengtson, vielleicht, damit die Tochter es nicht hörte: »Ich möchte ganz aufrichtig zu Ihnen sein, Masal. Es gibt einen Grund dafür, dass wir nochmals gekommen sind, nachdem Sie mir gegenüber heute Morgen Ihre Aussage gemacht hatten. Ich hatte nach unserem Gespräch das Gefühl, Sie haben vielleicht Angst zu erzählen, dass Sie diesen Mann getroffen haben. Oder dass es Ihnen vielleicht unangenehm ist, dies zuzugeben. Und ich wollte Ihnen sagen, dass es nichts gibt, weshalb Sie sich schämen müssten, und dass Sie nichts zu befürchten haben, sollte es doch so gewesen sein. Sie sind nicht die Einzige, die auf ihn reingefallen ist und eingewilligt hat, ihm gegenüber eine Aussage zu machen. Es gibt keine Möglichkeit festzustellen, dass er gar kein Polizist im Dienst ist, wenn er sich als solcher ausgibt. Aber falls Sie etwas wissen, haben Sie die Möglichkeit, uns zu helfen, ihn festzunehmen und daran zu hindern, anderen Frauen so etwas anzutun.«

Bengtson hörte zu und beteuerte dann erneut, sie habe den Polizisten nicht getroffen, und falls sie ihm begegnet wäre, würde sie nicht zögern, dies auch zu sagen.

Esthi Wahabe seufzte und sagte: »Aber sollte Ihnen noch etwas einfallen, wir sind da.«

Das war der letzte Augenblick, und wäre Maaluls Anruf

nicht gewesen, hätte Avraham vermutlich nichts gesehen. Sein Telefon klingelte, er stand auf, entfernte sich ein paar Schritte in Richtung Wohnungstür und lauschte Maalul, der sagte: »Avi, ich hab gute Nachrichten. Ich war bei dem Nachbarn und hab ihm die Aufnahme des Polizisten gezeigt, und er sagt, das ist hundertprozentig der Mann, den er gesehen hat. Er ist sich sicher, dass es nicht Eres Jäger war, sondern der Mann auf dem Foto. Hörst du?« Doch Avraham antwortete nicht, weil er, während er zuhörte, durch die halboffen stehende Tür das Bild gesehen hatte.

Für einen Augenblick überlegte er, sofort einzutreten, tat es aber nicht. Von dort, wo er stand, sah er nur einen Teil des nackten Körpers und für einen Moment auch ihr Gesicht. Zu Maalul sagte er: »Ausgezeichnet, Eliyahu, aber ich hab hier gerade noch zu tun. Ich ruf dich gleich zurück.« Dann näherte er sich wieder Bengtson und Wahabe, die sich erhoben hatten, und fragte, wo denn die Toilette sei. Hinterher, als er versuchte, sich selbst zu erklären, warum er das getan hatte, war er der Meinung, was ihn angezogen habe, sei der Kontrast gewesen zwischen der Frau, mit der er gerade noch im Wohnzimmer geredet hatte, und der, die er auf dem Bild sah. Masal Bengtson deutete auf die weiße Tür am Anfang des Flurs, und er wartete in der erleuchteten Kammer, bis er sie sich entfernen hörte. Dann öffnete er leise die Tür und schlüpfte hinaus.

Das Badezimmer lag im Dunkeln, und er passierte es auf dem Weg zum Schlafzimmer, das hell erleuchtet war, obwohl sich niemand dort aufhielt. Hätte sie ihn dabei bemerkt, hätte Avraham erklärt, er sei auf der Suche nach einem Waschbecken, um sich die Hände zu waschen. Das Bild, das er zuvor vom Flur aus gesehen hatte, hing über einem Doppelbett, und erst sah er nur die Frau, die bis gerade vor ihm gesessen und nicht vermocht hatte, seine Aufmerksamkeit zu wecken. Aber dann sah er auch den Mann, der seine Arme um sie geschlungen hatte.

12

Der Gedanke, ihn anzuzeigen, kam ihr gleich, nachdem die Polizisten ihre Wohnung verlassen hatten. Vielleicht hatte sie auch schon zuvor daran gedacht, als sie neben Esthi Wahabe vor der Filiale auf der Bank gesessen und begriffen hatte, dass Coby sie hinsichtlich des Unfalls angelogen hatte.

Solange die Polizeibeamten bei ihnen waren, hatte Mali nichts sagen können, weil die Mädchen ja da waren, vor allem aber, weil Coby jeden Augenblick nach Hause kommen konnte. Daniela war neben der Eingangstür stehen geblieben, obwohl sie sie gebeten hatte, in ihrem Zimmer zu warten, und Mali hatte immer wieder zu ihrer Tochter geschaut, eigentlich aber zur Tür, weil sie befürchtete, Coby könnte hereinkommen und die Polizisten sehen. Und dass sie ihn auch sehen und erkennen würden. Das war es, was die Angst bei ihr geweckt hatte, nicht aber ihre Fragen, vielleicht, weil sie gespürt hatte, dass sie diese ohnehin schon bald beantworten würde. Sie hatte ihnen nicht geglaubt, dass sie nur gekommen waren, weil etwas an dem vorherigen Gespräch Wahabes Verdacht geweckt hatte, sie habe nicht alles gesagt. Andererseits war sie sich sicher, dass sie mehr über Coby wussten, als sie ihr erzählt hatten. Und das Sonderbarste war, dass sie in der Zwischenzeit weiterlog. Sie hatte Coby an jenem Tag bereits angelogen, als sie ihm den Besuch der Polizistin in der Bank verschwieg, und am Abend log sie erneut, als sie ihm nichts davon erzählte, dass die Polizei bei ihnen gewesen war.

Und in jener Nacht sollte sie auch Gila nicht die Wahrheit sagen, so wie sie den beiden Polizeibeamten etwas vorgemacht hatte, als sie ihr sein Bild in Uniform zeigten. Schon als Kind war sie eine hoffnungslos schlechte Lügnerin gewesen, und alle Versuche Gilas, ihr beizubringen, wie man log, ohne rot zu werden oder in Tränen auszubrechen, waren gescheitert, und jetzt mit einem Mal brach sie nicht zusammen, ja, hatte trotz all der Lügen zum ersten Mal seit langer Zeit das Gefühl zu tun, was sie tun musste. Als seien die Lügen notwendig, um endlich die Wahrheit zu sagen.

Den Ermittler zu belügen, der zusammen mit Wahabe in ihre Wohnung gekommen war, war ihr am leichtesten gefallen. Er hatte sie nicht angesehen, während sie sprach, hatte ihren Antworten nicht aufmerksam zugehört, sondern nur das Bild betrachtet, das Coby gemacht hatte, als er mit seinem Vater auf der Jagd gewesen war, so als könnte er darauf etwas sehen, was andere nicht sahen. Das Gesicht des Kriminalbeamten kam ihr bekannt vor, vielleicht, hatte sie überlegt, weil er mit ihr auf der Schule in Tel Giborim gewesen war oder in der Armee mit ihr gedient hatte, aber ihr wollte nicht einfallen, wo sie sich schon einmal begegnet waren.

Er war es, der am Anfang geredet hatte, sie erneut gefragt hatte, wann sie zuletzt vernommen worden war und ob niemand seither in Kontakt mit ihr getreten sei, aber seine Fragen hatten gleichgültig geklungen, als erwarte er gar keine Antwort, und Mali hatte es geschafft zu antworten, ohne dass ihre Stimme bebte. Sie hatte diese Teilnahmslosigkeit darauf zurückgeführt, dass sie ohnehin alles über Coby wussten, und verstand nicht, warum sie sie nicht einfach fragten: Ist Ihr Gatte dieser Mann, der sich als Polizist ausgibt? Aber was hätte sie gesagt, hätten sie ihr diese Frage gestellt?

Danach war der Ermittler verstummt und hatte gewirkt, als hätte er jegliches Interesse an ihr verloren, und es war vor allem Esthi Wahabe gewesen, die sich weiter an sie gewandt hatte. Ausgerechnet sie hatte, obwohl sie dem Ermittler offenbar unterstand, etwas Beruhigendes und Vertrauenerweckendes an sich, und Mali hatte eine nicht zu erklärende Nähe zu ihr gespürt, ein Gefühl, das in den darauffolgenden Wochen noch stärker werden sollte. Und der Satz, den sie gegen Ende ihres Gesprächs sagte, hatte wichtigen Anteil an der Entscheidung, die sie dann traf. »Sie haben die Möglichkeit, uns zu helfen, ihn daran zu hindern, anderen Frauen so etwas anzutun«, hatte Wahabe zu ihr gesagt, bevor sie gegangen waren, und dieser Gedanke hatte sie nicht mehr losgelassen.

An jenem Abend hatte sie das Gefühl, sie tue es vor allem für Coby. Um ihn zu retten. Und auch für sie alle, für Daniela, Noy und das Baby, das sie während des Gesprächs mit den Polizisten in ihrem Bauch gespürt hatte, als könnte es sie hören und hätte genauso Angst wie sie oder spürte, was sie umtrieb, und versuchte, sie von dort drinnen zu beruhigen. Aber auch der Gedanke an die Frauen, denen Coby gegenübergesessen und die er genötigt hatte, ihm ihre Geschichte zu erzählen, verfolgte sie in den Stunden danach. Sie musste an den Unfall denken und an die Frau, die sie in ihrer Vorstellung verletzt auf der Straße hatte liegen gesehen, und dann abermals an jene Nacht, in der er die Uniform angezogen hatte.

Sie hatte ihn immer wieder gefragt: »Kannst du mir erklären, warum du diese Uniform anhast?« Und er hatte sich mit dem Rücken zu ihr aufs Bett gesetzt und den Kopf in den Händen vergraben. Hatte irgendwann gesagt: »Ich kann nicht mehr leiden.« »Aber wo bist du gewesen?«, hatte sie gefragt, und er hatte es ihr erzählt.

Beide waren sie in jener Nacht nicht schlafen gegangen.

Sie hatte ihm alles erzählt, was er wollte, nur damit er aufhörte und es nicht bei noch mehr Frauen tat. Sein Telefon lag auf dem Esstisch, daneben hatte Coby den Schreibblock aufgeschlagen, und sie hatte ihm gegenüber Platz genommen und sich geweigert aufzuhören, auch als er ihr vorschlug, sie sollten Schluss machen, da sie von Weinkrämpfen geschüttelt wurde. Daniela war in jener Nacht einmal aufgewacht und zu ihnen in die Küche gekommen, wegen Malis Schluchzen, und Mali hatte sie zurück ins Bett gebracht, hatte sich neben sie gelegt, bis sie wieder eingeschlafen war, und tonlos weitergeweint. Aber Coby hatte ihr versprochen, er würde es nie wieder tun, wenn sie ihm alles erzählte.

Ein paar Minuten, nachdem die Polizisten gegangen waren, kam er nach Hause, und weil er nicht nach ihnen fragte, dachte Mali, sie hätte Glück gehabt, und kam nicht auf die Idee, er könnte vielleicht den Streifenwagen vor dem Haus parken gesehen und gewartet haben, bis die Polizisten verschwunden waren. Die Kaffeetassen, die sie ihnen hingestellt hatte, waren auf dem Tischchen im Wohnzimmer vergessen worden, aber Coby bemerkte sie anscheinend nicht, und Mali dachte, sie hätte sie noch rechtzeitig weggeräumt, ehe sie ihm hatten auffallen können. Sein Gesicht war schweißnass und die Stoppeln auf seinen Wangen kurz und pieksend, als er sie auf die Wange küsste. Als er mitbekam, dass die Mädchen noch nicht zu Abend gegessen hatten, schlug er vor, schnell zu duschen und ihnen dreien dann etwas zu machen. Die Tasche mit den verschwitzten Trainingssachen stellte er auf dem Fußboden in der Schlafzimmerecke ab, und dort blieb sie so, getränkt von seinem Schweißgeruch, bis sie drei Tage später geöffnet wurde. Mali nutzte die Zeit, als er unter der Dusche war, um sich umzuziehen, und als er aus dem Bad kam, war sie schon an der Tür. Sagte ihm, sie würde zusehen, nicht zu spät wiederzukommen. Coby wirkte überrascht, als er sie fragte, wohin sie wolle, und sie antwortete ihm, während sie in ihrer Handtasche nach den Schlüsseln suchte, damit sich ihre Blicke nicht trafen. An jenem Abend schaute sie ihm einfach nicht ins Gesicht, weil sie Angst hatte, er würde es sehen. Daniela und Noy warteten in der Küche auf das Abendessen, und Mali gab ihnen einen Kuss, bevor sie aufbrach, als ihr mit einem Mal einfiel, die beiden könnten ihm erzählen, dass die Polizei bei ihnen gewesen war. Aber sie konnte ihnen nichts sagen in seiner Gegenwart. Als sie im Fahrstuhl in den Spiegel schaute, dachte sie, sie müsse noch am selben Abend zur Polizei. Das Gesicht, das sie sah, war wieder das ihre, als sei es aus ferner Zeit zurückgebracht worden, und sie betrachtete es, bis sie mit den Füßen den Ruck beim Abstoppen des Fahrstuhls spürte. Und noch unterwegs beschloss sie, Gila nicht alles zu sagen, sondern ihr nur von dem Unfall mit Fahrerflucht zu erzählen, als hätte er tatsächlich stattgefunden.

Gila würde kein Blatt vor den Mund nehmen. Und Mali wusste, dass es so sein würde, und hatte vielleicht gerade deshalb beschlossen, sich mit ihr zu beraten.

In der SMS, die sie ihr geschickt hatte, hatte Mali nur geschrieben, *Muss dich heute Abend treffen. Auch, wenn du keine Zeit hast,* und als sie im Café vor ihr Platz nahm, fragte Gila sofort: »Was ist los mit dir? Du hast mir einen Mordsschreck eingejagt.« Und Mali erzählte, vor ein paar Tagen hätte Coby eine Fußgängerin mit seinem Wagen angefahren und dann Fahrerflucht begangen, hätte sie nachher gebeten, ihm zu helfen, den Unfall vor der Polizei zu vertuschen, aber heute seien Polizisten bei ihnen zu Hause gewesen, und dass sie Coby in Verdacht hätten. Als Gila dann redete, spürte Mali, wie weit sie sich voneinander entfernt hatten und wie sehr das, was in den letzten Jahren passiert war, sie trennte. Gila war sehr lebhaft an dem Abend, mehr noch als sonst, und strahlte vielleicht sogar eine gewisse Schadenfreude aus. Selbst äußerlich sahen sie sich nicht mehr ähnlich, wegen der Entstellung, von der Mali dachte, sie würde nie mehr von ihrem Gesicht zu entfernen sein, die aber ausgerechnet an dem Tag verschwunden war. Gila bestellte noch einen Kaffee Hafuch und bat Mali danach, mit rauszugehen auf eine Zigarette. Und dort sagte sie laut, obwohl auf der Straße Leute waren: »Klar ist, dass du es ihnen erzählen musst, ich sehe die Frage hier überhaupt nicht. Und wenn du willst, mache ich das für dich. Du begreifst doch wohl, dass sie dich, wenn du ihn weiter deckst, wegen Strafvereitelung drankriegen können? Und was machst du dann mit den Kindern? Bittest du Mutter, sich um sie zu kümmern?«

Daran hatte sie bis zu dem Augenblick noch gar nicht gedacht, und sich Daniela und Noy in der Wohnung ihrer Eltern vorzustellen erschreckte sie maßlos. Plötzlich sah sich Mali erneut allein im Kreißsaal, das Baby war fast draußen, und sie schrie, aber es war niemand da, und sie begriff mit einem Mal, dass sie, auch wenn man sie nicht zur Verantwortung zöge, allein bleiben würde, zumindest einige Monate lang, die Schwangerschaft über und bis nach der Geburt, und das war der einzige Augenblick an jenem Tag, in dem sie die Wut, die in ihr aufwallte, nicht zu unterdrücken vermochte. Sie antwortete nicht, als Gila fragte: »Du hast ihm gesagt, er soll auspacken, und er hat gesagt, er ist nicht bereit?« Und auch nicht, als ihre Schwester sagte: »Ich verstehe dich nicht, Mali, wie viel, denkst du, musst du wegen ihm denn noch leiden? Möchtest du, dass Vater ihm etwas sagt? Oder soll ich mit ihm reden?«

In ihrem Bauch spürte sie einen stechenden Schmerz, als stäche jemand in ihr immer wieder auf sie ein. Sie versuchte, das Bild der Geburt durch das andere Bild zu löschen, das ihr am Morgen gekommen war, sie steuert den Wagen, die Mädchen mit dem Baby sitzen hinten, und der Sitz neben ihr ist frei. »Weißt du, was mit der Frau ist, die er angefahren hat?«, fragte Gila schließlich, und Mali brauchte einige Zeit, um zu begreifen, wen sie meinte.

»Ist sie tot? Oder schwerverletzt?«

»Ach was«, sagte Mali erschrocken. Senkte dann die Stimme und fügte hinzu: »Ich weiß nicht, was mit ihr ist. Ich hab rumgefragt, aber nichts rausbekommen.«

»Dann zwing ihn, zur Polizei zu gehen, und sag ihm, wenn er es nicht tut, gehst du an seiner Stelle. Und erklär ihm, wenn er sich stellt, hilft ihm das hinterher. Kapiert ihr das denn nicht?«

Aber in jener Nacht fuhr sie nicht mehr zum Revier.

Es war schon spät, und sie wollte nicht, dass Coby Verdacht schöpfte. Trotzdem blieb sie noch eine Weile sitzen, nachdem sie den Wagen vor dem Haus abgestellt hatte, weil sie hoffte, er schliefe schon, wenn sie zurückkäme, bis ein Nachbar am Wagen vorbeiging und sie sah. War es das, was sie in jener Nacht dachte? Dass, wenn sie zur Polizei ginge und Esthi Wahabe erklärte, was passiert war, man sie verstehen und ihn glimpflich davonkommen lassen würde? Coby würde niemals ein Polizeirevier betreten und freiwillig dort aussagen. Wenn sie in ein paar Wochen abends nach Hause käme, oder sogar in einigen Monaten, falls sie kein Glück hatten und die Strafe empfindlich ausfiel, würde Coby nicht da sein, würde sie immer in eine dunkle Wohnung kommen und mit der Hand nach dem Schalter tasten müssen, um Licht zu machen. Sie würde allein die Tür abschließen und sich daran gewöhnen müssen, nachts allein zu schlafen, trotz der schweren Hand. Das Bett, in das sie stieg, würde leer sein, und sie würde darin nicht den vertrauten Körper finden, der sich verhärtet hatte, aber noch die Erinnerung an den weichen Körper in sich trug, den Coby hatte, als sie sich kennenlernten.

Er schlief nicht, als sie die Tür öffnete.

Alle Lampen in der Wohnung brannten, und sie hörte, wie Coby aus dem Bett aufstand. Und sein Blick? Seine Augen schauten sanft, als er meinte: »Du kommst spät.« Sie versuchte zu lächeln, als sie erwiderte: »So ist das immer mit Gila.« All das war so unsagbar schwer, schwerer noch, als die Wahrheit zu sagen und sich damit abzufinden, aber was begonnen hatte, ließ sich schon nicht mehr aufhalten. Coby fragte: »Möchtest du, dass ich dir etwas warm mache?«, und Mali sagte, sie habe gegessen. Als er versuchte, sie in den Arm zu nehmen, sagte sie, sie habe Kopfschmerzen, und er fragte: »Ist alles in Ordnung? Ist was bei der Arbeit passiert?« Sie schüttelte den Kopf. Die Wohnung war still und friedlich, Daniela und Noy schliefen, was eine weitere Gelegenheit gewesen wäre, beinahe die letzte, ihm von dem Baby zu erzählen und von den Polizisten und ihn anzuflehen, selbst zur Polizei zu gehen. Im Bett sprachen sie nicht mehr viel, lediglich über Harry. Hinterher erinnerte sie sich, dass Coby gesagt hatte, am nächsten Tag müssten sich alle von ihm verabschieden, weil es keinen Sinn hätte, noch länger zu warten.

Sie machte die Augen fest zu und spürte, dass Coby sie beim schwachen Schein der Leselampe weiter betrachtete. Und trotz aller Anstrengung, wie immer, wenn sie die Augen zukniff, spürte sie die schwere Hand aus der Dunkelheit kommen und ihr die Kehle zudrücken, bekam für einen Moment keine Luft, schaffte es aber diesmal, dagegen anzukämpfen.

Würde es jede Nacht so sein, bis Coby wieder freikäme und nach Hause konnte? Er legte eine Hand auf ihr Haar und streichelte sie, und sie sagte: »Nicht jetzt«, und obwohl sie mit dem Rücken zu ihm lag, spürte sie, dass seine Augen sie weiterhin berührten.

Am nächsten Morgen, als sie zu dritt in der Küche frühstückten, fragte Daniela plötzlich: »Mama, warum waren die gestern bei uns? Die Leute?« Aber Coby schlief noch und hörte nichts.

»Welche Leute?«, wollte Noy wissen, und Daniela sagte: »Der Mann und die Frau, die gestern mit Mama geredet haben, als wir in unsere Zimmer gegangen sind.« Später erinnerte sich Mali nicht einmal mehr, welche Erklärung sie ihnen an jenem Morgen gegeben hatte und wie sie auf das Kostüm zu sprechen gekommen waren, das sie Noy zu Purim kaufen würde.

Am Nachmittag fuhr sie von der Bank zur Polizei. Parkte den Wagen in der Rachel-Straße und schaltete ihr Handy aus, damit Coby sie in der Zeit nicht anrief, in der sie dort war. Am Morgen hatte sie ihm gesagt, ihre Mutter würde die Mädchen von der Schule und vom Kindergarten abholen, und Coby hatte gesagt: »Warum deine Mutter? Ich kann sie doch abholen.« Sie ging schnell die Fichman entlang, als hätte sie ein anderes Ziel, passierte, ohne hinzuschauen, den Gebäudekomplex des Reviers und erreichte die Eli'ezer Hoffien. Auf den Stufen zum Revier saßen drei Polizisten.

Sie wusste noch immer nicht genau, was sie bei der Polizei sagen sollte, obwohl sie den ganzen Tag über, zwischen den Kundenterminen und auch währenddessen, die Sätze wiederholt hatte, mit denen sie am Morgen aufgewacht war. »Ich bin hier, damit Sie meinem Mann helfen. Er ist derjenige, der sich als Polizist ausgibt, aber er hat nie vorgehabt, einer der Frauen etwas anzutun.« Sie hatte vor zu bitten, mit Esthi Wahabe sprechen zu dürfen, weil sie spürte, sie würde sie verstehen. »Es ist meine Schuld, dass er das macht, er wollte niemandem etwas tun. Und er braucht Hilfe. Wir haben zwei kleine Töchter und bald noch ein Baby.« Sie wandte sich nach rechts und begann, die Hoffien hinunterzugehen, weg vom Revier, aber der wachsende Abstand hatte nichts Beruhigendes, und die Busse, die an ihr vorüberrauschten, ließen die Straße erzittern. Und vielleicht war sie nicht ganz mit sich im Reinen, weil es ja nicht ihre Schuld war? Auch das Bild der Geburt, allein und auf sich gestellt, schmerzte noch immer, sie und das Neugeborene weinen, ohne dass jemand sie hört, und dazu die Gedanken an das Dunkel, das sie begrüßen würde, wenn sie die Tür aufschloss.

Dabei war es der letzte Abend.

Mali erinnerte sich später, dass die Dunkelheit nach sechs einsetzte und sie sich immer weiter vom Revier entfernt hatte. Sie ging langsam, und nur manchmal, wenn jemand zu dicht zu ihr aufschloss, erhöhte sie ihr Tempo. Aber sie hatte keine Angst, als sie den öffentlichen Park kurz vor der Weizman erreichte, die Stimmen von Gymnasiasten daraus vernahm und sich auf eine Bank setzte. Die Laternen im Park waren nicht eingeschaltet, und das einzige Licht dort kam von der Straße.

Eines der halbwüchsigen Mädchen kam zu ihr und fragte, ob sie eine Zigarette habe, und erst da wurde Mali bewusst, dass sie ihn vor Jahren genau in diesem Park das erste Mal geküsst hatte. Sie hatte Gila eine Zigarette für Coby geklaut, aber selbst Angst gehabt zu rauchen, obschon sie es unbedingt ausprobieren wollte, aber nachdem er ausgeraucht hatte, überraschte sie sich selbst, als sie sich zu ihm beugte und ihn küsste, um herauszufinden, wie der Geschmack war, und auch, weil Coby niemals versucht hätte, sie zu küssen. Sie kehrte zum Wagen zurück und fuhr zum Einkaufszentrum, um Noy ein Pocahontas-Kostüm zu kaufen, so als würde ihrer vierer Leben wie gewohnt weiterlaufen, und als sie nach Hause kam, musste sie Coby abermals anlügen, warum ihr Telefon abgeschaltet gewesen war. Die Mädchen schliefen bereits, und das war gut, denn so musste sie nicht mehr mit ihnen reden. Coby berichtete ihr, am Nachmittag hätten sie im Garten von Harry Abschied genommen. Er hatte ihn im Fahrstuhl auf dem Arm gehabt, dann hatten sie eine letzte Runde durch den Garten hinter dem Haus mit ihm gedreht, hatten ihm Salami gegeben, und Noy hatte sich auf dem Dach allein mit ihm fotografieren lassen, weil Daniela nicht wollte. Sie hatten nicht geweint, weil Coby ihnen erklärt hatte, er würde Harry ins Krankenhaus bringen, damit sie ihn dort operierten. Aber immerhin hatte er ihnen gesagt, Harry sei sehr alt und es könne sein, dass er nicht wiederkomme.

Lügen, um endlich die Wahrheit zu sagen. Und ihn zu retten.

Er sollte sie an dem Abend überhaupt nicht berühren, und obwohl sie immer wieder dicht aneinander vorbeigingen, in der Enge der Wohnung, war es, als befänden sie sich in unterschiedlichen, getrennten Räumen, bereitete sich jeder für sich auf das vor, was kommen würde. Sie ging allein ins Bett, als müsste sie sich daran gewöhnen, und in der Stille, die in der Wohnung herrschte, hörte sie ihn im Wohnzimmer mit seinem Vater telefonieren.

Er sagte auf Englisch: »Dad? It's me, Jacob«, und danach hörte sie, wie er sagte: »Nein, ich komme nicht. Ich wollte dich nur beruhigen. Es ist alles in Ordnung. Du musst dir keine Sorgen machen. Es tut mir leid wegen der Nachricht, die ich dir hinterlassen hatte, aber es hat sich alles geregelt.

Also mach dir keine Sorgen um mich, okay? Und was ist mit dir, Dad? Geht's dir gut?«

Etwas an seinem Englisch war so natürlich, dass sie den Tabakgeschmack spüren konnte, der auf seinen Lippen gewesen war, als würde das Englische ihm etwas von seinem Geschmack von damals zurückgeben, und nach dem Geschmack kamen die Bilder von jenem Abend im Park und von dem Januarmorgen 1991, an dem er auf sie und ihren Vater gewartet hatte.

»Coby? Hier ist Mali, aus deiner Klasse. Der Krieg hat begonnen.«

Seine Stimme hatte verschlafen geklungen, als er ihr mit dem fremden Akzent, den er damals noch hatte, antwortete: »Mitten im Schlaf?«

Plötzlich war sie sich nicht mehr sicher, dass sie am nächsten Morgen zur Polizei gehen würde, aber am Ende ging sie. Coby lag in ihrem Bett, als sie um kurz vor sechs aufwachte, und merkte nicht, wie sie aufstand. Sie öffnete die Sonnenblenden im Wohnzimmer und sah, dass es regnete, weshalb sie den Mädchen die Jacken aufs Sofa legte, damit sie sie nicht vergaßen, und daneben die Kostüme, und als Daniela abermals sagte, sie würde das Kostüm nicht anziehen, bestand Mali nicht darauf. Noy fragte, ob sie zur Purimfeier in die Schule kommen würden, und sie sagte, ja, weil sie tatsächlich hoffte, das Ganze würde nicht länger als zwei, drei Stunden dauern.

13

In den ersten Minuten verlor Avraham, trotz der Aufregung, kein Wort über die Aufnahme, die er im Schlafzimmer gesehen hatte. Sie stiegen in den Streifenwagen, der auf der Straße parkte, und entfernten sich langsam von dem Haus. Und erst, als Esthi Wahabe ihn fragte: »Also, was sagst du?«, fiel ihm ein, dass sie neben ihm saß, und er sagte, ohne den Blick von der Straße zu nehmen: »Es ist ihr Ehemann.«

Wahabe starrte ihn an. »Wessen Ehemann?«

»Der Ehemann von Masal Bengtson. Er ist der Polizist.«

Als sie an einer Ampel hielten, sah er die Überraschung in ihrem Gesicht. Und erzählte ihr von der Fotoaufnahme, die über dem Bett hing. Er hatte einen Moment lang wie angewurzelt davorgestanden, hatte sich dann besonnen und war leise zur Gästetoilette zurückgeschlichen, hatte die Klospülung betätigt, das Licht ausgemacht und die Tür hinter sich zugemacht. Bengtson und Wahabe warteten im Wohnzimmer auf ihn. Das Mädchen, das die ganze Befragung über an der Wohnungstür gestanden hatte, war nicht mehr dort. Er wäre gern noch geblieben und hätte die Vernehmung fortgesetzt, zog es aber vor, keinen Verdacht zu wecken und erst einmal Ordnung in seine Gedanken zu bringen, bevor er entschied, wie sie weiter vorgehen würden. Zu Masal Bengtson hatte er gesagt: »Vielen Dank für Ihre Hilfe«, und ihr Blick war dem seinen ausgewichen, als sie erwiderte: »Es tut mir leid, dass ich nicht mehr helfen konnte.« Auf dem Briefkasten von Appartement 13 stand kein Name, aber er fischte einen Brief von der Sozialversicherung daraus hervor, und auf dem Umschlag sah er zum ersten Mal seinen Namen: Jacob Bengtson.

Der Mann, den er suchte.

Der Mann, der ein Treffen mit Lea Jäger vereinbart und, in Uniform, an die Tür ihrer Wohnung geklopft hatte. Der sie erwürgt und auf dem Teppich im Wohnzimmer hatte liegen lassen und dann gesehen worden war, wie er die Treppe herunterkam und verschwand.

Er war kein Polizist.

In der Nacht, nach der von ihm eiligst einberufenen Teamsitzung, konnte Avraham noch immer nicht aufhören, über Bengtson nachzudenken, obwohl er in jenen Stunden noch nicht viel wusste über ihn. Marianka schlief schon, und er schlich leise durch seine Wohnung und machte nur in der Küche Licht. Auf dem Tisch stand eine Schale mit Obst, und der Kühlschrank war voll mit Essen, das sie für den Besuch von Annika und Bojan eingekauft oder zubereitet hatten, aber Avraham taute sich eine tiefgefrorene Semmel in der Mikrowelle auf, wie zu Zeiten, als der Kühlschrank leer gewesen war. Er machte sich ein Käsesandwich und – trotz der späten Stunde – schwarzen Kaffee und setzte sich zum Essen mit der Vergewaltigungsakte von Masal Bengtson auf den Balkon. Las abermals, wie sie in Eilat von einem Mann missbraucht worden war, der nie gefasst wurde.

Nachts, um kurz nach eins. In einem Zimmer im siebten Stock des Hotels »Royal Club«.

Was Avraham bei der Besprechung, die er einberufen hatte, gleich nachdem er mit Wahabe zurück auf dem Revier war, erstaunte, war, dass außer ihm offenbar niemand die Frage nach dem Motiv stellte, während er allein darüber jetzt nachdachte. Zuvor, als er noch davon ausgegangen war, der Angreifer sei Polizist oder jemand, der aus dem Polizeidienst entlassen worden war, hatte er vermutet, das Motiv könnte Frustration oder der Wunsch nach Rache sein. Aber Bengtson war nicht Polizist. Und warum hatte seine Frau gelogen? Er hatte keine Zweifel, dass es eine Verbindung geben musste zwischen ihrer nicht aufgeklärten Vergewaltigung und den Taten, die ihr Mann begangen hatte. Unwillkürlich ertappte er sich dabei, wie er erneut mit Bengtson sprach, als säße dieser vor ihm im Vernehmungsraum.

Ist es das, was Sie getan haben? Haben Sie nach demjenigen gesucht, der Ihre Frau missbraucht hat? Haben Sie geglaubt, Sie könnten ihn allein schnappen? Oder wollten Sie der Polizei vielleicht etwas beweisen, der es nicht gelungen ist, den Vergewaltiger zu fassen? Über Masal Bengtson dachte er in jener Nacht nicht weiter nach, aber im Nachhinein hätte er über sie beide nachdenken sollen, oder vielmehr über die Verbindung zwischen ihnen, eine Verbindung, die zu verstehen er weit entfernt war, auch als alles vorbei war.

Maalul saß im Bus auf dem Weg nach Hause, als Avraham und Esthi Wahabe zurück in der Fichman waren. Er bat ihn, an der nächsten Haltestelle auszusteigen, sich ein Taxi zu nehmen und zum Revier zurückzukehren. Und Saban war in seinem Büro, mitten in einer Besprechung zu einem anderen Fall. Avraham teilte Marianka mit, er werde sich verspäten, es gebe neue Entwicklungen in seinem Mordfall, und er hörte die Enttäuschung in ihrer Stimme, als sie fragte: »Und wann kommst du dann nach Hause?«

Er wusste es nicht. Und er bat Lital Levi nicht, Schärfstein auch zu der Besprechung zu beordern, doch über dessen Fehlen verlor niemand ein Wort. Als alle ihre Plätze um den Tisch im Besprechungsraum eingenommen hatten, musste Avraham an seinen Besuch bei Ilana Liss denken. Als er ihre Wohnung verlassen hatte, war er drauf und dran gewesen, einfach nach Hause zu gehen und Saban und Schärfstein die Ermittlung zu überlassen, und jetzt saß er am Kopfende des

Tisches, spürte, dass seine Kräfte zurück waren, und wartete darauf, dass es still wurde. Saban platzierte wie immer sein Smartphone auf dem Tisch und wischte gerade darüber, als Avraham sagte: »Das war's, wir haben den Polizisten ausfindig gemacht.« Dann hielt er inne, um Maaluls Ausdruck auf seinem Gesicht zu registrieren. In der Mitte des Tischs stand eine Schale mit Clementinen, die von einer früheren Besprechungsrunde übrig geblieben waren, und Maalul streckte die Hand aus, um sich eine zu nehmen, als Avraham zu sprechen begann. Saban wartete schon, dass er fortfuhr.

»Außerdem, denke ich, haben wir auch die Verbindung zwischen ihm und den Frauen, die Opfer einer Vergewaltigung waren«, sagte Avraham. »Es handelt sich um einen Mann, dessen Frau vor ein paar Jahren in Eilat missbraucht worden ist. Ihr Name ist Masal Bengtson, wohnhaft in Cholon, und der Mann, der sie damals angegriffen hat, wurde nie gefasst. Ihr Ehemann, Jacob Bengtson, ist derjenige, nach dem wir suchen. Und er ist kein Polizist.«

Diesen letzten Satz sagte Avraham vor allem für Saban. Und die Augen des Distriktkommandanten erwachten, als er ihn fragte: »Woher weißt du das?«

»Wir waren eben bei ihnen. Was allein Esthis Verdienst ist, die heute Morgen im Rahmen ihrer Befragung von Vergewaltigungsopfern mit seiner Frau gesprochen hat und dabei das Gefühl hatte, sie verschweigt etwas. Esthi hat mir vorgeschlagen, bei einer weiteren Befragung bei ihnen zu Hause mit von der Partie zu sein, und dort hab ich eine Aufnahme von ihm gesehen. Und danach haben wir bei der Personalstelle nachgefragt. Wir haben und hatten nie einen Beamten namens Jacob Bengtson.«

Maalul hatte seine Clementine geschält und legte Lital Levi, die neben ihm saß, zwei Schnitze hin. Und als die Putzfrau ohne zu klopfen hereinkam und fragte, ob der Raum gewischt werden könne, bedeutete ihr Avraham mit dem Kopf, sie möge sich noch gedulden. All dies war bestimmt nicht so feierlich, wie man sich die Besprechung hätte ausmalen können, bei der die Aufklärung seines ersten Mordfalls präsentiert wurde, aber das störte ihn nicht, und als Saban fragte: »Und du bist dir ganz sicher, dass er der Mann auf unserem Foto ist?«, nickte Avraham.

Auf dem Foto im Schlafzimmer war Bengtson zwar unbekleidet, aber das Gesicht war unverwechselbar – vor allem die Augen. Beide Aufnahmen waren schwarzweiß, auf beiden war Bengtson im Profil fotografiert und waren seine strahlend hellen Augen identisch. Avraham bedauerte, das Bild nicht mit seinem Telefon fotografiert zu haben, um es den anderen zu zeigen, aber daran hatte er schlicht nicht gedacht. Saban schob sich sein Smartphone in die Hosentasche und fragte: »Aber ihr habt ihr das Bild gezeigt, oder?« Wahabe bejahte an seiner Stelle.

»Und? Hat sie ihn nicht erkannt?«

»Sie hat gesagt, sie kennt ihn nicht. Aber damit ihr versteht: Sie war es, die, als ich sie heute Morgen befragt habe, darum gebeten hat, die Aufnahme zu sehen, die wir auf den Überwachungsvideos gefunden haben. Und als ich sie ihr gezeigt habe, hatte ich eben den Eindruck, sie weiß etwas. Das war's, was bei mir den Verdacht geweckt hat.«

»Also gehen wir davon aus, dass seine Frau Bescheid weiß und mit ihm gemeinsame Sache macht? Oder ihn schützt?«, fragte Maalul, und Avraham antwortete nicht gleich, weil dies eines der Dinge war, die er noch nicht wusste. Die Frage beschäftigte ihn auch in der Nacht noch, auf dem Balkon, bei seinem Phantomgespräch mit Bengtson, und auch da hatte er noch keine Antwort gefunden.

Haben Sie Ihrer Frau erzählt, dass Sie den Mann, der sie vergewaltigt hat, noch immer verfolgen? Dass Sie sich als Polizist verkleidet, Frauen vernommen und eine von ihnen umgebracht haben, weil sie offensichtlich dahintergekommen war, dass Sie kein Polizist sind?

»Ich habe keine Ahnung. Ich schätze mal, sie hat ihn erkannt und gelogen. Das zumindest sollte unsere Arbeitsthese sein«, antwortete er schließlich. Und als Maalul fragte: »Augenblick mal, habt ihr ihr gesagt, dass er eines Mordes verdächtigt wird?«, warf Avraham Wahabe einen Blick zu, weil er nicht wusste, was sie Masal Bengtson am Morgen erzählt hatte. »Also wirklich! Meint ihr etwa, ich hätte ihr das gesagt?« Avraham atmete erleichtert auf.

Maalul und Saban waren der Meinung, er solle Bengtson noch in der Nacht zur Vernehmung einbestellen, aber Avraham wollte weitere Einzelheiten über ihn in Erfahrung bringen, bevor sie sich begegneten. Die Fragen, die er stellen wollte, hatten gerade erst begonnen, sich zu formulieren, und richtige Fragen waren der Schlüssel zu Antworten.

Saban sagte: »Schön, ihr habt gute Arbeit geleistet, Avi. Und Esthi auch, wie schon erwähnt. Aber seht ihr, dass es möglich war, ihn ausfindig zu machen, ohne an die Presse zu gehen und sämtliche Polizisten im Lande zu kompromittieren? Wie auch immer, ich denke, er muss schnell vernommen werden, und parallel dazu sollten wir die Richtung mit dem Sohn nicht vernachlässigen. Einverstanden? Was willst du als Nächstes tun, Avi? Willst du ihn herbringen lassen?« Avraham schüttelte den Kopf.

Seine Vermutung war, Bengtson wusste, dass die Polizei ihm auf den Fersen war. Wahabe hatte seiner Frau am Morgen die Aufnahme aus dem Überwachungsvideo gezeigt und ihr etliche Details der Ermittlung anvertraut. Auch wenn sie mit keinem Wort den Mord erwähnt hatte. Daher war es besser, ihn – oder genau genommen beide – fürs Erste zu observieren. Und abzuwarten.

»Was abwarten?«, fragte Saban, und Avraham erwiderte umgehend: »Abwarten, bis wir weitere Informationen und belastbarere Beweise gesammelt haben und mehr darüber wissen, wer er ist und warum er getan hat, was er getan hat.«

Das war die Vorgehensweise, die er sich überlegt hatte, seit er die Aufnahme gesehen hatte. Später sollte ihm der Gedanke kommen, er könnte sich vielleicht geirrt haben, aber andererseits war es unmöglich, Bengtson zur Vernehmung vorzuladen, ohne sich vorzubereiten. Er bat Maalul, mithilfe aller Informationen, die er zusammentragen konnte, ein Profil von Bengtson zu erstellen. Maalul sollte herausfinden, ob es zu Bengtson schon vorherige Einträge gab, ob sich seine DNA und Fingerabdrücke in der erkennungsdienstlichen Datenbank fanden, und falls ja, diese mit den am Tatort gewonnenen Befunden abzugleichen. Avraham wollte wissen, wo Bengtson arbeitete, welchen Wagen er fuhr, und ob dieser im Umfeld des Tatorts an dem Tag, an dem sich der Mord ereignet hatte, aufgenommen worden war. Und er bat Maalul sogar herauszufinden, ob Bengtson auf Facebook war, und wenn ja, welche Inhalte er dort postete. Maalul notierte sich alles in seinem Block und sagte: »Kein Problem, Avi. Du kriegst das bis morgen Mittag.« Und Esthi Wahabe bat er, noch mehr Informationen über Masal Bengtson zusammenzutragen.

Als Saban seufzte und fragte: »Brauchst du irgendwas von mir?«, zögerte Avraham einen Moment, bevor er antwortete: »Ja. Eres Jäger.« Saban sah ihn erstaunt an. »Ihn laufenlassen? Ist das nicht zu früh? Du bist heute ein Stück vorangekommen, aber du weißt noch nicht, ob dieser Bengtson, oder wie immer er heißt, überhaupt in den Mord verwickelt war. Nur eben, dass der Hurensohn sich als Polizist ausgegeben hat.«

Das stimmte nicht, war aber auch nicht das, was er wollte. Auch wenn er noch nicht alles wusste, so doch, dass Bengtson in den Mord verwickelt war. Er wusste, dass Bengtson der Mann war, der im Haus von Lea Jäger gesehen worden war, und der Mann, der ein Treffen mit ihr vereinbart hatte. »Im Gegenteil«, sagte er. »Ich möchte, dass wir Jäger die vollen achtundvierzig Stunden hierbehalten und eine Nachricht an die Presse rausgeben, von wegen Verlängerung der Untersuchungshaft, weitere Ermittlungsfortschritte und Vorlage einer Anklageschrift innerhalb von ein, zwei Tagen.«

Sein Ziel war es, Bengtson zu verwirren.

Eine Woche war seit dem Mord verstrichen, und der Mörder hatte genug Zeit gehabt, Beweise zu vernichten, da er mit Sicherheit wusste, dass ihm die Polizei auf den Fersen war. Und Avraham schien, Bengtson wusste genau, was er tat. Er hatte vom Tatort alles entfernt, von dem er annahm, es könnte ihn belasten. Die Chance, dass sie die Uniform finden würden, die er an jenem Tag getragen hatte, oder das Telefon, mit dessen Hilfe er die Gespräche mit den Frauen aufgenommen hatte, war gleich null. Avraham war gezwungen zu versuchen, ihn glauben zu machen, die Ermittlung schreite, trotz des Besuchs bei ihm zu Hause, in eine andere Richtung fort, und in der Zwischenzeit dahinterzukommen, wer dieser Mann war. Nur so bestand die Chance, dass Bengtson sie ohne sein Wissen zu den Beweisen führen würde, zum Beispiel zu der Uniform, die er während des Mords getragen hatte, oder zu dem Ort, an dem er Lea Jägers Handtasche und den Wandkalender entsorgt hatte, oder aber unbeabsichtigt irgendetwas zu jemandem sagte. Er musste versuchen, den anderen dazu zu bringen, nachts ruhig zu schlafen, während sie hellwach sein würden, auf jede Bewegung lauernd, die er machte.

Saban hörte sich seinen Plan an und gab, nachdem er gesehen hatte, dass auch Maalul nickte, grünes Licht.

Doch vielleicht hätte Avraham, hätte er Bengtson umgehend zur Vernehmung einbestellt, Antworten auf die Fragen erhalten, die er ihm später stumm im Dunkeln auf dem Balkon stellen sollte.

Warten auch Sie darauf, dass es Morgen wird, um zu handeln?

Gegen zwei ging er ins Bett und zog sanft die Decke von Mariankas grazilem Körper, worauf sie im Schlaf von ihm wegrückte. All das war so sonderbar: Er war in der Wohnung, in der er schon so viele Jahre wohnte, in dem Bett, auf das er seit über zehn Jahren am Ende eines Arbeitstags seinen schweren Körper legte, und dennoch war das Gefühl ein ganz anderes. Er starrte in die Dunkelheit und lauschte auf das Brummen des Kühlschranks in der Küche, aber nichts vermochte ihn einschlafen zu lassen. Marianka drehte sich zu ihm um, ohne die Augen zu öffnen, und sagte etwas, das er nicht hören konnte, in einer Sprache, die er nicht verstand. Kurz darauf holte er sich ein Glas kaltes Wasser und kehrte auf den Balkon zurück, weil klar war, er würde nicht schlafen.

Der Bericht, den er von Eliyahu Maalul erbeten hatte, war am nächsten Tag mittags in seinem E-Mail-Postfach.

Und schon aus der ersten Zeile wurde klar, dass sich die Puzzlestücke zusammenfügten. *Jacob (Jake) Bengtson wurde 1976 in Australien geboren,* schrieb Maalul, was den Akzent erklärte, den Diana Goldin in ihrer Aussage erwähnt hatte. *Ist 1990 ins Land gekommen und hat die israelische Staatsan-*

gehörigkeit erhalten, weil seine Mutter Israelin ist, wurde 1995 als Soldat ohne Familienanbindung zur Armee eingezogen, diente in der Nachal-Brigade und wurde 1998 im Rang eines Hauptfeldwebels entlassen. Bengtson hatte keine Vorstrafen. Sein erster Besuch auf einem Polizeirevier war, als er im Yarkon-Distrikt gegen einen Arbeitgeber, der ihm angeblich übel mitgespielt hatte, Anzeige erstattet hatte. Der Fall war aber wegen mangelnden öffentlichen Interesses zu den Akten gelegt worden. Und das zweite Mal war, als er nach der Vergewaltigung seiner Frau bei der Polizei in Eilat ausgesagt hatte.

Avraham bat Lital Levi, bis auf Anrufe von Maalul und Wahabe keine Gespräche zu ihm durchzustellen, und las den Bericht in seinem Zimmer, zweimal, während er sein Mittagessen hinunterschlang. Von Saban hörte er den ganzen Tag nichts, und das Gespräch mit Ilana geriet immer mehr in Vergessenheit, weil in jenen Stunden sich alles in schneller Abfolge ereignete und genau so, wie er es erhofft hatte. Auf dem Rand des ausgedruckten Berichts begann Avraham, sich handschriftlich Fragen für Bengtsons Vernehmung zu notieren, Fragen, die er zum Teil in der Nacht formuliert hatte, und andere, die ihm erst beim Lesen kamen. Und je mehr er über Bengtson las, desto mehr spürte Avraham, wie sehr es ihn danach verlangte, ihm im Vernehmungsraum gegenüberzusitzen. Seit dem Morgen befanden sich ein Streifenbeamter und ein Freiwilliger aus der distriktübergreifenden Ermittlungseinheit vor dem Gebäude in der Uri-Zvi-Greenberg Nummer 8, aber Bengtson hatte die Wohnung noch nicht verlassen. Seine Frau hingegen hatte die Mädchen im Kindergarten und der »Amirim«-Grundschule abgesetzt und war mit ihrem Wagen, einem Suzuki Alto, weiter zur Filiale der Israel Discount Bank in der Shenker-Straße gefahren.

Als Maalul ihn anrief und fragte: »Na, hast du's gelesen?«,

fragte er gleich zurück: »Sag mal, hast du eine Ahnung, ob er einen gültigen australischen Reisepass hat?« Maalul versprach, das zu klären. Was Avrahams Aufmerksamkeit besonders beschäftigte, war die Tatsache, dass Bengtson mehrfach versucht hatte, bei Sicherheitsdiensten eine Anstellung zu erhalten, und abgelehnt worden war, in der Regel, weil er psychologische Auswahltests nicht bestanden hatte. *1999,* schrieb Maalul, *hat Bengtson eine Sicherheitsüberprüfung beim Inlandsgeheimdienst durchlaufen und auch die Aufnahmetests und wurde zu einem Ausbildungslehrgang für Agenten im Büro des Ministerpräsidenten angenommen, jedoch einige Wochen nach Beginn des Kurses wegen fehlender Eignung freigestellt.* Und 2002 hatte er versucht, bei der Polizei unterzukommen, war aber aufgrund des psychologischen Eignungstests bereits bei der ersten Sichtung abgelehnt worden. Er war kein Polizist, hatte aber einer sein wollen. Als Avraham las, Bengtsons letzter Arbeitsplatz sei bei einer Sicherheitsfirma gewesen, die Baustellen entlang der Grünen Linie bewachte, und dass man ihm nach Konflikten mit seinen Vorgesetzten gekündigt hatte, fügte er am Rand des Berichts noch die Frage hinzu: *Arbeitet er jetzt irgendwo?*

Maalul hatte darauf keine verlässliche Antwort.

»Und wissen wir, warum er die psychologischen Tests nicht bestanden hat?«

»Fehlende Eignung. Ich hab darum gebeten, dass sie mir die Berichte überstellen, aber noch ist gar nicht sicher, ob die aufgehoben wurden, und wenn ja, muss man die Dinger erstmal im Archiv finden. Aber hör mal, Avi: Ich habe mit zweien von seinen Arbeitgebern gesprochen, und beide sagen, er sei immer hart an der Grenze gewesen. Oder labil. Einer von denen ist der Mann, den Bengtson angezeigt hat. Er hat offenbar eine Neigung zu Konflikten und Ausbrüchen, und man konnte nie wissen, ob er nun zur Arbeit erscheint und wann und in welchem Zustand. Meinst du nicht, wir sollten ihn uns endlich greifen?«

Doch Avraham dachte, es sei noch nicht der richtige Zeitpunkt. Dass man, abgesehen von der Aussage des Nachbarn, der bestätigt hatte, ihn im Treppenhaus gesehen zu haben, erst noch einen Beweis in die Hand bekommen musste, der Bengtson unmittelbar mit dem Mord in Verbindung brachte. Und er war der Meinung, sie hätten die Zeit, einen solchen zu finden. Maalul sagte: »Bist du dir sicher, Avi? Nicht, dass er uns nach Australien türmt.« Aber es bestand ja kaum die Gefahr, dass er sich absetzte, da er observiert wurde. »Was ist mit seinem Wagen?«, fragte er. »Hast du schon angefangen, nach Aufnahmen von dem Wagen im Umkreis des Tatorts zu suchen?«

»Noch nicht. Ich fang gleich damit an.«

»Und Facebook?«

»Er hat einen ziemlich aktiven Account, hat aber in den letzten Tagen nichts Neues mehr hochgeladen. Was vielleicht auch was besagt, oder? Davon abgesehen nichts Besonderes: Bilder von seinen Töchtern und Videos vom Thaiboxen.«

»Nichts gegen die Polizei?«

Nach dem Gespräch mit Wahabe, die ihn um kurz vor drei anrief, hatte er das Gefühl, dass sie jetzt sogar noch näher an ihm dran waren.

Masal Bengtson arbeitete seit sechzehn Jahren in der Israel Discount Bank und galt als hervorragende Kraft. Wahabe konnte nicht in der Filiale vorstellig werden und die Aussagen der Kollegen einholen, ohne befürchten zu müssen, dabei bemerkt zu werden, aber sie hatte vertraulich mit Bengtsons direktem Vorgesetzten gesprochen, der ihr sagte, Bengtson habe in der vergangenen Woche einen Tag im Dienst gefehlt, habe aber keinen längeren Urlaub eingereicht und plane, soweit er wisse, auch keine Reise. Wahabe hatte auch mit der Ermittlerin in Eilat telefoniert, die verantwortlich für Bengtsons Vergewaltigungsakte gewesen war, und diese teilte ihr etwas mit, das möglicherweise im Zusammenhang stand mit dem Verhältnis der Bengtsons zur Polizei. Wie er schon in der Akte gelesen hatte, war im Verlauf der Ermittlung auch die Möglichkeit untersucht worden, Bengtson sei von einem Mann vergewaltigt worden, den sie bei der Feier kennengelernt und auf ihr Zimmer eingeladen hatte, was zuzugeben sie sich aber weigerte. Die Ermittlerin hatte keinerlei Beweise für eine solche Einladung, aber was ihr Misstrauen geweckt hatte, war die Tatsache, dass die Geschädigte am Abend des Missbrauchs allem Anschein nach betrunken gewesen war, die Zeitspanne, die zwischen dem Verschwinden des Angreifers aus dem Hotelzimmer und der Missbrauchsmeldung gelegen hatte, und die Kleidungsstücke, von denen Bengtson hinterher behauptete, sie habe sie gewechselt. Ebenso war im Zuge der Ermittlung auch die Möglichkeit überprüft worden, es sei der Ehemann, Jacob Bengtson, gewesen, der die Geschädigte missbraucht hatte, weshalb er gebeten worden war, nachzuweisen, wo er sich zum Zeitpunkt der Vergewaltigung aufgehalten habe. Sein Alibi jedoch hatte die Ermittlerin überzeugt, und die Möglichkeit war ausgeschlossen worden. Zum Zeitpunkt des Missbrauchs war Bengtson, was die Ermittlerin überprüft hatte, zusammen mit den gemeinsamen Töchtern in ihrer Wohnung in Cholon gewesen.

Haben Sie gedacht, die Polizei habe den Missbrauch Ihrer Frau nicht seriös untersucht? War das Ihr Problem? Oder waren Sie aufgebracht durch die Andeutungen, Ihre Frau könnte den Vergewaltiger auf ihr Zimmer eingeladen haben?

Avraham legte auch während des Telefonats mit Wahabe

den Stift nicht aus der Hand. Und als er ihr zuhörte, dachte er, sie sei die Einzige im Team, der die Ermittlung genauso wichtig war wie ihm. Wahabe war diejenige, die am Sabbat die Aufnahme von Bengtson auf den Überwachungsvideos gefunden hatte, und sie war es auch, die, als sie seine Frau befragt hatte, spürte, dass sie mehr wusste, als sie preisgab. Ohne sie wäre es durchaus möglich gewesen, dass sie nie auf Bengtson gekommen und noch immer so hoffnungslos weit weg von dem Mörder gewesen wären wie an dem Tag, an dem sich der Mord ereignet hatte. Und im Nachhinein hatte sich auch ihr Gefühl in Bezug auf Masal Bengtson als richtig erwiesen. Bevor sie auflegten, fragte Wahabe: »Denkst du nicht, dass sie vielleicht gar nicht mit ihm unter einer Decke steckt? Dass sie die Befragung vor ihm verheimlicht, und es sich lohnen könnte, noch mal mit ihr zu reden?« Doch Avraham sagte, das tue er nicht. Er nahm an, es sei nicht plausibel, dass Masal Bengtson bei ihrer Aussage gelogen hatte. Auch am Nachmittag, als Wahabe erneut anrief und die Aufregung in ihrer Stimme nicht zu überhören war, als sie sagte: »Kann sein, dass Masal Bengtson auf dem Weg zum Revier ist«, wäre er nie auf die Idee gekommen, dass sie ihren Mann anzeigen würde. Beide blieben in der Leitung, während Bengtson ihren Wagen unweit des Polizeireviers parkte und in Richtung Fichman ging. Aber dann passierte sie das Revier, ohne es zu betreten, und ging einfach weiter.

»Sie will uns etwas erzählen, Avi. Da bin ich mir sicher. Sie hat einfach Angst vor ihm. Vielleicht weiß sie sogar, dass er jemanden ermordet hat. Bist du dir sicher, dass ich sie nicht herbringen soll? Ich sage dir, mit mir wird sie reden.«

Er wollte darüber nachdenken, ehe er entschied, aber da kam schon Eliyahu Maalul in sein Zimmer, ohne zu klopfen, mit funkelnden Augen und das ganze Gesicht ein Lächeln.

»Was ist passiert?«, fragte er, und Maalul sagte: »Bingo, Avi. Wir haben ihn.« Und von allem, was er hätte sagen können, wäre Avraham ausgerechnet darauf nie gekommen. »Bengtson hat ein Strafmandat gekriegt«, sagte Maalul und nahm vor ihm Platz.

»Was soll das heißen?«

»Wegen Falschparkens, Avi. Einen Strafzettel. Am Tag des Mords. Ungefähr zwei Stunden danach. Rate mal, wo?«

Er erriet, wo, fragte aber trotzdem, und Maalul legte ein Blatt Papier auf den Tisch und sagte: »In der Krause. Packst du das? Von jetzt an, jedes Mal, wenn wir *Mit Gottes Hilfe* sagen, lass uns auch ein *Mithilfe aller Politessen der Stadt Cholon* dazusagen.«

Ein Haftbefehl und ein Durchsuchungsbeschluss für die Wohnung der Familie Bengtson wurden vom Gericht noch am selben Abend ausgestellt, kurz nach neun. Avraham war da schon zu Hause und erzählte Marianka, wie alles so gekommen war, wie sie gedacht hatten, und was ihr Plan für den nächsten Tag war. Ein Ermittlerteam sollte am Morgen die Wohnung sichern, wenn Masal Bengtson bereits an ihrem Arbeitsplatz und die Töchter des Ehepaars in der Schule und im Kindergarten waren, sollte eine erste Durchsuchung vornehmen, elektronische Gerätschaften beschlagnahmen und Bengtson aufs Revier bringen. Dort lag, in seinem Büro, die Ermittlungsakte bereits fertig auf dem Tisch und darin die Liste mit Fragen, die er erstellt hatte.

Die erste Frage würde sehr direkt sein: *Können Sie mir erzählen, was genau passiert ist, als Sie am vergangenen Montag in der Wohnung von Lea Jäger waren, in der Krausestraße 38?*

»Denkst du, er wird gestehen?«, fragte Marianka.

»Ich weiß es nicht. Ich habe noch immer keine Ahnung, wer der Mann ist.« Sein Plan war, auf dem Tisch im Vernehmungsraum Fotos der Leiche vom Tatort zu verteilen und daneben den Schirm zu platzieren, den Bengtson in der Wohnung von Diana Goldin vergessen hatte, und auch die Aufnahmen von ihm auf dem Überwachungsvideo, in Uniform. Im Zentrum würde das Bild von Lea Jäger liegen, das aufgenommen worden war, als sie noch lebte. Die Kamera im Vernehmungsraum würde anfangen aufzuzeichnen, und Avraham würde schweigend warten, würde Bengtson ermöglichen, sich die Bilder anzusehen, den Regenschirm zu registrieren, seine Situation zu erfassen und zu begreifen, dass er in der Falle saß. Erst danach würde er anfangen, ihm Fragen zu stellen, jedoch ohne das Wissen preiszugeben, über das sie verfügten aufgrund des Strafmandats und der Zeugenaussage des Nachbarn, der ihn im Treppenhaus gesehen hatte.

Am nächsten Morgen fanden sie noch Zeit, zusammen zu frühstücken. »Bist du bereit?«, fragte Marianka, und Avraham nickte, während er einen Schluck Kaffee trank. Er meinte sogar noch, vielleicht könnten sie ja am Abend in ein Restaurant gehen, wenn er zeitig zu Hause wäre. Durch das kleine Fenster in der Küche waren Regenwolken zu sehen, aber das war nicht der einzige Grund, warum er seinen blauen Armeeparka anzog, den er am Tatort vergessen hatte. Es war der letzte Tag seiner ersten eigenen Mordermittlung, die eine Woche und zwei Tage zuvor begonnen hatte, und auch an jenem Tag hatte er diese Jacke getragen. Er wollte endlich im Vernehmungsraum Bengtson gegenübersitzen und ihn aus der Nähe beobachten, wie er die auf dem Tisch verstreuten Fotos musterte, dachte aber auch an den nächsten Fall, der vielleicht keine Mordermittlung sein würde, und daran, dass er noch einen Tag freinehmen würde, um mit Marianka zusammen zu sein. Wegen des Regens hatte er eigentlich vor, zu Fuß zum Revier zu gehen, aber um halb acht klingelte sein Handy.

Lital Levi klang besorgt. »Avi, bist du schon unterwegs? Weil, mir scheint, wir müssen umdisponieren.«

»Warum? Was ist los?«, fragte er und sah Marianka an, die ihren Kaffee abstellte.

»Seine Frau ist allein los, ohne die Mädchen. Das heißt, dass er sie allem Anschein nach zur Schule bringen wird, und unklar ist, ob er danach in die Wohnung zurückkehrt oder nicht. Außerdem, es kann sein, dass seine Frau auf dem Weg zu uns ist.«

Er fuhr mit deutlich überhöhter Geschwindigkeit zum Revier, und obwohl er nur fünf Minuten brauchte, war Masal Bengtson vor ihm dort. Lital Levi rief ihn erneut an und sagte, als er gerade den Wagen auf den Parkplatz lenkte: »Sie ist schon da. Wo bist du? Sie hat zu Esra gesagt, sie will mit Wahabe sprechen, und dass sie am Tresen des Diensthabenden auf sie wartet. Was willst du, dass wir ihr sagen?«

Er wusste nicht, warum Masal Bengtson beschlossen hatte, zum Polizeirevier zu kommen und zu reden, und ob sie gemeinsame Sache mit ihrem Mann machte oder sich ohne sein Wissen dort befand. Und spürte er da bereits, dass etwas an der Verbindung zwischen den beiden den von ihm geplanten Ablauf durcheinanderzubringen drohte? Er überlegte erst, sie in seinem Zimmer zu vernehmen, änderte dann aber seine Meinung, wegen der Videoaufzeichnung. Und er wusste nicht genau, was er fragen sollte, weil er darauf vorbereitet war, ihren Mann zu verhören, und nicht sie.

Als er das Revier betrat, sah er sie im Empfangsbereich stehen. Warten.

Er holte tief Luft, bevor er sich zum Tresen des Diensthabenden wandte und sie wie zufällig bemerkte. »Suchen Sie nach mir?«

14

In den darauffolgenden Tagen war alle Wut, die in ihr war, gegen ihn gerichtet und nicht gegen Coby. Im Traum sah sie Avraham gemächlich ein Zimmer verlassen, das dem Hotelzimmer in Eilat ähnlich war, und hörte dann einen Knall, der sie verstört aufwachen ließ. Ihre Hand war zur Faust geballt und schweißnass, weil sie es war, die die Pistole hielt und dem Polizisten in den Rücken geschossen hatte. Es war 03:21 Uhr. Die Mädchen waren in ihren Betten, und Malis Vater, der darauf bestanden hatte, bei ihnen in der Wohnung zu schlafen, lag zusammengefaltet auf dem Sofa im Wohnzimmer. Sie kannte seinen Namen, aber an jenem Morgen, auf dem Polizeirevier, erinnerte sie sich nicht, wie er hieß und ob er sich überhaupt vorgestellt hatte, als er sie zwei Tage zuvor befragt hatte.

Sie erinnerte sich an seine schweren Schritte auf den Treppenstufen und an die Jacke, die er trug. Ein blauer Armeeparka. Als er vorschlug, in sein Büro zu gehen, nahm sie an, sie würden dort auf Esthi Wahabe warten. Und im Grunde genommen war er ja gar nicht darauf angewiesen, dass sie ihm etwas erzählte, weil er mehr wusste als sie und sie nur benutzte, um bestätigt zu bekommen, was er herausgefunden hatte; und dann, um Coby dazu zu bewegen, sich zu stellen. Sie hingegen hatte gemeint, endlich Verantwortung für ihre Vergangenheit und die gemeinsame Zukunft zu übernehmen, aber erst, als es zu spät war, begriff sie wirklich, was sich an jenem Tag auf dem Revier abgespielt hatte.

Außer der Wut waren es sich überlappende Bilder, die ihr von jenem Morgen blieben, bruchstückhafte Sätze und vor allem unglaublich viele unwichtige Details. Hätte es nicht angefangen, stärker zu regnen, wäre sie womöglich vor der Eingangstreppe zu dem Gebäudekomplex stehen geblieben, ja, hätte vielleicht sogar das Weite gesucht, aber der Regen trieb sie ins Innere des Gebäudes, wo sie sich vor dem Polizisten am Empfangstresen stehend wiederfand, unvorbereitet, obgleich sie in den zurückliegenden zwei Tagen nur an diesen Moment gedacht hatte. Doch da schien dieser Tag noch logische Konturen aus Zeit und Ort zu haben, von denen sie dachte, sie selbst könnte sie bestimmen, wie ein Kind, das mit den Zeigern einer Uhr spielt: Es war acht Uhr, und Mali glaubte, sie würde sich höchstens zwei, drei Stunden auf dem Revier aufhalten und es danach zu der Purimfeier in der Schule schaffen. Sie hatte vor, Esthi Wahabe zu bitten, Coby am Nachmittag oder am nächsten Tag zur Vernehmung aufs Revier zu bestellen, und dann würde sie mitkommen. Würde bei der Vernehmung dabei sein und erklären, was er nicht vermochte. Oder draußen vor dem Vernehmungsraum warten, damit er nicht allein dort drin wäre.

Ihre Haare waren nass, und sie wischte sich den Regen von der Stirn. Vor ihr stand ein Mann, der Anzeige erstatten wollte, weil sein Wagen in der Nacht gestohlen worden war, und Mali hoffte, die Aufnahme seiner Anzeige würde kein Ende nehmen. Sie sah durch die Glastür, ob der Regen vielleicht aufgehört hatte und sie sich auf die Straße flüchten konnte. Und draußen war noch immer Cholon, standen Autos und Busse im Stau, den der Regen auf der Fichman ausgelöst hatte, und sie war noch nicht verloren im Labyrinth der riesigen Wälder, die sie hinterher umstehen sollten.

Der diensthabende Beamte bat den Mann zu warten, bis der nächste Ermittler frei würde, um seine Anzeige aufzunehmen, und fragte dann, womit er ihr helfen könne. Esthi Wahabes Visitenkarte steckte in ihrer Jackentasche, und Mali zog sie hervor und bat, mit ihr sprechen zu können, doch der diensthabende Beamte sagte: »Ich weiß nicht, ob sie da ist. Hatten Sie für heute einen Termin mit ihr vereinbart?« Und bis sie seine Stimme hörte, bemerkte sie Avraham nicht. Er hatte sich ihr von hinten genähert und fragte, ob sie nach ihm suche, und Mali antwortete, sie warte auf Esthi Wahabe. Meinte, er sei überrascht, sie dort zu sehen, am Empfangstresen, aber in Wahrheit sah sie gar nichts.

Sehr wohl erinnerte sie sich später, dass seine erste Frage war, als sie in seinem Büro saßen: »Wie kann ich Ihnen helfen, Frau Bengtson?«

Zuvor hatte er den blauen Parka ausgezogen, an die Tür gehängt und ihr einen Kaffee angeboten. Er wartete, bis sie sich gesetzt hatte, verließ dann das Zimmer und schloss die Tür hinter sich, und Mali legte ihre Tasche auf den Tisch, als sei sie nur für einen Moment vorbeigekommen. Warum erinnerte sie sich ausgerechnet an diese Einzelheiten so genau? Anstatt sich zu erinnern, welches Hemd Coby an jenem Tag getragen hatte und wie sein im Kopfkissen vergrabenes Gesicht ausgesehen hatte, als sie ihn am Morgen anschaute? Auf Avrahams Schreibtisch lagen zu einem hohen Haufen gestapelt Papiere und Aktenordner, und Mali wäre niemals darauf gekommen, dass in einem davon die Unterlagen der Mordermittlung abgeheftet waren, in der Coby als Hauptverdächtiger galt. Daneben stand ein Bilderrahmen aus Holz mit einem Foto, das sie von ihrem Platz aus nicht sehen konnte.

Als Avraham zurückkam, mit einem Kaffee in der Hand, bat er sie, ihn zu begleiten, worauf sie sein Zimmer verließen und zu einem anderen Raum gingen, den Gang hinunter. Ein kleiner Raum mit Tisch und einem Computer darauf, zwei Stühlen, und an der Wand über dem Tisch hing eine

Kamera. Sie brauchte eine Weile, um zu begreifen, dass er anfangen wollte, sie zu vernehmen, und nicht die Absicht hatte, auf Wahabe zu warten. Sie wusste, sie würde es schaffen, auf ihrem Wunsch zu beharren, denn seit sie entschieden hatte, Coby anzuzeigen, war die Frau, die sie im Spiegel sah, wieder sie selbst und nicht die Frau, der sie dort in den letzten Jahren begegnet war. Avraham bat sie um ihren Personalausweis und trug die Daten ein, zunächst am Computer und danach handschriftlich auf einem Blatt Papier. Sein Gesicht war ausdruckslos, was bei ihr das Gefühl verstärkte, er wisse nicht, weshalb sie da war. Als Avraham fertig mit der Aufnahme ihrer persönlichen Angaben war, hob er den Kopf von dem Blatt Papier, schaute sie zum ersten Mal direkt an und fragte, wie er ihr helfen könne. Sie sagte, ohne dass ihre Stimme gezittert hätte: »Ist Esthi Wahabe noch nicht da? Denn ich würde es vorziehen, mit ihr zu sprechen.«

Wahabe sei auf dem Weg zum Revier und würde in ein paar Minuten zu ihnen stoßen, sagte er. Und fragte dann: »Wollen Sie mir in der Zwischenzeit nicht sagen, in welcher Angelegenheit Sie mit ihr sprechen müssen?«

Sie hatte nicht die Absicht, ihm zu antworten, hatte auch keine Angst, auch nicht, als er sie fragte: »Sind Sie wegen des Polizisten gekommen?«

Als er aufstand und den Vernehmungsraum das erste Mal verließ, nahm sie an, er hätte nachgegeben, aber kurz darauf kam er wieder, legte einen Aktenordner auf den Tisch und zog daraus das Foto von Coby hervor. »Möchten Sie sich das Bild noch einmal anschauen, das wir Ihnen gezeigt haben, und mir sagen, ob Sie diesen Mann erkennen?« Sie sah nicht hin. Als er sagte: »Frau Bengtson, ich möchte Sie bitten, sich das Bild anzuschauen«, wurde er schon lauter. »Erkennen Sie den Mann auf dem Bild, oder erkennen Sie ihn nicht?«

Sie erinnerte sich, dass sie anfing zu sprechen, weil sie plötzlich Coby gesehen hatte. Genau wie damals, im Zimmer 723 des Hotels »Royal Club« in Eilat. Coby schaute sie über Avrahams Schulter an und schenkte ihr sein Lächeln, das beinahe das Einzige war, was sich an ihm nicht verändert hatte, und das ließ sie antworten. »Ich bin wegen Coby hier, meinem Mann«, sagte sie, doch Avraham hielt ihr die Aufnahme noch näher hin und sagte: »Sie antworten nicht auf meine Frage, Frau Bengtson. Erkennen Sie den Mann auf dem Bild wieder?«

Was noch ein Zeichen war, das sie nicht wahrnahm, wie so viele weitere. Avraham hatte es eilig, sie eigenmächtig zu vernehmen, ohne auf Esthi Wahabe zu warten, und Mali wurde auch nicht gebeten, auf den nächsten frei werdenden Ermittler zu warten wie der Mann, dem man sein Auto gestohlen hatte. Sie sagte Avraham nicht, dass der Mann auf dem Foto Coby war, aber seine nächste Frage lautete: »Frau Bengtson, können Sie mir bestätigten, dass das Ihr Mann ist?«

Hinter ihm stand schon niemand mehr. Coby war verschwunden und hatte sie allein mit ihm zurückgelassen.

Avraham nahm den Stift zur Hand, schrieb etwas, seufzte dann und fragte sie: »Weiß Ihr Mann, dass Sie jetzt hier sind, Masal?« Und Mali sagte plötzlich, ohne dies vorauszusehen: »Nennen Sie mich bitte Mali, wenn es geht. Masal – Glück – hab ich eh keins.« Avraham sah sie einen Moment lang schweigend an, als dächte er darüber nach, was sie gesagt hatte. Doch dann wiederholte er nur: »Frau Bengtson, ich versuche zu verstehen, ob Sie sich hier aus Ihrem freien Willen befinden.«

Er verließ den Vernehmungsraum mehrere Male in den darauffolgenden Stunden, und Mali dachte, dies hätte damit zu tun, dass er nicht vorbereitet war auf das, was ihm klar wurde, oder aber damit, dass er auf Esthi Wahabe wartete, wie sie es verlangt hatte. Doch das genaue Gegenteil war der Fall. Wahabe stand draußen und wartete auf seine Erlaubnis, sich an der Vernehmung zu beteiligen, und Avraham ließ sie allein im Vernehmungsraum zurück und ging immer wieder raus, um an dem Netz zu weben, in dem Mali gefangen war, ohne dass sie verstanden hätte, dass sich auch Coby schon darin befand.

Aber das Warten ermöglichte ihr nachzudenken.

Ohne dass sie es wollte, war sie wieder in dem Zimmer, in dem alles begonnen hatte. Hörte das Wasser in die Badewanne strömen. Den angeschalteten Fernseher. Den einzigen Satz, den sie damals herausgebracht hatte. »Ich habe zwei kleine Töchter.« Der Vernehmungsraum auf dem Polizeirevier Cholon war beinahe identisch mit dem Zimmer, in dem sie gesessen hatte, als die Polizistin in Eilat sie zu ihrer Kleidung ausfragte, die sie gewechselt hatte, und zu der Party, die im Hotel stattgefunden hatte, vor dem Überfall. Jetzt aber war sie eine andere. Daniela und Noy waren im Kindergarten und in der Schule, die eine ohne Kostüm und die andere als Pocahontas verkleidet. Und sie dachte viel über Coby nach. Über sein Auftauchen im Zimmer und daran, dass er im Kreißsaal nicht bei ihr sein würde. Über die Monate, die sie getrennt voneinander verbringen würden. War sie, als sie sich jetzt sich selbst vorstellte, im Wagen mit den Mädchen und dem Baby, unterwegs, um ihn dort zu besuchen, wo er sein würde? Ihr war klar, dass Coby böse auf sie sein würde, wenn er herausfand, was sie getan hatte, aber sie hoffte, er würde es später verstehen. Würde begreifen, dass er ohnehin gefasst worden wäre, und dass ihr Geständnis den Polizisten geholfen hatte, ihn zu verstehen. Sie hatte vor, ihm von der Schwangerschaft zu erzählen und ihn zu bitten, mit der Polizei zu kooperieren, damit er, auch wenn man ihn bestrafte, nicht lange nach der Geburt des Babys freikäme und sie einfach nach Australien fahren könnten.

Die Tür ging wieder auf, und Esthi Wahabe stand da. Avraham kam nach ihr mit einem Stuhl herein, ermöglichte Wahabe aber von dem Moment an, die Fragen zu stellen, und mischte sich so gut wie nicht mehr in die Vernehmung ein. Und Wahabes Stimme beruhigte sie, zumindest für einige Zeit.

»Schalom, Masal. Wie geht es Ihnen?«, fragte sie.

Es ging ihr furchtbar – und sehr viel besser als schon lange.

»Ich bin froh, dass Sie gekommen sind, wissen Sie das? Ich hatte so ein Gefühl, und ich weiß, dass Sie das Richtige getan haben.«

Mali stellte sich vor, wie die Kamera sie aufnahm, und in dem Moment gab ihr das Kraft. Als Wahabe fragte: »Verstehen Sie, dass Ihr Mann, wie wir Ihnen gesagt haben, verdächtigt wird, sich fälschlicherweise als Polizist ausgegeben und Vergewaltigungsopfer belästigt zu haben?«, nickte sie.

»Haben Sie ihm etwas von unserem Gespräch gesagt? Und sagen Sie mir bitte die Wahrheit, denn das ist wichtig.«

»Ich habe ihm nichts gesagt.«

»Er weiß nicht, dass Sie hier sind?«

»Nein. Das habe ich doch gesagt. Aber ich werde nicht vor ihm verheimlichen, dass ich hier war.«

Das stimmte, denn auch die Angst vor Coby war in dem Augenblick verschwunden, in dem die Entscheidung gefallen war. Und an ihre Stelle waren nur Bedauern und Sehnsucht getreten.

»Warum sind Sie dann hier? Warum haben Sie uns nicht von ihm erzählt, als wir bei Ihnen waren?«

»Weil ich Angst hatte, er könnte nach Hause kommen. Und auch, weil ich mir nicht sicher war, dass er es getan hat. Ich bin gekommen, um Ihnen zu erklären, was passiert ist.«

»Was soll das heißen, Sie waren sich nicht sicher, dass er es getan hat?«

»Ich war mir nicht sicher, dass er das ist.«

»Und woher wissen Sie es jetzt?«

Avraham hörte nicht auf, sie anzusehen, aber sein Blick schreckte sie nicht mehr. Es war, als wäre es ihr endlich gelungen, ohne noch länger zu warten, aus dem Bett in Zimmer 723 aufzustehen, den Fernseher auszuschalten und im Bad das Wasser abzudrehen.

»Wussten Sie, dass er sich als Polizist ausgibt, noch bevor wir Ihnen das Bild gezeigt haben?«

»Das wusste ich. Aber nicht, dass er das jetzt noch immer macht.«

»Ich verstehe nicht, was Sie mir sagen, Masal. Erklären Sie mir das bitte in verständlicher Form.«

»Ich wusste, dass Coby das früher mal gemacht hat«, sagte sie, und ihre Stimme war klar und zitterte nicht.

»Wann war das, früher?«

»Ein paar Wochen nach dem, was mir in Eilat passiert ist. Er hat das nur ein einziges Mal gemacht.«

»Und wie haben Sie damals davon erfahren, Masal? Hat er Ihnen selbst erzählt, was er getan hat?«

Sie antwortete nicht gleich, weil die Fragen dem immer näher kamen, was ihr, obwohl sie schon keine Angst mehr hatte, schwerfiel zu erzählen. »Masal, Sie haben gesagt, Sie seien gekommen, damit wir ihn verstehen«, fuhr Wahabe fort, »und ich versuche, Sie beide zu verstehen. Schauen Sie mir bitte in die Augen. Ich weiß, was Ihnen in Eilat passiert ist. Und auch, dass Ihr Angreifer nie gefasst wurde, richtig? Hat Ihr Mann versucht, den Vergewaltiger zu fassen?«

Mali schüttelte den Kopf, denn das war nicht der Grund. Coby hatte den Mann, der sie missbraucht hatte, niemals erwähnt.

»Was wollte er dann, Masal? Hat er versucht, denjenigen, die wegen Ihrer Vergewaltigung ermittelt haben, etwas zu beweisen? Sich an ihnen zu rächen?«

Das waren die Dinge, über die zu sprechen ihr immer noch schwerfiel, und vor allem derentwegen sie nicht gewusst hatte, ob sie es schaffen würde, das Revier zu betreten und ihn anzuzeigen. »Rächen wofür?«, fragte sie Wahabe schließlich. Da mischte sich Avraham ein, sagte: »Was hat er dann versucht? Wieso sollte sich jemand als Polizist verkleiden und Frauen belästigen, die das durchgemacht haben?« Und zog dann ein weiteres Foto aus dem Aktenordner hervor, die Aufnahme einer jungen Frau. »Kennen Sie diese Frau?«, fragte er, und Mali meinte, ihr Gesicht schon einmal gesehen zu haben. »Kommen Sie, ich werde Ihnen erzählen, wer das ist. Sie heißt Diana. Ist 2012 vergewaltigt worden. Wie Sie, nicht wahr? Möchten Sie wissen, was Ihr Mann mit ihr gemacht hat? Er hat Kontakt zu ihr aufgenommen, hat sich als Angehöriger der Polizei ausgegeben und ein Treffen mit ihr vereinbart. In ihrer Wohnung. Und hat sie dann genötigt, ihm detailliert von der Vergewaltigung zu erzählen, die sie erlitten hatte, und hat das Ganze auch noch aufgezeichnet. Und danach ist er zudringlich geworden. Verstehen Sie das, Frau Bengtson? Können Sie sich vorstellen, was sie durchgemacht hat? Was Ihr Mann Coby dieser Frau angetan hat?«

Was sie erschütterte und die Angst zurückbrachte, war, was Avraham über das Zudringlichwerden gesagt hatte. Sie schaute Esthi Wahabe an, um dahinterzukommen, ob Avraham log, bevor sie zu beiden gewandt sagte: »Das kann nicht sein, dass er ihr etwas getan hat. Sie kennen Coby nicht.«

»Woher wollen Sie das wissen? Hat er Ihnen alles erzählt, was er getan hat, Frau Bengtson? Ich sage Ihnen, er hat sie angegriffen. Ja, besonders bestialisch sogar. Hat er vergessen, Ihnen das zu erzählen? Möchten Sie Bilder sehen von dem, was er getan hat? Oder vielleicht hat er es Ihnen ja erzählt, und Sie stecken unter einer Decke mit ihm?«

Wegen des Gesichts der jungen Frau auf dem Foto, das Avraham auf den Tisch gelegt hatte, musste sie an den Unfall mit Fahrerflucht denken, den Coby sich ausgedacht hatte, und an die junge Frau, die verletzt auf der Straße liegen geblieben war. Hatte er versucht, ihr anzudeuten, dass er einer Frau etwas angetan hatte? Vielleicht unbeabsichtigt? Sie konnte nicht glauben, dass das stimmte, aber trotzdem war die Angst zurück, und sie musste an die Nacht denken, in der er die Uniform getragen hatte. Und das war der Moment, in dem die Geschichte hervorbrach. Sie schloss die Augen, und Avraham redete aus der Dunkelheit auf sie ein. »Ich frage Sie zum letzten Mal, Frau Bengtson. Bevor ich Sie wegen Mittäterschaft und versuchter Strafvereitelung festnehmen lasse. Sagen Sie mir bitte, wie Sie gewusst haben, was Ihr Mann getan hat.« Und noch immer antwortete sie ihm nicht. Er näherte sich ihr, und sie öffnete die Augen, weil er zu nahe war, als er sagte: »Warum sagen Sie es mir nicht, Frau Bengtson?« Da flüsterte sie: »Weil er dasselbe mit mir gemacht hat.«

Im Raum herrschte Stille, ehe Wahabe fragte: »Was soll das heißen, er hat dasselbe mit Ihnen gemacht?« Und Mali wiederholte: »Er hat dasselbe mit mir gemacht«, bevor sie sich wieder unter Kontrolle hatte.

Die darauffolgenden Stunden waren in ihrer Erinnerung noch verworrener.

Sie erinnerte sich noch, dass Avraham ihr ein Glas Wasser hingeschoben, dann etwas zu Wahabe gemurmelt, den Raum verlassen und sie mit der Polizeibeamtin allein gelassen hatte, und auch, dass sie nicht hatte aufhören können zu weinen. Danach hatte sie ihr alles erzählt, aber nicht über sich selbst, sondern über die Frau, die nicht sie war, deren Gesicht zum ersten Mal im Hotelfahrstuhl aufgetaucht war und das sie erst jetzt geschafft hatte, von allen Spiegeln zu vertreiben. Und auch an den Telefonanruf, bei dem sie Coby gebeten hatte zu kommen, erinnerte sie sich, obwohl sie den gerne vergessen hätte, und dann an das Hasten die Treppe des Reviers hinunter. Im weiteren Verlauf ihres Gesprächs hatte Wahabe sogar versucht, ihr anzudeuten, welcher Tat Coby in Wirklichkeit verdächtigt wurde, aber Mali verstand, trotz aller Zeichen, die Andeutung nicht. Wahabe hatte gewartet, dass sie etwas tränke, hatte ihr übers Haar gestrichen und gefragt: »Möchten Sie mir erzählen, was er mit Ihnen gemacht hat?« Und als das Weinen sich gelegt hatte, erzählte Mali von der Frau, die nicht sie war, die in Eilat vergewaltigt worden war, und von ihrem Mann, der am nächsten Morgen ins Krankenhaus gekommen war und sie in den kommenden Monaten nicht für einen Augenblick allein gelassen hatte. Die Frau hatte zwei kleine Mädchen, und ihr Mann kündigte seinen Job und blieb bei ihr zu Hause, kümmerte sich allein um die Töchter. Ohne ihn hätte sie diese Phase niemals durchgestanden. Und die ganze Zeit über fragte er sie nichts und wartete nur geduldig, dass sie gesund würde. Aber ausgerechnet, als es schien, dass sie dank ihm wieder zu Kräften kam, und sie beschloss, wieder anzufangen zu arbeiten, und er zu Hause blieb, weil er keinen anderen Job fand, begann ihrer beider Hölle. Eines Abends, nachdem die Mädchen schlafen gegangen waren, fragte der Mann seine Frau: »Warum kannst du mir nicht erzählen, was passiert ist?« Und als sie fragte: »Wo?«, sagte er: »In Eilat.«

»Ich weiß nicht, warum. Warum soll ich das erzählen?«

Sie wusste nicht, wohin die Dinge sich noch entwickeln sollten, denn hätte sie es gewusst, hätte sie anders reagiert. »Bei der Polizei hast du alles erzählt, oder nicht?«, fragte der Mann, und die Frau, die nicht sie war, schwieg, weil sie nicht wusste, was sie sagen sollte.

Als er darauf bestand, er müsse wissen, was dort passiert sei, sagte sie: »Es reicht, Coby, bitte«, aber der Mann ließ nicht locker. »Stell dir vor, du bist noch mal bei der Polizei«, bat er, und sie sagte nur: »Coby, ich möchte nicht.«

Das war der Anfang.

Und auch das Ende.

Die an der Wand angebrachte Kamera nahm sie auf, und Wahabe schrieb die ganze Zeit mit, während sie redete, und Mali meinte, wenn sie fertig mit Erzählen wäre, hätte sie alles hinter sich und könnte gehen, würde auf dem Revier die Frau zurücklassen, über die sie jetzt sprach. Und sie nie wiedersehen. Wahabe legte den Stift aus der Hand und fragte: »Und was ist danach passiert, Mali? Haben Sie gewusst, dass er das auch mit anderen Frauen macht?«

»Meinen Sie damals? Ich habe Ihnen doch schon erklärt, er hat das nur ein einziges Mal gemacht«, sagte sie. »Und er hat mir in jener Nacht davon erzählt. Er wollte das nicht tun, verstehen Sie? Ich weiß, dass Sie mir nicht glauben, aber Sie müssten Coby kennen, um das zu wissen. Ich hatte eine Selbsthilfegruppe von betroffenen Frauen, und er hat die Liste gefunden und ist zu einer der Frauen gegangen, deren Name und Adresse da standen. Ich habe ihn nicht mal gefragt, zu welcher. Er hat mir das in der Nacht erzählt und geschworen, er würde es nie wieder tun. Und ich habe ihm alles erzählt, damit er aufhört.«

Etwas an dem, was sie gesagt hatte, ließ Wahabe aufmerken, und erst im Nachhinein sollte Mali verstehen, was. »Haben Sie die Liste noch zu Hause?«, fragte Wahabe, und Mali antwortete: »Ich weiß nicht. Ich habe sie schon lange nicht mehr gesucht.«

»Denken Sie, Sie könnten sie finden?«

»Vielleicht.«

»Haben Sie sie in letzter Zeit gesehen?«

»Nein.«

»Vielleicht bei Coby?«

Versuchte Wahabe, ihr gegenüber anzudeuten, wessen Coby tatsächlich verdächtigt wurde, als sie fragte: »Erinnern Sie sich, ob es in der Gruppe eine Frau namens Lea Jäger gab?« Aber sie hatte die Liste in letzter Zeit nicht mehr gesehen, und der Name sagte ihr nichts. Hätte sie sie in den vorangegangenen Tagen gesehen, hätte sie sofort verstanden. Jemand klopfte an die Tür des Vernehmungsraums, Wahabe stand auf und ging hinaus, und als sie zurückkam, war auch Avraham bei ihr, und einige Zeit danach, vielleicht eine Stunde, vielleicht auch mehr, kam es zu dem Anruf.

Von dem klar war, dass Mali ihn niemals würde vergessen können.

Beide behandelten sie jetzt anders, Avraham sprach mit sanfter Stimme zu ihr, und Mali dachte wirklich, sie hätte jetzt alles hinter sich, weil sie ihnen alles erzählt hatte, was sie wusste, aber als sie sie fragte, ob sie denn gehen könne, antwortete Avraham leise: »Im Moment noch nicht.«

Er fragte: »Wissen Sie, wo Ihr Mann jetzt ist?«, und sie erklärte ihnen, Coby müsse gerade beim Tierarzt sein, und dass sie beide sich hinterher an Noys Schule zu der Purimfeier treffen wollten und dann die Mädchen mit nach Hause nehmen würden, und Wahabe fragte, ob sie jemanden anrufen könne, um die Mädchen an ihrer Stelle abzuholen.

»Aber warum? Wollen Sie ihn jetzt gleich verhaften? Können Sie damit nicht bis morgen oder bis heute Nachmittag warten?«

Es hatte unzählige schreckliche Augenblicke an jenem Tag gegeben, aber dies war der schrecklichste von allen. Sie hatte gedacht, sie würde Coby helfen, hatte ihn im Verlauf jener Woche so oft angelogen, und auch diese letzte Lüge sollte nur zu ihrem Besten sein. Lügen, um die Wahrheit zu sagen. Um ihn zu retten.

»Werden Sie ihn zu Hause verhaften? Kann man nicht warten, bis er nicht zu Hause ist?«, fragte sie, und wieder schwiegen beide.

»Verhaften Sie ihn nicht zu Hause, ich flehe Sie an. Wir können sonst nicht dorthin zurück. Wir haben zwei kleine Töchter. Können Sie ihn nicht bitten, aufs Revier zu kommen?« Und Wahabe fragte zurück: »Wie das? Ohne ihm zu erzählen, dass er gesucht wird?« Auch das würde sie niemals vergessen können, dass es ihre Idee war.

»Ich werde ihm sagen, er soll herkommen. Ich sag ihm, es hat neue Entwicklungen in dem Vergewaltigungsfall gegeben und dass Sie mich gebeten hätten, aufs Revier zu kommen.«

Sie sahen einander an, Avraham verließ den Raum, und als er zurückkam, hielt er ihr ein Telefon hin. Wahabe saß neben ihr, als sie die Nummer eingab, aber Coby ging nicht ran. Sie versuchte es noch einmal, doch er hob wieder nicht ab. Avraham entfernte sich etwas von ihnen und sagte: »Wir warten ein paar Minuten und probieren es noch mal«, aber da klingelte das Telefon, noch ehe sie es versuchen konnte. Alle schauten auf das Gerät in ihrer Hand, und sie nickte. Avraham bedeutete ihr mit der Hand, sie solle antworten.

»Hey, Mali, du hast mich angerufen?«

Sie hörte Kinder im Hintergrund. Und war sich sicher, auch ein Bellen zu hören, weshalb sie ihn fragte: »Bist du noch beim Tierarzt?«

»Nein, schon nicht mehr. Ich bin auf dem Weg nach Hause. Am Ende hab ich's nicht übers Herz gebracht.«

Sie log ihn an, um die Wahrheit zu sagen, log, um sie beide zu retten, als sie mit fester Stimme sagte, sie sei auf dem Weg zum Polizeirevier in der Fichman-Straße. Sie hätten in der Bank angerufen und gebeten, sie möge umgehend kommen, weil es eine Entwicklung in ihrem Vergewaltigungsfall gebe, allerdings ohne dass sie gesagt hätten, welche Entwicklung genau. »Kannst du mich da treffen? Weißt du, wo das ist?«

Es gab einen Moment des Schweigens, ehe Coby fragte: »Und was ist mit Noy?«

»Ich hab mit meiner Mutter gesprochen. Sie geht an unserer Stelle zu der Feier und nimmt dann beide mit zu sich.«

Das waren die letzten Sätze.

Wusste er, von wo aus sie anrief? Oder brauchte er einige Zeit, um zu begreifen. »Bist du schon dort?«, fragte er, und Mali sagte, ohne dass ihre Stimme gebebt hätte: »Nein, noch nicht. In zwei Minuten bin ich da.« Coby schwieg erneut und sagte dann: »Ich komme.«

Danach hatte sie nur noch Erinnerungen an sich selbst, wie sie ging. Nicht wie im Hotel, wo sie es kaum geschafft hatte, sich den Korridor entlangzuschleppen, bis sie den Fahrstuhl erreicht hatte.

Sie war sich sicher, Coby würde innerhalb weniger Minuten da sein, und die Polizisten hatten auch den Raum verlassen und das Telefon mitgenommen, aber es verging viel Zeit, ehe sie zurückkamen. Wahabe stellte eine Flasche Wasser auf den Tisch, und als Mali sie fragte, ob Coby schon da sei, sagte sie: »Noch nicht«, und Mali war sich sicher, sie belog sie nicht. Sie spürte keine Bewegung in ihrem Bauch, obwohl sie beide Hände darauf legte, nachdem Wahabe wieder gegangen war, und versuchte, etwas in sich zu spüren. Und dann musste sie an Australien denken, weil ihr klar war, dass sie, wenn alles ausgestanden war, dorthin fahren würden. Für einen Moment waren sie beide wieder Anfang zwanzig. Gingen Hand in Hand zwischen Eukalyptusbäumen herum, die so gewaltig waren, dass sie beide vor dem einsetzenden Regen in einer grottenähnlichen Aushöhlung, die sich in einem der Stämme gebildet hatte, Zuflucht suchen konnten. Sie gingen weiter und vor ihnen zwei große Hunde, deren Pfoten kein Geräusch machten, als sie durch den mit feuchten, braunen und gelben Blättern bedeckten Waldboden stapften. Coby versuchte, ihr etwas in der Krone eines Baumes zu zeigen, vielleicht einen Vogel, aber Mali konnte es nicht sehen.

War all das tatsächlich damals passiert? Und dachte sie wirklich an Australien, als sie auf ihn wartete, oder erst, nachdem der Schuss gefallen war?

Die Tür des Vernehmungsraums war nicht verschlossen, und der Flur war lang und menschenleer, und sie wusste nicht, in welche Richtung sie gehen sollte, aber als sie Polizisten die Treppe hinunterhasten sah, rannte sie in dieselbe Richtung und spürte die Bewegung ihrer Beine nicht, obwohl sie schon viele Jahre nicht mehr so gelaufen war. Leichtfüßig lief sie, als hätte sie nie damit aufgehört, und schnell, als könnte sie den Mann noch einholen, der das Zimmer verlassen hatte. Im zweiten Stock rannten viele Menschen, nach unten, die Treppe hinab, vor allem Polizisten in Uniform, aber in dem allgemeinen Durcheinander achtete niemand auf sie. Wahabe war nicht unter ihnen, und Avraham auch nicht.

Dann wurde ihr Lauf gestoppt, und auch die Erinnerung brach mit einem Mal ab. Als sei das Leben vorbei. Sie verlor für Stunden jegliches Gefühl für Zeit und Ort, und aus der Dunkelheit tauchten andere Zeiten und Stimmen auf. Sie rannte aus dem Hotelzimmer und würde niemals dorthin zurückkehren. Auf dem Waldboden lag ein Polizist in Uniform. Aus einer anderen, noch früheren Zeit waren die Worte der Stimme zu hören, die mal ihre gewesen war: »Coby, hörst du? Der Krieg hat begonnen. Hörst du mich?«

15

Er war sich sicher, den Schuss als Erster gehört zu haben, als wäre er, einen Sekundenbruchteil, ehe er durch den Gebäudekomplex des Reviers dröhnte, in seinen Ohren abgefeuert worden.

Und obwohl es Kollegen gab, die vor ihm bei Bengtson waren, weil er in seinem Büro im dritten Stock auf ihn gewartet hatte, war Avraham der Erste, der den Mann erkannte, der im Eingangsbereich des Reviers auf dem Boden lag. In Uniform. David Esra versuchte, mit blutüberströmter Hand, die Wunde an Bengtsons Hals zuzupressen, einige schrien: »Polizist angeschossen«, und Avraham bahnte sich seinen Weg durch sie hindurch. Hatte er schon an ihn gedacht, als der Schuss durch das offen stehende Fenster peitschte? Und wie hatte er sofort gewusst, dass er es war? Die Pistole lag neben Bengtson. Und David Esra kniete über ihm, beide Knie in einer sich ausbreitenden Blutlache. Als Avraham sich über die beiden beugte, schaute ihn David Esra aus schreckensweiten Augen an, und Avraham sagte nur: »Er ist kein Polizist.« Seine Schuhe standen in der roten Lache, als er seine Handfläche neben die von David Esra legte und spürte, wie Blut und feuchte Haut- und Fleischfitzel sich zwischen den Fingern stauten. Die Schusswunde an Bengtsons Hals war schwarz und rauchte, und sein Kopf lag in sonderbarer Haltung verdreht am Boden, fast vom Rumpf getrennt, und Avraham versuchte, seine Brust zu massieren, und rief laut, oder meinte zumindest hinterher, er habe gerufen: »Kann jemand ihn wiederbeleben?«

Bengtsons Beine schlugen immer wieder auf den Fußboden. Und wie die von Lea Jäger waren auch seine Augen nicht ganz geschlossen. Es war das erste Mal, dass Avraham sie von nahem sah, denn bis dahin hatte Bengtson ihn nur von zwei Schwarzweißaufnahmen angeschaut.

Der Rettungswagen war keine drei Minuten später unterwegs zum Wolfson-Hospital, und Maalul rief, als sie dort angekommen waren, Avraham an, um ihm zu sagen, Bengtson sei am Leben. Was ihn mit Hoffnung erfüllte. Auf dem Weg zum Krankenhaus hatte Maalul Bengtsons Kleidung nach einem Abschiedsbrief oder einem Geständnis abgesucht und nichts gefunden. Im ersten Moment verstand Avraham nicht, warum es das war, wonach Maalul gesucht hatte, aber Eliyahu sagte: »Glaub mir, das ist es, was wir jetzt finden müssen. Kümmerst du dich um die Durchsuchung seines Wagens und bei ihm zu Hause?« In jenem Moment vermochte Avraham nicht aus eigener Kraft darüber nachzudenken, was als Nächstes zu tun war. Er trat auf die Straße, auch um das Geschehene zu verarbeiten.

Dank des Strafmandats, das Bengtson bekommen hatte, kannte er Fahrzeugmodell und Zulassungsnummer und suchte einige Minuten lang die umliegenden Straßen nach einem blauen Toyota ab, bis er ihn schließlich in der Golomb-Straße fand. Eines der beiden rückwärtigen Fenster stand ein wenig offen, wie Bengtsons helle Augen, bevor er abtransportiert worden war, und Avraham beugte sich über die Scheibe, zwängte seine Hand ins Wageninnere und öffnete die hintere Tür. Als er auf dem Fahrersitz saß und durch die Windschutzscheibe starrte, dachte er plötzlich, näher als in diesem Augenblick würde er Bengtson nicht mehr kommen, und der Gedanke ließ ihn schaudern. Aber so konnte es nicht enden. Hatte Bengtson, als er von seinem Wagen weg- und auf das Revier zugegangen war, gewusst, dass er nicht zurückkehren würde? Und wenn dem so war, warum hatte er dann einen Parkplatz gesucht und den Wagen abgeschlossen?

Der Regen ließ nach und wurde dann wieder stärker, sodass Avraham triefnass aufs Revier zurückkam. Und erst als er auf David Esra stieß, der draußen stand und rauchte, das Uniformhemd blutbefleckt, sah er, dass auch seine Hose und der blaue Pullover, den er trug, von Bengtsons Blut besudelt waren, das in den Stoff eingezogen, durch den Regen verteilt und schwarz geworden war. Eine Kollegin reichte Esra einen Tee im Styroporbecher, und durch die Glastür sah Avraham das Team der Spurensicherung um die große Blutlache verteilt arbeiten. Die Pistole lag noch immer am Boden, dort, wo Bengtson sie hatte fallen lassen.

»Er ist also kein Polizist?«, fragte Esra, ohne ihn anzusehen, und Avraham nickte.

»Nein.«

»Warum trug er dann Uniform?«

Sie standen unter dem Vordach des Eingangs, weil der Regen anhielt. Drinnen herrschte einiger Aufruhr, und Avraham hätte reingehen müssen und die Gerüchte zerstreuen, die die

Runde machten, dass ein Krimineller einen Polizisten niedergeschossen habe, der versucht hatte, ihn festzunehmen, oder dass ein bewaffneter Terrorist ins Revier eingedrungen sei und um sich geschossen habe, aber er blieb noch einen Moment lang draußen, um sich zu beruhigen und nachzudenken.

»Und? Wer ist das überhaupt?«, fragte Esra. Sie standen eng beieinander, um nicht nass zu werden, und die Schwaden, die aus Esras Teetasse aufstiegen, erreichten auch Avraham. »Er wird des Mordes verdächtigt«, sagte er. »Hast du mit ihm reden können, bevor er geschossen hat?«

»Was denkst du wohl? Und worüber reden? Er ist rein und hat gleich die Pistole gezogen. Ich habe ihn vorher überhaupt nicht gesehen. Und als ich ihn gesehen habe, lag er schon auf dem Boden.«

»Und er hat zu niemandem etwas gesagt? Hat nichts geschrien?«

»Nicht ein Wort.«

Esra warf den Zigarettenstummel weg, zog aber gleich die Packung aus seiner Hosentasche und zündete sich eine weitere Zigarette an, und als er die Hand zum Mund führte, bemerkte Avraham, dass er sich bereits die Hände gewaschen hatte.

Er hingegen sollte sich bis zum Mittag die Hände nicht waschen, und das nicht nur, weil er keine Zeit dazu fand.

Eine Viertelstunde, nachdem er aufs Revier zurückgekehrt war, sah er sich bereits gezwungen, Erklärungen abzugeben, und musste erkennen, dass Maalul in allem recht gehabt hatte. Das Einzige, was seine Vorgesetzten interessierte, war, sicherzustellen, dass Bengtson der Mörder war. Sie wollten nicht wissen, ob er überlebte, hofften vielleicht sogar, aus dem Krankenhaus käme endlich die Mitteilung, er sei auf dem Operationstisch verstorben. Und sie befragten Avraham fast nur zu dem Beweismaterial.

Der Kommandant des Distrikts Tel Aviv war erschienen und mit ihm der Polizeisprecher. In Sabans Büro wurde Avraham einer ersten Befragung unterzogen. Den Haupteingang des Reviers hatte man abgeriegelt, und der Publikumsverkehr war auf unbegrenzte Zeit ausgesetzt. Der Oberbefehlshaber der Polizeistreitkräfte verlangte einen sofortigen Bericht über den Vorfall, und auch der Innenminister war unterrichtet, obwohl er sich auf einer Auslandsreise in Berlin befand. Vor allem mussten die Gerüchte entkräftet werden, der Angeschossene sei ein Polizist, und auch, dass es einem Terroristen gelungen war, in das Revier einzudringen. In Sabans Büro gab es keinen weiteren Stuhl, sodass Avraham stand, aber das störte ihn nicht. Er hatte sich auch noch nicht umgezogen und spürte, wie zwischen seinen Fingern das schwarze Blut verkrustete.

»Können Sie uns erklären, was passiert ist? Saban hat mir gesagt, der Mann sei Ihr Verdächtiger«, wandte sich der Distriktkommandant gleich an ihn, und Avraham versuchte, alles zu erklären, auch sich selbst.

Geplant hatte er, Bengtson im Verlauf der Vormittagsstunden in seinem Büro zu vernehmen. Die Ermittlungsakte war fertig, das Beweismaterial der Reihe nach geordnet, und die Fragen, die er in der Nacht auf seinem Balkon und am Vortag in seinem Büro ausgearbeitet hatte, standen auf einem Blatt Papier aufgelistet. *Können Sie mir sagen, was geschehen ist, als Sie am vergangenen Montag in die Wohnung von Lea Jäger gekommen sind? Wann hat sie verstanden, dass Sie kein Polizeibeamter sind? Gleich, als sie Ihnen die Tür geöffnet hat? Oder erst, als Sie im Wohnzimmer saßen und begonnen haben, sich zu unterhalten?*

Er hatte nicht geglaubt, Bengtson würde sofort antworten, hatte aber angenommen, er würde einknicken, sobald er begriff, dass sie genug Beweise in der Hand hatten, dass er im Gebäude gewesen war. Er würde Bengtson die Aufnahme zeigen, auf der er in Polizeiuniform zu sehen war, und dann den Regenschirm auf den Tisch legen. Und Bengtson würde zu brechen sein, das war ihm klar, als er sich in der Nacht auf das Verhör vorbereitet hatte. Seine einzige Sorge war, dass es dem Täter im allerletzten Augenblick gelingen könnte, sich mithilfe seines australischen Passes abzusetzen, weshalb sich ein Observierungsteam vor seinem Haus befand, bereit, den vom Gericht erlassenen Haft- und Durchsuchungsbefehl sofort umzusetzen.

Der Distriktkommandant sprach leise. Avraham kannte ihn nicht, weil er neu im Amt war und aus Jerusalem stammte. Er hatte nur gehört, dass er allgemein als Polizeioffizier galt, der sich gern in Details vertiefte und an den Ermittlungen, die unter seiner Kontrolle stattfanden, beteiligt wurde, vor allem in Fällen von Wirtschaftskriminalität. Saban verfolgte furchtsam, wie er Avraham seine Fragen stellte, aber er wirkte dabei weder erregt noch vorwurfsvoll; notierte sich ein paar Zeilen in seinem Block, während Avraham redete. Der Distriktpolizeisprecher, der neben ihm saß, tippte ununterbrochen auf seinem Laptop, ohne sich an dem Gespräch zu beteiligen.

»Können Sie mir sagen, was Sie über den Schützen wissen, und wie sicher sind Sie sich, dass er etwas mit dem Mord an dieser Frau zu tun hat? Und wie konnte er überhaupt mit einer Waffe ins Revier gelangen?«, fragte er, und Benny Saban sagte sofort: »Wir sind uns da vollkommen sicher«, noch ehe Avraham überhaupt antworten konnte.

Zu Beginn dieses Tages hatte er tatsächlich gedacht, alles über Bengtson zu wissen, was er wissen musste; dass er verstünde, warum dieser sich als Polizist ausgegeben und Vergewaltigungsopfer befragt hatte, und was passiert war, als Bengtson in der vergangenen Woche in Lea Jägers Wohnung gekommen war. Dann aber war ihm klar geworden, dass er nicht alles wusste. Aber er verfügte noch immer über reichlich Beweise dafür, dass Bengtson zum Zeitpunkt des Mordes in dem Gebäude gewesen war, und es fehlte nur noch ein weiterer, letzter Beweis dafür, dass er sich auch in der Wohnung aufgehalten hatte, ein Beweis, der leicht über eine DNA-Probe und Bengtsons Fingerabdrücke zu beschaffen war. Er war auch überzeugt gewesen, Bengtson würde im Verhör gestehen, und dass sie bei einer Durchsuchung seiner Wohnung die Handtasche finden würden, die er aus Jägers Wohnung mitgenommen hatte, um den Mord nach einem Raubüberfall aussehen zu lassen, oder das Telefon, mit dem er sie aufgenommen hatte, oder den Wandkalender. Doch dann war die ganze Planung umgeworfen worden. Masal Bengtson war offenbar durch die Befragung, die sie zwei Tage zuvor mit ihr durchgeführt hatten, in Panik geraten und hatte beschlossen, ihren Mann anzuzeigen, ohne zu wissen, dass er des Mordes verdächtigt wurde. Die Mitteilung, sie sei unterwegs zum Revier, brachte alles durcheinander. Er wies das Observationsteam an, mit der Vollstreckung des Haft- und Durchsuchungsbefehls zu warten, bis er sie angehört hatte. Er empfing sie in seinem Büro, ohne zu wissen, warum sie gekommen war und was er sie fragen sollte, und diese Ungewissheit machte ihn nervös, denn er war so gut vorbereitet gewesen. Dennoch hatte er, als er Masal Bengtson vernahm, das Gefühl, noch immer alles unter Kontrolle zu haben, und dass der veränderte Ablauf ihnen sogar in die Karten spielte, während ihm nie der Gedanke gekommen wäre, einen Fehler zu machen, als er ihr die wahren Verdachtsmomente gegen ihren Mann verschwieg. Sie war aus freien Stücken aufs Revier gekommen und erzählte, ihr Mann habe sich als Polizist ausgegeben und Frauen vernommen, die Opfer einer Vergewaltigung geworden waren. Sie lieferte sogar, ungewollt, die Erklärung dafür, wie Bengtson an die Adressen und Telefonnummern der Vergewaltigungsopfer gekommen war, aus einer Liste von Frauen nämlich, die mit ihr an einer Selbsthilfegruppe teilgenommen hatten, und als sie dies tat, hatte Avraham das Gefühl, die Entscheidung, mit der Vollstreckung des Haftbefehls noch zu warten und sie erst anzuhören, sei richtig gewesen.

Aber es hatte im Verlauf der Vernehmung auch einen Augenblick gegeben, in dem seine Gewissheit ins Wanken geraten war, und diesen ließ Avraham dem Distriktkommandanten gegenüber unerwähnt. Vielleicht hätte er spätestens da begreifen müssen, dass nichts so laufen würde, wie er dachte, da seit Anbeginn dieser Ermittlung im Grunde genommen fast alles dem Zufall geschuldet gewesen war. Der Augenblick kam, als sie versuchten zu verstehen, woher Masal Bengtson wusste, dass ihr Mann sich als Polizeibeamter ausgab. Sie fragten immer wieder, bis sie einknickte und sagte: »Weil er dasselbe mit mir gemacht hat.« Avraham unterbrach die Vernehmung und verließ den Raum, nicht nur, weil sie in Tränen ausbrach, sondern auch, weil er sich mit einem Mal nicht mehr sicher war, dass er Bengtson und dessen Motive verstand. Und als sie Wahabe danach erzählte, was bei ihnen zu Hause passiert war, verstand er noch weniger. Masal Bengtson sagte mehrfach: »Sie kennen Coby nicht, er hat dasselbe mit mir gemacht«, und Avraham betrachtete sie durch die verspiegelte Scheibe des Vernehmungsraums und überlegte, dass sie vielleicht recht hatte. Und auch, dass er sie, nach allem, was sie durchgemacht hatte, unter keinen

Umständen in einen Vernehmungsraum hätte bringen und verhören dürfen. Und dann schlug sie selbst vor, ihren Mann dazu zu bringen, aufs Revier zu kommen. Avraham erklärte dem Distriktkommandanten und Saban jetzt, er habe gezögert, bevor er entschied, aber dass er schließlich ihr Angebot angenommen habe, weil er dachte, Bengtson so unvorbereitet festnehmen zu können. Er würde in den Vernehmungsraum gebracht werden, unter anderem Vorwand, und erst da würde er erkennen, dass er in die Falle gegangen war. Masal Bengtson hatte regelrecht gefleht, sie sollten ihren Mann nicht zu Hause verhaften, und auch ihr Bitten hatte seine Entscheidung beeinflusst.

Saban wirkte perplex, als sich der Distriktkommandant eine Zigarette anzündete, denn in seinem Büro war Rauchen sonst strikt untersagt. Er reichte ihm eine Tasse als Aschenbecher und stand auf, um das Fenster zu öffnen, und der Kommandant setzte sich auf seinem Stuhl zurecht und legte den Block mit seinen Notizen auf den Tisch.

»Wie lange hat es nach Ihrem Anruf bei ihm gedauert, bis er da war?«, fragte er, und Avraham sagte: »Er hat einige Zeit gebraucht.« Sie hatten mehr als eine Stunde auf Bengtson gewartet, und schon da war klar gewesen, dass irgendetwas schieflief. Offenbar hatte er sich nicht sofort zum Revier begeben, und das Observierungsteam, das ihn beschattete, meldete, der Verdächtige sei nach Hause gefahren. Avraham hatte für einen Moment überlegt, seine Leute anzuweisen, mit dem Fahrstuhl zur Wohnung hochzufahren und die Verhaftung und Durchsuchung unverzüglich durchzuführen, aber die Versuchung, ihn im Vernehmungsraum auf dem falschen Fuß zu erwischen, war zu groß gewesen. Und außerdem war da noch das Versprechen, das er seiner Frau gegeben hatte. Als Bengtson in seinen Wagen gestiegen und in Richtung Revier losgefahren war, hatte das Observierungsteam ihm zwar gemeldet, der Verdächtige sei unterwegs, hatte aber unerwähnt gelassen, dass er in Uniform war. Und Avraham atmete innerlich auf. Er bat Lital Levi, ihm noch einen schwarzen Kaffee zu machen, ordnete die Papiere auf seinem Schreibtisch nochmals und rief dann Maalul an, und Eliyahu hatte noch geflachst: »Das ist doch nett, dass der Fisch von selbst ins Netz hüpft, oder?«

Hatte Bengtson mitbekommen, dass er beschattet wurde? Oder dass seine Frau vorhatte, ihn preiszugeben, und man ihm eine Falle stellte? Im Gegensatz zum Distriktkommandanten und zu Saban waren das die einzigen Fragen, die Avraham interessierten, und um eine Antwort darauf zu erhalten, waren die Ärzte im Operationssaal gezwungen, Bengtsons Leben zu retten. Er linste nach seinem Telefon, aber Maalul hatte noch keine Nachricht aus dem Krankenhaus geschickt. Und während einer Befragung durch den Distriktkommandanten, die sich immer mehr in die Länge zog, anzurufen war ein Ding der Unmöglichkeit.

»Woher hatte er die Waffe, wissen wir das?«, fragte der Kommandant, und Avraham sagte: »Er war Wachmann.«

»Und Sie haben nicht etwa in Erwägung gezogen, er könnte eine Waffe bei sich tragen, als Sie ihn aufs Revier bestellt haben?«

»Den Informationen nach, die wir haben, ist er zurzeit bei keiner Sicherheitsfirma angestellt.«

»Und wissen wir, welche Verbindung zwischen ihm und dem Opfer bestand? Wie hieß sie noch gleich, Lea …?«

»Es gab keine Verbindung. Wie ich gesagt habe, ihr Name stand vermutlich auf der Liste der Vergewaltigungsopfer, die in der Selbsthilfegruppe seiner Frau waren. Und er hat vermutlich ein Treffen mit ihr vereinbart, wie er es in früheren

Fällen bei anderen Opfern auch getan hat, mit dem Ziel, die Frauen auszufragen. Ich nehme an, sie ist vermutlich dahintergekommen, dass er sich nur als Polizist ausgibt.«

Der Distriktkommandant ließ die brennende Zigarette in die Tasse fallen, und Saban beobachtete ihn ängstlich. »In Ihrer Antwort ist mir ein bisschen zu viel ›vermutlich‹«, sagte er. »Das mag ich nicht. Es ist ein hinreichend großes Desaster, wenn ein Mordverdächtiger ein Polizeirevier mit geladener Waffe betritt und sich vor Zivilisten und Polizeibeamten dort erschießt, aber das Desaster wird noch viel größer, sollte sich herausstellen, dass er fälschlicherweise verdächtigt worden ist. Also, kommen Sie, besorgen wir uns endlich seine DNA, Gott sei Dank liegen ja unten genug Stückchen von ihm herum, und dann gleichen wir das schnellstmöglich mit den Befunden vom Tatort ab. Haben Sie schon jemanden zu der Wohnung geschickt, um nach ihrer Handtasche und dieser Liste von Betroffenen zu suchen?«

»Ich fahre gleich selbst hin«, sagte Avraham.

»Und fertigen Sie bitte einen Bericht über den Vorfall an, denn der Oberbefehlshaber und der Minister müssen instruiert werden, und außerdem muss eine anständige Verlautbarung rausgegeben werden. Fürs Erste ist zwar eine Nachrichtensperre verhängt worden, aber bis morgen früh müssen wir den Medien irgendwas liefern. Und betonen Sie bitte in Ihrem Bericht, dass beide sich freiwillig aufs Revier begeben haben. Sowohl der Mann als auch seine Frau. Und dass das Beweismaterial eindeutig darauf hindeutet, dass der Schütze der Mörder ist.«

Saban sagte: »Kein Problem, Doron. Bis heute Nacht liegt ein vollständiger Bericht vor, nicht wahr, Avi?«, doch der Distriktkommandant ging dazwischen und fragte: »Und was ist mit der Frau? Hat sie gesehen, wie er geschossen hat? Ist sie noch auf dem Revier?« Avraham sah Saban an, weil er nicht wusste, was er antworten sollte. Er hatte Masal Bengtson seit dem Schuss nicht mehr gesehen. Und erst, als er wenig später Sabans Büro verließ, sah er sie durch das Beobachtungsfenster des Vernehmungsraums zusammengekauert in Wahabes Armen. Für einen Moment schwankte er, ob er eintreten sollte, aber am Ende klopfte er nur gegen die Scheibe. »Hat sie ihn gesehen?«, wiederholte er Wahabe gegenüber die Frage, die der Distriktkommandant ihm kurz zuvor gestellt hatte.

»Hast du sie nicht schreien hören? Ich habe sie zwei Meter vor ihm abgefangen.« Wahabes Augen waren gerötet.

»Und weiß sie, was passiert ist? Hast du ihr gesagt, warum wir nach ihm gefahndet haben?«, fragte er, und Wahabe sagte: »Ja. Was sollte ich denn sonst machen? Sie sagt, sie hat ihn umgebracht. Dass er ihretwegen tot ist. Und sie möchte zum Krankenhaus fahren. Kann ich sie hinbringen?«

Was hätte er ihr sagen können? Dass auch er am liebsten zum Krankenhaus fahren wollte? Wahabe bemerkte das Blut, das zwischen seinen Fingern zu einem schwarzen Firnis geronnen war, und vielleicht deshalb fragte sie: »Und wie geht's dir?« Obwohl er wusste, dass es nicht das war, was sie gefragt hatte, sagte Avraham: »Ich fahr zu ihnen nach Hause. Kannst du sie um die Wohnungsschlüssel bitten?«

Näher sollte er Bengtson an jenem Tag nicht kommen. Er war angehalten, in der Wohnung einen Abschiedsbrief, eine Handtasche oder eine Liste von Vergewaltigungsopfern zu finden, die beweisen würden, dass Bengtson Lea Jäger ermordet hatte, aber er suchte nach etwas anderem, genau wie Ilana es ihm vorgeworfen hatte, aber das würde er sich selbst erst einige Tage danach eingestehen.

Mit Masal Bengtsons Schlüssel öffnete er die Tür. Im Fahrstuhl hing derselbe Geruch, den er zuvor im Wagen wahrgenommen hatte, ein Geruch nach feuchten Kleidungsstücken und Hundehaaren. Die Fenster im Wohnzimmer waren geschlossen, und er schaltete das Licht an. Musste an das kleine Mädchen denken, das an der Wohnungstür gestanden hatte, während er ihre Mutter vernahm.

Auf dem Esstisch lagen nur Rechnungen für Strom und Grundsteuer, und in der Spüle standen zwei Schalen mit Resten von Cornflakes und ein bisschen Milch. Avraham drehte die Rechnungen um und entdeckte auf einer von ihnen eine kurze handschriftliche Nachricht: *Bin am Morgen wieder da. Tut mir alles leid. Erkläre dir morgen, was passiert ist.*

Das war nicht Bengtsons Abschiedsbrief. Aber wann hatte er das geschrieben? Und was musste er erklären? In dieser Wohnung war niemand ermordet worden, dennoch bewegte sich Avraham wie an einem Tatort. Die Stille war exakt dieselbe. Verwaiste Räume, in denen so bald niemand wieder wohnen würde.

Wie bei seinem letzten Besuch in der Wohnung, zwei Tage zuvor, beschlich Avraham das Gefühl, es hätte dort auch vor dem, was geschehen war, niemand gewohnt, als sei dieser Ort kein wirkliches Zuhause, oder als hätten die Bewohner vorgehabt, ihn schon bald aufzugeben und zu verlassen. Im Wohnzimmer gab es nur das mit einer Decke abgedeckte Sofa und den Fernseher. Auf dem Sofa lag ein Prinzessinnenkostüm, als sei es dort beim überstürzten Aufbruch der Bewohner vergessen worden. Und das Foto des gejagten Hirsches an einer der nackten Wände, das ihn sofort an das andere Bild erinnerte. Es war nicht möglich, aber er hatte das Gefühl, nicht allein in der Wohnung zu sein. Die Treppe, die er beim letzten Mal nicht hinaufgestiegen war, führte zu einer kleinen Kammer mit offenem Fenster zum Dach. Eine Waschmaschine und einen Plastikkorb voll mit Wäsche gab es dort – aber keine Handtasche. Auch nicht auf dem Tisch und in der Schubladenkommode, die man noch einer gründlichen Durchsuchung würde unterziehen müssen.

Er trat aufs Dach und schaute über die Betonbrüstung nach unten, und mit einem Mal sah er Bengtson vor sich, der von hier oben den auf der Straße parkenden Wagen mit dem Observierungsteam beobachtete. Schwere Wolken berührten die Dächer, aber der Regen hatte aufgehört.

Er wusste bereits, dass er Bengtson die Fragen nicht stellen würde, die er hatte fragen wollen. *Warum genau haben Sie das getan? Haben Sie gedacht, Sie könnten den Vergewaltiger Ihrer Frau fassen?* Er rief Eliyahu Maalul und Esthi Wahabe an, aber aus dem Krankenhaus gab es nichts Neues. *Oder wollten Sie sich rächen? Aber an wem?*

Der einzige Raum, den er noch nicht betreten hatte, war das Schlafzimmer. Als er das Licht anschaltete, sah er sofort den weißen Hund. Er lag vor dem Bett und rührte sich nicht von der Stelle, auch nicht, als er Avraham bemerkt hatte. Reckte nur den Hals, richtete ein Paar wässrige Augen auf ihn und legte den Schädel wieder auf dem Boden ab. Obwohl er mit aller Kraft versuchte, es nicht zu sehen, blieben Avrahams Augen an dem Bild an der Wand hängen. Er zwang sich, den Blick von den beiden Körpern zu nehmen, und hörte plötzlich in seinem Kopf, was Masal Bengtson Wahabe im Vernehmungsraum erzählt und was er durch die Beobachtungsscheibe mitgehört hatte.

Hier hatte Bengtson zum ersten Mal die Uniform getragen.

Es war, als würden sich alle Bilder, die er gesehen, und alle Aussagen, die er gehört hatte, in diesem Zimmer drängen: Neben dem weißen Hund lag die Leiche von Lea Jäger, und neben ihr kniete ihr Sohn, der auf ihrem Grab zusammengebrochen war. Im Bett lag Masal Bengtson und erholte sich von der Vergewaltigung, und ihr Mann, der sich aufopferungsvoll um sie kümmerte, kam in Polizeiuniform ins Zimmer und bat, sie möge ihm genau erzählen, was passiert war.

Jede Einzelheit. Von Anfang an.

Er machte einen Schritt ins Zimmer, um sich zu vergewissern, dass nichts von dem, was er sich vorstellte, dort war, und auch, weil er die Kommode neben dem Bett durchsuchen musste. Der weiße Hund reckte erneut den Hals und schaute ihn an, während seine Knie wie von selbst nachgaben und er nicht anders konnte, als den Raum zu verlassen.

Er rief Marianka vom Büro aus an und sagte, er werde erst am nächsten Morgen zurück sein, und als sie ihn fragte, ob sie den Mörder festgenommen hätten, sagte Avraham nur: »Ja«, und beließ es dabei. Das Revier war wieder für den Publikumsverkehr geöffnet, und hinter dem Empfangstresen stand ein anderer wachhabender Beamter, nicht David Esra. Kollegen kamen in sein Büro und fragten, wie es ihm gehe, und niemand machte ihm irgendwelche Vorwürfe. Lital Levi erkundigte sich, ob er etwas gegessen hätte, er bat, man möge ihm ein Sandwich aus der Cafeteria hochschicken, und bevor er davon abbiss, wusch er sich auf der Toilette die Hände.

Wäre Masal Bengtson mit Wahabe nicht im Krankenhaus gewesen, wäre er vielleicht dorthin gefahren, aber er hatte einen Bericht zu verfassen, und als Saban anrief, um ihn daran zu erinnern, der Distriktkommandant warte, versprach Avraham, gleich damit anzufangen. Wahabe hatte ihm erzählt, die Mädchen befänden sich bei den Eltern von Masal Bengtson und wüssten noch nichts von dem, was passiert war, und dass

Bengtson nicht allein im Krankenhaus sei, sondern mit ihrer Zwillingsschwester.

Als Maalul um kurz nach fünf in sein Zimmer kam, hatte Avraham noch immer nicht zu schreiben begonnen. Auf dem Bildschirm seines Computers flimmerte eingefroren als Standbild das Vernehmungsvideo von Masal Bengtson, aber er hatte nicht vermocht, es sich anzuschauen. Und die Datei, die er angelegt hatte, bestand aus zwei Zeilen: *In meiner Funktion als Leiter der Ermittlungseinheit im Mordfall Lea Jäger empfing ich heute Morgen Masal Bengtson, die Ehefrau des Mordverdächtigen Jacob Bengtson, die aus eigenem Antrieb und ohne vorherige Ankündigung auf dem Revier erschien, um …*

»Bist du okay?«, fragte Maalul, und Avraham nickte.

»Sicher?«

»Ja.«

»Ich habe mit Saban geredet, und mir scheint, es renkt sich alles ein, Avi. Sie meinen, wir hätten davon ausgehen müssen, dass Bengtson eine Waffe hat, aber gesetzt den Fall, er ist der Mörder, wird uns keiner einen Strick daraus drehen.«

Als Maalul fragte: »Was musst du noch erledigen, Chef? Kann ich dir noch bei irgendwas helfen, oder soll ich nach Hause fahren?«, verspürte Avraham den starken Wunsch, dass Maalul bliebe; dass sie sich gemeinsam das Vernehmungsvideo von Masal Bengtson anschauten und die Aufnahmen, die die Überwachungskamera im Eingangsbereich des Reviers gemacht hatte, auf denen Bengtson sicher zu sehen war, wie er sich in den Hals schoss, und kurz darauf er selbst, wie er sich über ihn und David Esra beugte und versuchte, die Schusswunde mit der Hand zuzupressen. Und dass sie gemeinsam den Bericht für den Distriktkommandanten verfassen würden. Stattdessen sagte er: »Sicher, du kannst gehen«, und Maaluls verhangene Augen lächelten ihm zu, als er fragte: »Hundertprozentig?«

Die Pistole hielt Bengtson in der Hand, als er die Tür zum Revier aufstieß, aber niemand hätte sagen können, dass er kein Polizist war. Und wie David Esra bezeugt hatte, sagte er kein Wort, richtete nur die Pistole gegen seinen Hals und drückte ab, noch ehe die Tür hinter ihm zugefallen war. Avraham stand in der Blutlache und massierte seine Brust. Den Schrei aber, den er meinte ausgestoßen zu haben, hatte das Überwachungsvideo nicht aufgezeichnet.

Sie schrieben sich die genauen Timecodes des Überwachungsvideos auf und machten sich dann daran, sich den Mitschnitt von Masal Bengtsons Vernehmung anzusehen, und als Maalul fragte, wozu das, erklärte ihm Avraham, er müsse in seinem Bericht erläutern, wieso Bengtson von sich aus vorgeschlagen habe, ihren Mann aufs Revier zu locken. Aber nachdem sie erst einmal angefangen hatten, sahen sie sich den Mitschnitt aus anderen Gründen an. Maalul verfolgte den Film wie gebannt, auch als Avraham darauf zu sehen war, wie er sich Bengtson bedrohlich näherte und die Stimme erhob, eine Szene, bei der er selbst nicht hinsehen konnte. Er würde keinen von beiden mehr vernehmen, würde keine Antworten auf die Fragen erhalten, die er formuliert hatte. Alles, was sich wissen ließ, war in diesem Film zu sehen und zu hören, der vor ihnen ablief. Näher würde er ihr nicht kommen. Und ihm auch nicht.

Der weitere Verlauf des Gesprächs, dessen Beginn er am Morgen durch die Glasscheibe des Vernehmungsraums beobachtet hatte, glich keinem Verhör mehr. Wahabe war ohne ihn zurückgeblieben und hatte die Hand auf Masal Bengtsons Haar gelegt, streichelte sie, während sie sprach. »Masal, möchten Sie mir erzählen, was er mit Ihnen gemacht hat?«, fragte sie, und Bengtson antwortete irgendwann flüsternd, weshalb es schwierig war, alles zu verstehen, was sie sagte.

»Sie kennen Coby nicht, er wollte niemandem etwas tun. Er konnte nicht länger leiden.«

»Also, was hat er getan?«

»Sie müssten ihn kennen, um das zu verstehen. Ich wollte einfach nicht wieder damit anfangen. Wollte es ihm nicht erzählen. Ich wollte das alles vergessen.«

»Und er hat darauf bestanden?«

»Ja.«

»Wie hat er das gemacht? Ist er Ihnen gegenüber gewalttätig geworden?«

»Er hat immer wieder davon angefangen. Erzähl mir, was war.«

»Hat er Sie bedroht?«

»Nein.«

»Hat er Sie geschlagen, Mali? Sie können mir die Wahrheit sagen.«

»Nein, Sie kennen Coby nicht. Er ist kein gewalttätiger Mensch.«

»Warum wollte er es dann wissen?«

»…«

»Warum wollte er es wissen, Mali?«

»Ich weiß es nicht.«

»Haben Sie ihn nicht gefragt?«

»Er hatte Probleme damit, dass er keinen Job hat und nichts finden konnte. Hat sich geschämt, dass er die Mädchen nicht ernähren kann und nur ich arbeite.«

»Aber was hat das eine mit dem anderen zu tun?«

»Es hatte was damit zu tun. Er konnte sich selbst nicht mehr ertragen.«

»Aber warum wollte er, dass Sie ihm erzählen, was in Eilat

passiert ist? Wollte er der Polizei beweisen, dass er denjenigen finden kann, der Sie überfallen hat?«

»Nein. Er hat nicht versucht, ihn zu finden.«

»Was dann?«

»Er hat wieder mit der Uniform angefangen. Ich hab ihn gefragt, warum er die anhat, und da hat er mir erzählt, dass er eine Frau vernommen hat, die vergewaltigt wurde.«

»Erinnern Sie sich, wie sie hieß?«

»Nein.«

»Hat er Ihnen gesagt, wie sie hieß?«

»Ich hab ihn nicht gefragt.«

»Und wann war das?«

»Ein paar Wochen nach Eilat.«

»Und was hat er Ihnen erzählt? Was hat er mit dieser Frau gemacht?«

»Wie ich Ihnen schon gesagt habe: Er war bei ihr zu Hause und hat sie vernommen.«

»Wie ist er an ihre persönlichen Daten gekommen?«

»Ich hab nicht gefragt. Ich denke, von der Liste, die ich in der Selbsthilfegruppe gekriegt hatte.«

»Und hat er sie aufgenommen? Hat er Ihnen die Aufnahme vorgespielt?«

»…«

»Womit hat er es aufgenommen?«

»…«

»Was haben Sie dazu gesagt?«

»Sie verstehen nicht, wie er war. Er hat die ganze Zeit geweint. Er wollte nicht … Sie kennen Coby nicht, er hätte nicht so sein sollen. Irgendwas ist mit ihm passiert. Ich verstehe nicht, was, aber er hatte keine Wahl. Er wollte anders sein. Und ich glaube, er wollte, dass Sie ihn fassen. Vielleicht hat er deshalb jetzt wieder damit angefangen.«

»Warum glauben Sie, dass er wollte, dass wir ihn fassen?«

»Weil er gelitten hat.«

»Gelitten? Woran?«

»An sich selbst. An allem, was passiert ist.«

»Und da haben Sie ihm von sich selbst erzählt? Damit er das nicht noch mal macht?«

»Ja.«

»Was?«

»Alles. Was war.«

»Was?«

»Wie ich aufs Zimmer zurückgekommen bin und er dort eingedrungen ist, als ich geschlafen habe, oder schon auf dem Balkon gewartet hatte. Wie er mir die Hand an den Hals gelegt hat, und das mit dem Messer.«

»Und danach hat Coby nicht wieder davon angefangen? Das hat ihm genügt?«

»Er hat gesehen, wie schwer es für mich war, also hat er mich aufhören lassen. Aber nach ein paar Tagen hat er noch mal die Uniform angezogen und darum gebeten.«

»Dieselbe Geschichte?«

»Ja. Aber in allen Einzelheiten, wie er es gemacht hat, und wie lange es gedauert hat.«

»Und wie oft ist das passiert? Einmal nur?«

»Nein, vielleicht einen Monat lang. Dann hat er gesehen, dass ich nicht mehr kann, und hat aufgehört.«

»Und warum haben Sie eingewilligt, es ihm zu erzählen?«

»…«

»Haben Sie eingewilligt, weil Sie nicht wollten, dass er dasselbe mit anderen Frauen macht?«

»Ja. Was hätte ich machen sollen?«

»Sie hätten ihn anzeigen können, Mali. Sie waren nicht verpflichtet mitzumachen.«

»Aber ich wollte nicht, dass Coby etwas passiert, wollte nicht, dass …«

»Dass was?«

»Sie kennen ihn nicht, er hätte das nicht ausgehalten. Er ist nicht stark, und er hätte …«

Sie sahen sich den Film schweigend an und verloren an jenem Tag kein Wort mehr darüber. Und als Maalul in den Abendstunden Avrahams Büro verließ, war der Bericht noch immer nicht fertig. Er würde ihn erst im Laufe der Nacht allein beenden und am frühen Morgen kurz nach vier an Saban abschicken. Er begleitete Maalul nach draußen und dankte ihm, dass er geblieben war, und als sich Eliyahu in Richtung der Bushaltestelle entfernte, bat Avraham einen Mann, der vor dem Eingang zum Revier stand und rauchte, um eine Zigarette. Der Geschmack war scharf und brannte ihm in der Kehle, und als er sie ausgedrückt hatte, ging er zum Kiosk in der Eli'ezer Hoffien und kaufte zwei Packungen Time, wie er es früher immer getan hatte.

Der Regen hatte komplett aufgehört, aber die Straßen glänzten noch immer.

In dem Bericht, den er in der Nacht schrieb, gab er an, *Jacob (Coby) Bengtson ermordete Lea Jäger am Montag, den 23.2, gegen 14:00 Uhr,* weil es das war, was geschrieben werden musste. Er aber hatte da schon begriffen, dass der Mord lange zuvor begonnen hatte, in einem anderen Zimmer einer anderen Wohnung, ohne dass irgendjemand dies gespürt hätte.

Wenige Stunden später rief Wahabe an und teilte ihm mit, Bengtson sei im Krankenhaus seinen Verletzungen erlegen.

16

Bengtsons Telefon fand sich in seiner Hosentasche, und Esthi Wahabe brachte es am nächsten Morgen aus dem Krankenhaus mit. Es wurde als Beweisgegenstand registriert und an die Nachrichtentechniker weitergegeben, und kurz darauf bekamen sie eine Audiodatei geschickt, in der Bengtson die Augenblicke vor dem Mord aufgezeichnet hatte. Avraham hörte sich die Aufnahme zum ersten Mal in Sabans Büro an, im Beisein von Eliyahu Maalul und Esthi Wahabe. Er hatte weder in der Nacht geschlafen noch seit dem Schuss geduscht und gab den ganzen Morgen über so gut wie kein Wort von sich. In seiner Hosentasche waren ein Feuerzeug und eine Packung Time, und alle Stunde ging er raus, um auf den Eingangsstufen des Reviers zu rauchen.

Es war genau so gewesen, wie er gedacht hatte.

Bengtson hatte die Aufnahme-App seines Smartphones erst eingeschaltet, als sie am Küchentisch saßen, weshalb Avraham das Klopfen an der Tür nicht hören konnte, das er sich von dem Augenblick an vorgestellt hatte, als er die Wohnung zum ersten Mal betrat, und auch nicht die ersten Sätze, die sie zueinander gesagt hatten, aber der Wortwechsel, der zum Kampf und dann zum Mord geführt hatte, war klar und deutlich zu hören. Bengtson bat Lea Jäger, ihren vollständigen Namen und ihre Personalausweisnummer zu nennen, und sagte dann: »Erzählen Sie mir bitte von der Vergewaltigung«, und sie fragte: »Was soll ich erzählen?«

Sein Akzent war auf der Aufnahme deutlicher zu hören, als er gedacht hatte. Und Avraham wusste jetzt, dass es ein australischer Akzent war, was auch den ungewöhnlichen Familiennamen erklärte. Bengtson war in Perth geboren, hatte eine israelische Mutter und einen australischen Vater und war erst als Vierzehnjähriger nach Israel gekommen.

Lea Jägers tiefe Stimme klang ein bisschen heiser, vielleicht die Nachwirkungen einer Grippe. Und was Avraham besonders überraschte, waren ihr Selbstbewusstsein und ihr Mut.

Saban war glücklich, dass sich die Aufnahme gefunden hatte, denn sie belegte zweifelsfrei und noch vor den Laborergebnissen, dass Bengtson der Mörder war, während Wahabe, die wie Avraham die ganze Nacht nicht geschlafen hatte, die Ellbogen auf den Tisch gestützt hatte und ihr Gesicht in den Händen vergrub. Und Maalul schaute Avraham an, als Bengtson sagte: »Erzählen Sie mir alles, woran Sie sich erinnern. Von Anfang an. Wo ist es passiert, und wie hat es angefangen. Wann haben Sie gespürt, dass der Vergewaltiger da war?«

Dieselben Fragen, die er Diana Goldin gestellt hatte.

Doch Lea Jäger erwiderte: »Was soll das heißen, er war da? Ich hab ihn doch herbestellt. Er war der Kompagnon meines Mannes.« Und Bengtson sagte: »Ich meinte, wann haben Sie die Gefahr gespürt.«

Lea Jäger schwieg. Avraham wollte, dass sie weiterredete, weil es, solange ihre Stimme im Raum erklang, war, als hätte er vermocht, sie zurück ins Leben zu holen. »Aber wozu müssen Sie das eigentlich wissen? Sie wissen das doch alles.« Die Worte in Bengtsons Mund zitterten, als er sagte: »Für unsere Überprüfung ist es wichtig, dass Sie alles noch einmal von Anfang an erzählen.«

Als ihr Name plötzlich in dem aufgezeichneten Gespräch fiel, schauten sowohl Saban als auch Maalul Esthi Wahabe an. Und zwar, als Lea Jäger zu Bengtson sagte, sie wolle mit der Polizeibeamtin sprechen, die sie vernommen hatte, und Bengtson erklärte, er habe ihre Telefonnummer nicht. »Ich meine, ich hab sie irgendwo«, beharrte Jäger. »Sie hieß Esthi.« Dem geräuschvollen Stühlerücken nach war sie aufgestanden, als Bengtson sagte: »Wenn Sie es vorziehen, die Befragung mit einer Beamtin durchzuführen, können wir sie auch auf einen anderen Termin verschieben.« Und Jägers Antwort hatte Bengtsons Smartphone nicht aufgezeichnet. Ein weiteres Stühlerücken ließ vermuten, dass auch er aufgestanden war. Sekunden danach brach die Aufnahme ab, und den Rest musste sich Avraham aus dem, was er wusste, zusammenfügen. Und aus dem, was er sich vorstellte.

Ihre Angst. Und seine.

Der erhöhte Pulsschlag bei beiden, als sie begriffen.

Sie kannten einander nicht und waren trotzdem dort gefangen, unfähig zu entkommen. Alles hätte anders kommen können, doch beide hatten einfach schrecklich wenig Glück.

»Könnt ihr mir erklären, wieso er das nicht mal von seinem Telefon gelöscht hat?«, fragte Saban, und Avraham musste daran denken, dass Masal Bengtson bei ihrer Vernehmung gesagt hatte, er wollte gefasst werden. Hatte er deshalb auch den Regenschirm in der Wohnung von Diana Goldin liegenlassen? Denn trotz allem war Bengtson ja das Risiko eingegangen und hatte einige Tage später dieselbe Straftat noch einmal begangen. Und hatte Lea Jäger die Wohnungstür abgeschlossen, damit Bengtson nicht flüchten konnte? Die Selbstsicherheit in ihrer Stimme ließ dies durchaus möglich erscheinen. Aber vielleicht hatte sie die Tür auch nicht abgeschlossen und war nur ins Arbeitszimmer geeilt, um nach Esthi Wahabes Telefonnummer zu suchen, vielleicht in dem Taschenkalender, den Avraham dort gefunden hatte. Aber sie hatte sie nicht gefunden, denn am Ende hatte sie nicht Wahabe, sondern die Zentrale angerufen. Als sie ins Arbeitszimmer gegangen war, hatte Bengtson mit Sicherheit versucht zu flüchten, aber wenn Jäger tatsächlich, wie Avraham vermutete, die Wohnungstür abgeschlossen hatte, damit er nicht entkäme, musste er festgestellt haben, dass er in der Falle saß. Worauf er ihr ins Arbeitszimmer gefolgt war. In Avrahams Vorstellung hatte Lea Jäger den Telefonhörer in der Hand und legte auf, als sie ihn näher kommen sah. Verbarg sie den Kalender unter den Papieren, weil sie ahnte, was schlimmstenfalls passieren konnte, und ihm einen Hinweis hinterlassen wollte?

23.2. 14:00

Bengtson hatte das Telefonkabel aus der Dose in der Wand gerissen, weil er begriff, wen sie angerufen hatte, und in dem Moment wusste sie Bescheid.

Aber selbst da hätte alles noch anders enden können. Er hätte zugeben können, dass er kein Polizist war, und sie bitten, ihn gehen zu lassen. Und sie hätte ihm einfach die Tür aufschließen können.

»Können Sie mir den Schlüssel geben? Ich möchte hier raus.«

»Sagen Sie mir, wer Sie sind.«

Diese Sätze waren nirgendwo aufgenommen, und nur Avraham konnte sie hören. Saban rief den Distriktkommandanten an, um ihm mitzuteilen, man könne aufatmen.

»Geben Sie mir bitte den Schlüssel, damit ich gehen kann. Ich bin Ermittler bei der Polizei.«

»Was machen Sie hier? Was wollen Sie von mir?«

Dann folgte der Kampf, den der Nachbar aus dem zweiten Stock gehört hatte.

Linienbusse rauschten vorbei, und auf der Baustelle transportierten Arbeiter Eisenstangen mit dem Lastenaufzug in das oberste Stockwerk, als Avraham ins Freie trat, um auf den Eingangsstufen des Reviers eine Zigarette zu rauchen. Der

Schuss dröhnte noch immer in seinem Kopf nach und übertönte alles, und auch die Bilder ließen sich nicht löschen. Masal Bengtsons verzerrtes Gesicht im Vernehmungsraum, als sie aufgab. Die leere Wohnung, durch die er streifte, ohne etwas zu suchen. Der Blick auf die Straße vom Dach und das Gefühl, Bengtson stünde dort vor ihm und beobachte das Observierungsfahrzeug. Und David Esra, der in der schnell größer werdenden Blutlache kniete. Als Wahabe gegen Morgen aus dem Krankenhaus wiedergekommen war, hatte er auf ihrem Gesicht nicht nur Müdigkeit, sondern auch Trauer gesehen. Er drückte die Zigarette aus und kehrte in Sabans Büro zurück, fand die anderen, wie sie dabei waren, sich die Aufnahmen von dem Selbstmord und der vorangegangenen Vernehmung anzuschauen. Wahabe strich Bengtson über den Kopf, als sie sagte: »Sie müssten ihn kennen, um das zu verstehen. Ich wollte einfach nicht wieder damit anfangen. Wollte es ihm nicht erzählen. Ich wollte das alles vergessen.«

»Und er hat darauf bestanden?«

Er konnte sich das nicht ansehen. Maalul schlug vor, den Film zu unterbrechen, aber Saban bestand darauf, ihn sich weiter anzuschauen.

»Warum wollte er es wissen, Mali?«

»Ich weiß es nicht.«

»Haben Sie ihn nicht gefragt?«

»Er hatte Probleme damit, dass er keinen Job hat und nichts finden konnte. Hat sich geschämt, dass er die Mädchen nicht ernähren kann und nur ich arbeite.«

»Aber was hat das eine mit dem anderen zu tun?«

Avraham kam von seinem Platz hoch, und bevor er den Raum verließ, hörte er Saban Esthi Wahabe fragen, ob sie verstehe, was Bengtson ihr da erkläre, und Wahabe sagte, sie denke, ja.

»Weil, ich verstehe es nicht«, sagte Saban. »Meinen Sie, das hat ihn erregt? Dass es das war?« Wahabe verneinte. Sie hatte die Nacht mit Masal Bengtson vor dem Operationssaal verbracht, in dem die Ärzte um das Leben ihres Mannes kämpften, und Bengtson hatte darauf beharrt, hätte Coby einen Job gefunden, hätte er das alles nicht getan. Als ihr Mann dann tot war, hatte sie nur immer wieder gesagt: »Ich habe ihn umgebracht«, während Wahabe versuchte, sie davon zu überzeugen, sie hätte es nicht wissen können. Außer ihr war nur Bengtsons Zwillingsschwester zugegen, die in den Abendstunden ins Krankenhaus gekommen und geblieben war. Als Avraham schon fast draußen war, hörte er Saban noch sagen: »Das scheint mir Quatsch zu sein, Esthi. Ich bin mir sicher, dass die Nummer mit dem sexuellen Anreiz auch eine Rolle gespielt hat«, und in seine Worte mischte sich die Stimme von Masal Bengtson, die zu Esthi Wahabe sagte: »Sie kennen Coby nicht, er hätte nicht so sein sollen. Er wollte anders sein.«

Er blieb bis zum Mittag auf dem Revier, obwohl es dort nichts mehr für ihn zu tun gab und er vollkommen übermüdet war. Lea Jägers Bild lag vor ihm auf dem Tisch, als sei der Fall noch nicht abgeschlossen, und daneben das sorgfältig geordnete Ermittlungsmaterial und das Blatt mit den Fragen, die er sich handschriftlich notiert und Bengtson hatte stellen wollen. *Können Sie mir sagen, was geschehen ist, als Sie am vergangenen Montag in die Wohnung von Lea Jäger gekommen sind?* Er hätte sich anderen Fällen zuwenden müssen, einem von denen, die er mit dem Beginn seiner ersten eigenen Mordermittlung vernachlässigt hatte. Der Mörder war ja gefasst und hatte sich erschossen, sodass es keine Fragen mehr zu stellen gab. Im Laufe des Vormittags tauchte auf den Nach-

richtenseiten sogar eine Meldung auf, der Kriminelle, der sich am Vortag im Hauptpolizeirevier von Cholon erschossen hatte, sei der Mörder von Lea Jäger. In der Meldung wurden keine Namen genannt, weil das Gericht die Nachrichtensperre noch nicht vollständig aufgehoben hatte. Aber aus irgendeinem Grund hieß es dort, das Telefon des Mörders sei bei einer von den Ermittlern in seiner Wohnung durchgeführten Durchsuchung gefunden worden, und dass die Audiodatei mit den letzten Minuten Jägers vor ihrem Tod durch die hochspezialisierten Nachrichtentechniker der israelischen Polizei hatte rekonstruiert werden können, obwohl der Mörder die Aufnahme von dem Gerät gelöscht hatte.

Als er sich auf den Weg nach Jaffa machte, stellte er fest, dass die meisten Straßen im Stadtzentrum wegen des Purimumzugs gesperrt waren. Und musste unwillkürlich an das Kostüm denken, das er auf dem Sofa im Wohnzimmer der leeren Wohnung gesehen hatte. Er stand mehr als eine Viertelstunde im Stau, während die offenen Sattelzüge mit Clowns, Prinzessinnen und Soldaten auf der Sokolov-Straße an ihm vorüberrollten. Ein Junge von fünf oder sechs in schwarzem Batman-Kostüm mit Maske stand zusammen mit seiner Mutter und seiner kleinen Schwester neben dem Wagenfenster und hörte nicht auf zu weinen. In der Untersuchungshaftanstalt in Abu Kabir teilte man ihm mit, Schärfstein habe Lea Jägers Sohn schon vor zwei Stunden aus der Haft entlassen. Er sei umsonst gekommen.

Auf dem Nachhauseweg rief er, während der Fahrt, Eres Jäger an. Entschuldigte sich dafür, dass man ihn im Verlauf der Ermittlung vorübergehend festgenommen hatte, aber eigentlich wollte er ihm etwas anderes sagen, vielleicht, dass seine Mutter eine mutige Frau gewesen war, oder dass auch er diese Tage noch lange mit sich herumtragen würde, wie einen schlecht verheilten Bruch, der mit dem Wechsel der Jahreszeiten einen dumpfen Schmerz ausstrahlt. Er sollte an jenem Tag mit so gut wie niemandem reden, bis dann am Abend bei Marianka alles aus ihm herausbrechen würde. Das Gespräch mit Eres Jäger aber versuchte er in die Länge zu ziehen, obgleich der Sohn, genau wie er, die meiste Zeit schwieg. Bevor sie sich verabschiedeten, fragte Avraham, ohne dies geplant zu haben: »Sind Sie immer noch nicht bereit, mir zu sagen, warum Sie uns verheimlicht haben, dass Sie ihr Adoptivsohn sind? Und warum Sie das Gespräch mit Ihrer Mutter verschwiegen haben? Das hätte Ihnen die Untersuchungshaft erspart.« Doch Jäger antwortete nicht.

Es gab keinen Grund, noch weitere Fragen zu stellen, denn die Ermittlung war abgeschlossen. Jäger saß in seinem Wagen, war unterwegs nach Hause im nördlichen Ballungsraum von Haifa, und auch er hätte in seine Wohnung zurückkehren sollen, um endlich die Sachen loszuwerden, die er seit dem Vortag trug, zu duschen, wie tot ins Bett zu fallen und nicht mehr nachzudenken. »Warum Sie keinen Kontakt mehr zu ihr hatten, nachdem sie vergewaltigt wurde, sind Sie auch nicht bereit zu erklären?«, fragte er, ohne auf eine Antwort zu hoffen, doch ausgerechnet da hörte er Eres Jäger sagen: »Weil sie vorher ein Verhältnis mit ihm hatte.«

»Mit wem?«

»Mit David Danon.«

Avraham bremste ab und hielt am Straßenrand, weil ihn die Antwort aus der Fassung brachte. Er stellte den Motor ab.

»Er hat sie nicht vergewaltigt. Sie hatten ein Verhältnis, noch bevor mein Vater gestorben ist.«

Aber das stimmte doch nicht, und die Ermittlungen der Polizei hatten das bewiesen. Das war die Verteidigungsstrategie des Vergewaltigers und seiner Verwandtschaft gewesen, und der Sohn glaubte ihnen und nicht ihr. Und selbst wenn es stimmte, an dem Tag, an dem er in ihre Wohnung gekommen war, um über das Taxi zu sprechen, hatte David Danon Lea Jäger zweifelsfrei vergewaltigt.

Er schwieg, und auch Jäger schwieg, und erst da begriff Avraham. Spürte sein Herz schneller schlagen, holte die Zigarettenpackung aus seiner Hosentasche und zündete sich im Wagen eine Zigarette an. »Sie hat angerufen, um Sie zu bitten, Sie möchten vorbeikommen, richtig?« Das war es, was Jäger verschwiegen hatte, und was er auch um den Preis, festgenommen zu werden, nicht bereit gewesen war, im Vernehmungsraum zu sagen. Er hatte ihnen nicht, wie Schärfstein angenommen hatte, verheimlicht, am Tag des Mordes in ihrer Wohnung gewesen zu sein, sondern dass er hätte da sein können, weil sie ihn gebeten hatte zu kommen und er nicht bereit gewesen war. Wollte sie, dass ihr Sohn bei dem Treffen, das sie mit dem Polizisten vereinbart hatte, dabei wäre, damit er ihr glaubte? »Hat sie Sie gebeten, zu ihr zu kommen, Eres?«, fragte er nochmals, und Jäger erwiderte sofort: »Das stimmt nicht«, und setzte dann hinzu: »Sie hat mir nichts von dem Polizisten gesagt, ich schwör's Ihnen.« Aber Avraham glaubte ihm nicht. Und sagte Jäger am Ende auch nicht, was er vorgehabt hatte, ihm über seine Mutter zu sagen.

Erst am Abend, beim Gespräch mit Marianka, entlud sich alles, was er zuvor niemandem gesagt und was seit dem Schuss in ihm geköchelt hatte. Sie war nicht in der Wohnung, als er zurückkam, was ihn erleichterte. Er zog seine Hose und den blauen Pullover aus und legte die Sachen auf den vollen Wäschekorb. Und stand dann geraume Zeit unter dem warmen Wasserstrahl. Als er irgendwann später aufwachte, war es draußen dunkel und Marianka zu Hause, aber sie fragte ihn nichts, und als Avraham vorschlug, etwas essen zu gehen, zog sie sich an und wartete im Wohnzimmer, bis er seinen Kaffee getrunken hatte. Sie fuhren nach Tel Aviv, aber auf den Straßen waren scharenweise verkleidete Jugendliche unterwegs und die Restaurants mit bunten Lampen geschmückt, und da sie nichts reserviert hatten, fand sich in keinem Restaurant ein Tisch für sie, was wiederum gut war, da sie zum Teil von Kellnerinnen begrüßt wurden, die sich Schnurrbärte ins Gesicht gemalt hatten. Also fuhren sie zurück nach Cholon und ließen sich in einem Café am Weizman-Platz nieder. Die Portion Pasta mit Sahnesoße war das Erste, was Avraham seit dem gestrigen Tag zu sich nahm, und er schlang sie hinunter.

»Kannst du mir jetzt endlich erzählen, was passiert ist?«, fragte Marianka, als er fertig war, und er antwortete: »Was soll ich dir erzählen?«

»Warum du dich so schuldig fühlst. Ihr habt doch den Mörder gefasst, oder?«

Er sah sie erstaunt an, weil er ihr nicht gesagt hatte, wie er sich fühlte. Von Zeit zu Zeit waren auf dem Platz explodierende Feuerwerkskörper zu hören, und vor dem Fenster des Cafés zogen verkleidete Feiernde auf dem Weg zur nächsten Party vorüber. Und dann erzählte er alles. Wie er Masal Bengtson im Vernehmungsraum hart angefasst und ihr die tatsächlichen Verdachtsmomente gegen ihren Mann verschwiegen hatte. Und ihr auch kein Wort gesagt hatte, als sie vorschlug, Bengtson anzurufen und aufs Revier zu bestellen, denn im Grunde genommen hatte er sie schlicht benutzt, um ihm eine Falle zu stellen. Obwohl er seitdem versuchte, in seinen Gedanken diese Schuld zu verwischen, war sie nur noch schwärzer geworden, wie der Fleck auf seinem blauen Pullover. Auch rief er sich immer wieder in Erinnerung, dass Masal Bengtson bei ihrer Vernehmung zu Wahabe gesagt hatte, ihr Mann wollte gefasst werden, weil er nicht länger leiden konnte, und dass er nicht einmal die belastende Audiodatei von seinem Smartphone gelöscht hatte. Bengtson hatte das vor dem Haus parkende Fahrzeug der Polizei vom Dach seiner Wohnung aus gesehen, da war sich Avraham inzwischen fast sicher, und hatte sich dennoch entschlossen, zum Revier zu fahren. Und seit er sich am Morgen die Aufzeichnung von Masal Bengtsons Vernehmung ein weiteres Mal angeschaut hatte, musste Avraham fortwährend an noch etwas denken: daran, dass der Mann, der Masal Bengtson vergewaltigt hatte, seine Hand an ihren Hals gelegt, dann das Messer angesetzt und sie geschnitten hatte – und dass auch Bengtson sich in den Hals geschossen hatte. Marianka unterbrach ihn. »Und was ist jetzt deine Schuld, Avi?«, fragte sie. »Er hat allein für sich beschlossen, sich zu erschießen, oder etwa nicht? Offenbar weil er es vorgezogen hat, sich dem nicht zu stellen, was er getan hatte. Und du hast deinen Job gemacht. Du bist Polizist.«

Verstand sie nicht, dass es nicht so hätte enden dürfen? Dies war seine erste eigene Mordermittlung, und am Ende hatte sich ein Mann im Eingangsbereich des Reviers eine Kugel in den Hals geschossen und war im Krankenhaus verstorben, während seine Frau sich sicher war, er sei durch ihre Schuld umgekommen. Dabei hatte er Bengtson nur im Vernehmungsraum im zweiten Stock des Reviers gegenübersitzen und versuchen wollen zu verstehen.

Marianka hatte den Salat nicht angerührt, den die Kellnerin ihr hingestellt hatte. Und auch von dem Wein trank sie nicht.

»Aber du übernimmst die Verantwortung für Dinge, die du nicht getan hast«, sagte sie. »Du hast ihn gefasst, aber du bist nicht derjenige …« Er ließ sie den Satz nicht beenden, denn was sie sagte, war so ganz und gar nicht richtig. Im Café waren außer ihnen nur ein ältliches Paar und die beiden Kellnerinnen, von denen die eine Avraham anstarrte, als er die Stimme hob. »Hätte ich ihr verraten, dass er des Mordes verdächtigt wird, hätte sie ihn nicht ans Messer geliefert, Marianka. Oder sie hätte ihn nicht dazu gebracht, aufs Revier zu kommen. Verstehst du das nicht? Begreifst du nicht, warum er sich erschossen hat? Er war sich sicher, seine Frau hätte ihn denunziert, aber das hat sie nicht, weil sie nicht wusste, wessen er verdächtigt wurde. Und selbst wenn er sich so oder so umgebracht hätte, sobald er gewusst hätte, dass es aus ist – dann doch zumindest nicht ihretwegen. Weißt du, was sie gesagt hat? Sie hat ihn umgebracht. Dass es ihre Schuld ist, dass er tot ist.«

Das war es, was ihn seit dem gestrigen Tag nicht mehr losließ und was außer ihm niemanden zu belasten schien. Weder den Distriktkommandanten noch Benny Saban, ja nicht einmal Maalul. Und auch Marianka ließ sich nicht überzeugen. »Warum bist du dir so sicher, dass sie nicht gewusst hat, was ihr Mann getan hat?«, fragte sie, und Avraham schaute sie konsterniert an und sagte: »Was soll das heißen, warum? Weil wir es ihr nicht gesagt haben, weil ich ihr nicht gesagt habe, dass er eines Mordes verdächtigt wird.«

»Aber könnte es nicht sein, dass sie auch so dahintergekommen ist, obwohl du ihr nichts gesagt hast? Und dass sie ihn genau deshalb ausgeliefert hat?« Avraham schüttelte aufgebracht den Kopf, doch Marianka blieb beharrlich bei ihrer Meinung, und erst später sollte er verstehen, warum. Im Grunde genommen redete sie von sich selbst. Und von ihm. Und erst, als sie ihm dies unverhohlen sagte, dachte er, sie habe vielleicht recht, und hatte das Gefühl, er müsse Masal Bengtson auf der Stelle noch einmal vernehmen und versuchen herauszufinden, was sie tatsächlich über das, was ihr

Mann getan hatte, wusste, als sie aufs Revier gekommen war, um ihn anzuzeigen. Aber das tat er nicht. In den darauffolgenden Wochen, nachdem er von Wahabe erfahren hatte, dass Bengtson die Wohnung ihrer Eltern verlassen hatte und in ihre eigene zurückgekehrt war, fuhr er einige Male noch in die Uri-Zvi-Greenberg und wartete im Wagen vor dem Haus, mit geschlossenen Scheiben. Hätte sie ihn bemerkt und wäre zu ihm gekommen, hätte er sie vielleicht gefragt, obschon Marianka und Esthi Wahabe ihn bestürmt hatten, es nicht zu tun. »Meinst du, du, der ihn nicht gekannt hat, der nicht einmal mit ihm geredet hat, du hast gewusst, dass er ein Mörder ist, und seine Frau, die mit ihm zusammengelebt und ihn mit Sicherheit an dem Tag gesehen hat, an dem er den Mord begangen hat, und am Tag danach, die all das mit durchgemacht hat, wovon du mir erzählt hast – sie ist nicht dahintergekommen? Hat nicht mitgekriegt, was mit ihm passiert, hat seine Pistole nicht gesehen und auch nicht gewusst, dass er sich umbringen wird?« Es war, als ließen Mariankas Worte den Schuss ein weiteres Mal durch den Raum peitschen. Ihre Augen brannten, als sie redete, und Avraham war sich seiner Sache schon nicht mehr sicher, auch wenn er sagte: »Ich bin mir sicher, du liegst falsch. Warum hätte sie ihn zu uns aufs Revier locken sollen, wenn es so war? Wenn sie gewusst hat, dass sie ihn wegen Mordes dranbringt? Sie hat doch geglaubt, er hat ein Bagatelldelikt begangen, wird vernommen und ist in ein paar Stunden wieder draußen. Und dass sie zusammen nach Hause zurückkehren. Das hat sie uns wörtlich gesagt.«

»Fragst du wirklich, warum?«, fragte Marianka.

»Ja. Warum sollte sie so etwas getan haben?«

»Vielleicht, weil sie wollte, dass es aufhört. Dass der Albtraum ihres gemeinsamen Lebens endlich aufhört.«

Als sie wieder zu Hause waren, rief Avraham Esthi Wahabe an und meinte, sie geweckt zu haben. Fragte, ob sie wisse, wo Masal Bengtson sich jetzt aufhalte, und sie antwortete, sie sei bei ihren Eltern. Er war sich noch immer nicht sicher, ob Marianka recht hatte, und begriff gleichzeitig, dass ihre Worte einen Reiz auf ihn ausübten, weil es ihm, sollten sie zutreffen, leichter fallen würde, den Fleck auszuwaschen, der an dem blauen Pullover klebte. Was aber wiederum nicht der einzige Grund war, warum er glaubte, dass sich Marianka vielleicht nicht irrte.

Der Mann, der Masal Bengtson missbraucht hatte, war nie gefasst worden, überlegte er, und vielleicht konnte sie die Möglichkeit nicht ertragen, dass ein weiterer Täter ohne Strafe davonkäme. Dass eine weitere Frau Opfer eines Mannes würde, der nie gefasst werden sollte. Für einen Moment wähnte er, der Fall sei noch nicht abgeschlossen, und dass es noch einiges gab, was er verstehen musste, weshalb er im Lauf der Woche auch zu der siebentägigen Trauerfeier gehen wollte, die im Haus von Masal Bengtsons Eltern abgehalten wurde, oder zu der Beisetzung, die auf einem weltlichen Friedhof in Herzlia stattfand, weil Bengtson es abgelehnt hatte, dass ihr Mann in der Sektion für Selbstmörder bestattet wurde. Wahabe erzählte ihm hinterher, an der Beerdigung hätten nicht mehr als zehn Personen teilgenommen, und dass Bengtsons Vater wegen seines Gesundheitszustands nicht gekommen sei. Auch die Mädchen, die Avraham in der Wohnung gesehen hatte, waren nicht mitgenommen worden, und Wahabe konnte ihm nicht sagen, was Bengtson ihnen erzählt hatte.

Als die Kellnerin an ihren Tisch kam und mitteilte, das Café schließe gleich, holte Avraham sein Portemonnaie heraus. Aber Marianka fragte: »Kannst du noch einen Moment sitzen bleiben?« Also legte er es auf den Tisch.

»Ich möchte dir etwas über uns sagen«, sagte sie, und er hörte zu, obwohl er anfangs nur an Bengtson dachte. »Ich weiß, du hattest viel zu tun und standest unter Druck, und auch, dass der Besuch meiner Eltern schwer für dich war, aber du machst genau dasselbe mit mir. Genau dasselbe.«

Er verstand nicht, worauf sie hinauswollte, und wartete.

»Das, was du mit dieser Frau machst, Avi. Du übernimmst Verantwortung für meine Entscheidungen, als wäre ich ein kleines Mädchen, gibst dir dafür die Schuld und glaubst nicht, dass ich sehr wohl weiß, was ich tue, und meine Entscheidungen für mich selbst treffe.«

Er schaute sie an, als hätte er sie seit vielen Tagen nicht mehr gesehen. Und versuchte, seine Hand auf ihre zu legen, aber sie ließ ihn nicht.

»Seit dem Moment, in dem ich hergekommen bin, fühlst du dich schuldig, dass ich hier bin, als hätte ich nicht selbst entschieden, zu dir zu kommen. Und dann verschließt du dich, kapselst dich ab und verheimlichst alles vor mir, was mit deiner Arbeit zu tun hat, weil du schuld daran bist, dass ich alles aufgegeben habe und zu dir gekommen bin und du einen Job hast und ich noch nicht weiß, was ich mit mir anfangen soll.«

Er sagte, dass stimme so nicht, doch Marianka fuhr einfach fort.

»Aber ich bin hier, weil ich für den Augenblick hier sein will. Das ist mein Entschluss. Das ist ein Kapitel meines Lebens, Avi, und nicht nur in deinem. Du hast mich zu überhaupt nichts genötigt. Ich kann für mich selbst entscheiden, was gut für mich ist, verstehst du?«

Die Dinge, die Ilana ihm bei ihrem Treffen gesagt hatte, kamen ihm in den Sinn, und er versuchte, sie zu vergessen.

»Ich habe mich selbst hierhergebracht, Avi, und wenn es

mir hier nicht gut geht, werde ich nicht bleiben. Vielleicht ist es ja das, was dir schwerfällt zu akzeptieren und was du versuchst zu verschleiern, wenn du meinst, es sei alles deine Schuld und du seiest für alles verantwortlich.«

Als er fragte: »Also ist es nicht schwer für dich hier?«, spürte er, wie sehr er sie dies schon lange hatte fragen wollen, jeden Tag, der vergangen war, seit sie hier war, und nicht erst, seit die Ermittlung begonnen hatte. Doch sie sagte: »Sicher ist es schwer für mich. Na klar. Es ist schwer für mich, weil ich hier fremd bin und die Sprache nicht kann und Heimweh habe, aber vor allem ist es mit dir schwer für mich. Ich habe Schwierigkeiten damit, dass du schweigst und vor mir verheimlichst, was mit dir los ist. Und damit, dass du die Tür zumachen und dich vor mir verstecken musst, um etwas zu essen. Und damit, dass du wieder angefangen hast zu rauchen und mir nichts davon sagst. Ich bin nicht hergekommen, um allein zu leben, sondern um zu versuchen, mit dir zusammenzuleben.«

Ihre Hände lagen auf dem Tisch, und als er diesmal den Versuch unternahm, sie in seine zu nehmen, zog sie sie nicht weg. Und er verstand nicht, woher sie wusste, dass er wieder angefangen hatte zu rauchen. »Dafür muss man kein Detektiv sein, Avi. An deinem Pullover war nicht nur der Blutfleck.«

»Wenn es zu schwer für dich wird, willst du wirklich gehen?«

»Ich denke schon. Obwohl ich nicht weiß, wohin.«

»Kann ich mitkommen?«

»Wenn du nicht mitten in einer Ermittlung steckst.«

Vor dem Café waren die Stühle bereits gestapelt, aber Avraham war noch nicht so weit zu gehen. Marianka schlug vor, sie könnten ja auf dem Platz eine Zigarette rauchen.

»Es stimmt, ich will nicht denken, dass ich nur ein Kapitel

in deinem Leben bin«, sagte er schließlich, als sie auf einer der Bänke saßen.

»Warum? Was ist daran so schlecht?«

»Weil ich das ganze Buch sein will. Bis zum Happyend. Oder bis zum bitteren Ende.«

»Kann schon sein, dass du es wirst. Aber das ist ja das Schöne an Büchern, oder? Dass man vorher nie weiß, wie sie ausgehen.«

»In einem Krimi weiß man es schon«, sagte er. »Der Schuldige wird gefasst. Die Unschuldigen leben ihr Leben weiter.«

»Aber unser Leben ist kein Kriminalroman, Avi«, sagte sie. »Außerdem bist du doch der, der mir erklärt hat, es lasse sich immer beweisen, dass der Detektiv irrt, also endet vielleicht selbst ein Kriminalroman niemals wirklich. Erinnerst du dich, wie du mir das an dem Tag erzählt hast, an dem wir uns kennengelernt haben? Bei der Stadtführung, die ich dir in Brüssel verpasst habe? Hättest du mir etwa geglaubt, wenn ich dir damals gesagt hätte, in einem Jahr wohnen wir zusammen?«

Er musste an ihr Gespräch im Café denken, auch beim letzten Mal, als er vor dem Gebäude wartete, in dem Masal und Jacob Bengtson gewohnt hatten, am letzten Tag des Monats März.

Er hatte sie vorher einige Male gesehen, meistens, wenn sie in den Abendstunden allein aus dem Haus kam, um joggen zu gehen, hatte aber nie gewagt, sie anzusprechen, zumal er nicht wusste, was genau er sie hätte fragen sollen. An dem Tag hatte ihm Esthi Wahabe erzählt, Bengtson habe wieder angefangen zu arbeiten, und dass sie ihren Vater gebeten hatte, die Wohnung zu verlassen und sie mit den Töchtern allein zu lassen, weshalb Avraham dachte, das sei die Gelegenheit, unangekündigt bei ihr zu erscheinen und an die Tür zu klopfen. Er stellte den Wagen ab und blieb fast eine halbe

Stunde vor dem Haus sitzen, wie er es in den zurückliegenden Wochen mehrfach getan hatte, nutzte jedoch die Zeit, um Ilana Liss anzurufen, und diesmal ging tatsächlich jemand ran. Aber es war ihr Mann, der den Anruf an ihrer Stelle entgegennahm und ihm mitteilte, Ilana werde in nächster Zeit nicht sprechen können, und als er fragte, ob Avraham ihr eine Nachricht hinterlassen wolle, sagte er, nicht nötig.

Es war schon gegen sechs, aber der Abend war noch nicht angebrochen, weil die Tage zusehends länger wurden.

Und ausgerechnet als Avraham den Wagen anließ, um wegzufahren, sah er sie. Sie trat mit den beiden Mädchen aus dem Treppenhaus und überquerte, unweit von ihm, die Straße mit ihnen. Eines der Mädchen hielt den weißen Hund, den er bei seinem letzten Besuch in der Wohnung gesehen hatte, an der Leine. Hatten sie ihn bemerkt? Und täuschte er sich, als er meinte, ihr Bauch wölbe sich ein bisschen unter der kurzen Bluse, die sie trug? Er stellte den Motor ab, und dann fiel ihm ein, was Marianka ihm im Café gesagt hatte, sodass er abwartete, bis sie sich ein Stückchen entfernt hatten, ehe er den Wagen erneut anließ und wegfuhr.

Seine Gedanken und seine Phantasie wurden jetzt von Fällen in Beschlag genommen, die er während der Mordermittlung vernachlässigt hatte, und anderen Ermittlungen, die seitdem hinzugekommen waren, aber Lea Jägers Bild blieb auch im April noch für einige Tage auf seinem Schreibtisch liegen, zwischen den aktuellen Unterlagen. Und der blaue Armeeparka, den er an dem Tag getragen hatte, an dem die Ermittlung aufgenommen worden war, und an jenem, an dem er Masal Bengtson auf dem Revier in Empfang genommen hatte, hing noch immer an der Tür seines Büros, ohne Verwendungszweck, da der Sturm nur noch eine ferne Erinnerung war und der Frühling sein Büro mit Licht flutete.

EPILOG

Nachdem er eingeschlafen war, verließ sie das Schlafzimmer und ging ins Arbeitszimmer, um ihre Eltern anzurufen. Sie hatte gehofft, ihre Mutter würde abnehmen, aber als sie die Stimme ihres Vaters hörte, freute sie sich. Einige Sekunden lang schwiegen sie beide, und dann sagte sie: »Ich rufe an, um mich zu entschuldigen. Dass wir so auseinandergegangen sind.«

»Schon in Ordnung. Längst verziehen. Wir haben schon ein paarmal versucht, dich anzurufen.«

Als sie fragte, ob sie ihn geweckt habe, und er verneinte, spürte sie plötzlich, wie sehr sie es vermisst hatte, sich in ihrer Sprache sprechen zu hören, in ihrer und der ihrer Eltern, und wie das Leben auf Englisch aus ihrem Mund sonderbare Worte zutage förderte. Sie verstummte.

»Es tut mir leid, wenn wir …« Sie ließ ihn nicht ausreden, sagte: »Ja. Ich weiß. Du warst …«

Sie hatte eine Springflut aus Liebe, Wut und Sehnsucht in sich, die in den letzten Tagen, die wortlos vergangen waren, zurückgehalten und durch das Gespräch mit Avi im Café auf einen Schlag freigesetzt worden war. Und sie wusste nicht, was von all dem ihr Vater aus ihrer Stimme herauszuhören vermochte, weil er noch nie gut darin gewesen war, etwas zu hören. »Aber ich verstehe wirklich nicht, was dich dort hält, Marianka. Er …«

Wieder fuhr sie ihm über den Mund: »Nichts hält mich hier. Und wenn es etwas ist, dann nicht er. Aber was weißt du denn schon von ihm? Habt ihr versucht, ihn kennenzulernen, als ihr hier wart? Vom ersten Augenblick an, als du von ihm gehört hast, hast du Panik gekriegt, er könnte mich euch wegnehmen, so wie du schon immer panisch geworden bist, wenn ich jemanden getroffen habe.«

Sie sprach zu laut, aber Avi schlief tief und fest. Er war sofort eingeschlafen, als sie ins Bett gegangen waren, und in ihren Ohren klangen noch immer seine tiefen Atemzüge nach, die im Laufe der Nacht zu Schnarchern werden würden.

Ihr Vater schwieg, und das freute sie, weil es bedeutete, dass er zugehört hatte, aber andererseits machte es sie auch traurig, weil sie gehofft hatte, sie würden noch länger miteinander reden. Sie entschuldigte sich dafür, ausfallend geworden zu sein, und er meinte, sie wollten doch nur ihr Bestes. Aber nicht ein einziges Mal sagte er, dass er sie einfach vermisste.

Als er fragte, ob die Ermittlung in dem Mordfall abgeschlossen sei, und sie bejahte, sagte ihr Vater: »Dann kommt ihr vielleicht jetzt zu uns?«

Als sie später auf die Straße trat, dachte sie an sie beide in Brüssel, wie sie durch den Schnee stapften, der vielleicht fallen würde, denn dort war der Winter noch nicht zu Ende.

Zuvor hatte sie einen Moment oder zwei vor dem Computer im Arbeitszimmer gesessen, hatte überlegt, ob sie eine E-Mail schreiben sollte, oder etwas anderes, vielleicht einen Brief an Avi, vielleicht eine Kriminalgeschichte, warum nicht, aber sie war zu aufgewühlt, um etwas zu schreiben, und zum ersten Mal, seit sie in Cholon war, verließ sie nachts allein das Haus, wie sie es als junges Mädchen in Koper und später dann in Brüssel immer getan hatte. Die beißende Kälte, die sie erwartet hatte, als sie auf die Straße trat, blieb aus. Die trockene, staubige Luft ließ sie eine sonderbare Fremdheit empfinden. Die Straßen Cholons lagen verwaist, und die meisten Gebäude waren dunkel, und im Grunde genommen wusste sie nicht, wohin sie ging. Und auch nicht, ob all das ein großer Irrtum war – oder der Beginn eines Abenteuers.